中公文庫

新装版

ハ　ン　グ

〈ジウ〉サーガ5

誉田哲也

中央公論新社

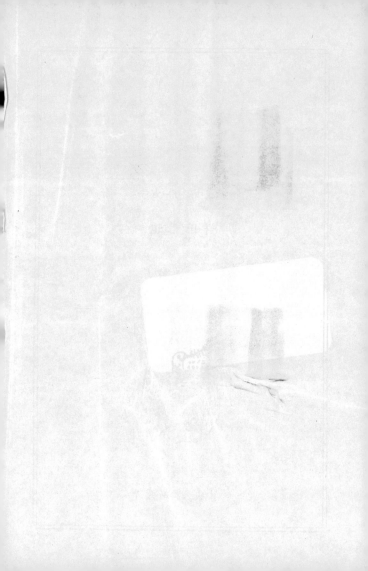

目次

ハング

序章

お世辞にも、いい天気とは言い難かった。

太陽が滲《にじ》んで見えるほどの薄曇り。だが、かえってこれくらいの方がいいと女性陣は言う。

津原英太《つはらえいた》は、砂地にパラソルを突き刺しながら遥《はるか》の方を向いた。

「やっぱり、日焼けとか気になる？」

「んん、それもありますけど……でも私、すぐプワーッて赤くなっちゃって、ほんと大変なんです。夜とか、寝れないくらい痛くなるし」

そうだろう、と思う。遥の肌は、四人の女性の中で誰よりも白い。

ふと彼女が、ホテルのベッドで肌の火照《ほて》りに身悶《みもだ》える姿を思い浮かべる。が、すぐに奥歯を噛《か》んで打ち消した。そういうのは、よくない。そもそも今日は日帰りだ。宿はとっていない。

「……はい、津原さん。これ、遥に塗ってあげて」

会話に割り込んできたのは遥の同僚。その手には、オレンジ色のポリ製ボトルが握られている。日焼け止めクリームだ。

「やだチエ……もォ」

遥が慌てて奪い取る。チエと呼ばれた彼女は、悪戯《いたずら》っぽい笑みを浮かべながら逃げていった。隣のパラソルにいる連中に合流する。

「……いいよ、塗ろうか」

津原は手を出しつつ、だがどこかで、大河内守《おおこうちまもる》の視線を気にしている自分も意識していた。

大河内は二つ年下、今年三十一歳になる特捜一係の後輩だ。彼は食事が喉《のど》を通らなくなるほど遥のことを想っている。それを承知の上で、なお出し抜くような真似《まね》は、津原にはできない。

「いいですよ。自分でできます……ほら私、手ぇ長いし」

だが、いざ遥を目の前にすると、その決心も揺らぎそうになる。

遥は大きな目で隣のパラソルを睨《にら》み、怒ったように口を尖《とが》らせる。そのくせ津原と目が合うと、誤魔化《ごまか》すように笑みを浮かべる。そんな表情の移り変わりが、仕草《しぐさ》の一つひとつが、いちいち津原の視線を引きつけ、いたたまれない気持ちにさせる。

できることなら、このままじっと見つめていたい。その豊かな黒髪を。同じ色に輝く瞳を。水着の上に着たTシャツの裾《すそ》を弄《いじ》る、細い指先を——だが、やはりできない。つい、大河内が今どこにいるのか、何をしているのか、目の端で探ってしまう。

ふいに名を呼ばれ、遥が振り返った。

見ると彼女の兄、植草利巳《うえくさとしみ》がそこに立っている。

「お前、浮き輪とかに使う空気入れ、持ってきたか」

「うん、持ってきた……と、思うよ。確か、この中に」

遥が大きなナイロンバッグを漁《あさ》り始める。それを微笑《ほほえ》ましげに植草が見つめる。植草は津原の三つ上、三十六歳になる先輩刑事だ。遥は二十六だから、十歳も離れた兄妹ということになる。

並べて見ると、二人の顔立ちは確かによく似ていた。真《ま》っ直《す》ぐ通った鼻筋。薄く品のある形をした唇。微《かす》かに丸みを帯びた、滑らかな輪郭。適度に尖った顎《あご》。ただ、兄の目は一《ひと》重《え》、妹は二重《ふたえ》。その違いが、二人の顔をまるで別物のように見せている。

さらにこの兄妹は、揃《そろ》って妙な特技を持っている。兄は自らの目を二重に、妹は一重にできるのだ。

兄が二重にすると、妹にそっくり。妹が一重にすると、兄にそっくり。十の歳《とし》の差も超えて、二人は一卵性双生児の如《ごと》く同じ顔になる。その芸には、何度も腸《はらわた》が捻《ね》じ切れるほど笑わされた。

特に遥の一重が傑作だった。ぎゅっと目をつぶり、パッと開くと一重になっている。上《う》目遣《めづか》いにしていないと二重に戻ってしまうらしく、目付きまで急に悪くなる。これが、実に不細工なのだ。彼女の美貌を支えているのは、実はそのくっきりとした二重瞼《まぶた》なのだと、よく分かる実験だった。

「あれ……ない……入れたはずなのに」

空気入れが見つからず、表情を曇らせていく遥とは対照的に、植草はもう可笑《おか》しくて堪《たま》らないというふうに、口元まで出かかった笑いを手で押さえている。

津原には最初から見えていた。植草が背中に、蛇腹《じゃばら》式の携帯空気入れを隠し持っているのが。

ついに、植草が吹き出した。

「ん……アッ、なにお兄ちゃん、持ってるじゃない」

「バカ。お前が入れ忘れてたのを、俺がわざわざ持ってきてやったんじゃないか」

津原も、釣られて笑ってしまった。

普段の植草は、決してこんな悪ふざけをする男ではない。冷静沈着、頭脳明晰、質実剛健。冗談が通じないほどの堅物《かたぶつ》ではないが、決して自分からふざけるタイプではない。そんな彼が、妹の遥に対してだけは、違った顔を見せる。

キョウダイって、家族っていいものだなと、素直に思う。親の顔すら知らない津原にとって、それはまさに、得がたい真実の愛の形であるように見える。

植草は空気入れを遥に投げ渡し、笑いながら去っていった。

「んもォ……いちいち、腹立つなぁ」

また遥が口を尖らせる。だが、津原には分かる。みんな、遥が可愛くて仕方ないのだ。だから、ついからかいたくなってしまう。からかって、困らせて、口が尖るのを見たくなる。

もう一人の同僚、小沢駿介《おざわしゅんすけ》が、浮き輪の類《たぐい》を抱えてこっちにきた。

「……おら、英太。なに遥ちゃん独り占めしてんだよ」

「そんなんじゃねえよ。バカ」

「ほれ。そんだけガタイがよけりゃ、肺活量にも自信あんだろ。これやれ。膨《ふく》らませ」

たたまれた何かを手渡される。広げてみると、それは大人でも余裕で二人くらい乗れそうな、大型のクロコダイルだった。

「いや、これを人力って、ちょっとキツいだろ」

「なに言ってんだよ……だったらこれは、なんのためにあるんだっつのッ」

小沢が、津原の胸板に、思いきり張り手を喰らわす。

派手な音がし、遥が顔をしかめる。肩をすくめる。

「……上等だ、コノヤロ」

津原は立ち上がり、小沢の胸に仕返しの一撃を見舞った。二人の身長に大差はないが、小沢の胸は津原の半分ほどしか厚みがない。張り手合戦をすれば、どちらが勝つかは火を見るより明らかだった。

案の定、勝負は互いに三発ずつ入れたところで終わった。

「……参った、英太、勘弁してくれ……これは、俺がやる」

すると、遥が膝立ちになって手を出す。

「あの、小沢さん、いいです。それ、私がやります。ほら、空気入れもあるし」

途端《とたん》に小沢が相好《そうごう》を崩す。

「やっぱり、遥ちゃんは優しいなぁ」

何気なく抱きつこうとする、その背中にもう一発喰らわせる。

「アウ……」

小沢は胸を反らせ、尻を突き出す、アヒルのような恰好《かっこう》で去っていった。遥はそれを見て、笑いながら空気入れのホースをワニに繋《つな》げ始めた。

「……じゃあ俺、ちょっと飲み物でも、買ってくるわ」

「あ、はい。お願いします」

ビーチサンダルを突っ掛け、歩き出す。二つ向こうのパラソルにいた大河内と目が合う。

津原は「一緒に来い」という意味で、一度だけ手招きをした。

売店まで行き、ソフトドリンクを八つオーダーする。コーラ、メロンソーダ、アイスコーヒー、アイスティー、各二つずつ。

会計を済ませ、しばしカウンターの前で待つ。

「……お前、どうすんだよ」

八月も今日で終わりだからか、それとも天気が中途半端だからか、海水浴客の数はさほど多くなかった。見れば、すでに営業していない海の家も何軒かある。

「どうって……何がですか」

「惚《とぼ》けんなよ。遥ちゃんのことに決まってんだろ」

大河内は俯《うつむ》き、奥歯を噛み締めた。

「……彼女は、たぶん、津原さんのことが……」

「ハァ？　なんだそりゃ」

わざと、大袈裟《おおげさ》に笑っておく。

「そんなことねえって」

「そんなこと、ありますよ。いっつも、津原さんの方を見てるし。なんとなく、津原さんの行く方に、付いていってる感じだし」

てだけだよ」

「それは、それこそ、なんとなくだろう。車で隣に座ったから、その流れで、たままっ

お待たせしました、とトレイを渡される。大河内が受け取り、二人で歩き始める。

「……たまたまそうなるってことは、それくらい自然に、そう思ってるってことですよ」

「なに弱腰になってんだよ。大の男が、いい歳して……チャンスだろ。いけよ」

ここまで言っても、黙ってかぶりを振るだけ。

「……情けねえなぁ」

出来の悪い弟。津原はそんなふうに、大河内のことを思っている。彼もまた一人っ子で、津原のことを兄のように慕ってくれているところがある。仕事について、実家の両親について、恋愛について。彼はあらゆることを津原に相談し、津原もまたそれに答えてきた。

今日のこの海水浴も、実のところ半分は「それ」が狙いで企画されたようなものなのだ。

七月の終わりに品川で発生した強盗殺人事件。その特別捜査本部に特捜一係「堀田《ほった》班」が参加したのが、八月二日。犯人を逮捕し、起訴に漕《こ》ぎつけたのが同月の二十七日。それから「在庁」と呼ばれる警視庁本部待機のシフトをやり繰りして、なんとか三十一日には休暇がもらえそうだとなったのが、翌二十八日。

「トシさん、頼みますよ。遥ちゃんに、頼んでくださいッ」

小沢が、両手を合わせて植草を拝む。

津原も隣でそれに倣《なら》った。

「お願いします。一日だけ……俺たちに、夏の思い出を」

植草は「しょうがないな」と携帯電話を取り出した。

「……ああ、俺だ。今いいか……うん。お前、今週の金曜、仕事あるのか……いや、ウチの連中が、海に行きたいって言うんで、お前も来れないかと思って……たぶん、九十九里浜になると思う……バカ、堀田さんは来ないよ。四人だけだよ」

堀田は同じ係の主任警部補。五十六歳になるベテラン班長だ。ちなみに植草以下の四人は、全員が巡査部長だ。

「そうか、分かった……じゃあ、またあとで」

早速、小沢が植草の右腕にすがりつく。

「どうでした？　遥ちゃん、なんて言ってました？」

植草が、さも迷惑そうな目で見る。

「……なんとかするってよ。ただ、四人揃うかどうかは分かんないぞ。最悪、遥ともう一人、ってなるかもしれない」

小沢が犬の水切りのように首を振る。

「全ッ然、最悪じゃないっす。なあ、英太」

「ええ、遥ちゃんさえ、来てくれれば」

そう言うと、植草はフッと鼻で笑ってみせた。

すぐに、別室で資料整理をさせられている大河内のところへ報告にいった。さぞ喜ぶだろうと思いきや、彼はほんの一瞬目を輝かせただけで、またいつもの調子でかぶりを振った。

「……自信、ないです」

「なァーに言ってんだよ、ここまでお膳立《ぜんだ》てしてやってんのに」

小沢に背中を叩《たた》かれながら、ちらりとこっちを見る。

「……遥ちゃんには、きっと、好きな人が」

「んあ？　何それ。俺そんなこと聞いてねーぞ。なあ英太」

津原は頷《うなず》いてみせた。

小沢が、いま叩いたばかりの背中を優しく撫《な》でる。

「……なあ、守くんよ。たまには当たって砕けてみろよ。名前の通り『守』ってるだけじゃ、人生つまらんぜ」

「砕けて」まで言わなくてもいいだろう、とは思ったが、まあいい。

小沢というのは、こういう奴《やつ》だ。

天気はよくなかったが、それなりに楽しめた一日ではあった。

ビーチバレーごっこ。スイカ割り。同じ形の切り身を四つ作ってのクイズ。さあ、タバスコのかかったスイカを食べたのは誰でしょう。はい、全員正解。食べたのは大河内。お前顔に出し過ぎ、と小沢が蹴《け》飛《と》ばす。

遥以外の女性陣は、全員植草がお目当てだった。

「利巳さんは、カノジョいないんですか？」

そこに無理やり小沢が割り込もうとするものだから、話がややこしくなる。

「ねえねえ、俺ならフリーだよ。結婚しようか」

三人が一斉に睨みつける。

「誰も小沢くんには訊《き》いてないし」

「うん。訊いてない訊いてない」

「小沢くん、目がヤラしい」

そんなことでめげる小沢ではない。

「……ねえ。なんで俺だけ『くん』付けなの。一応年上だよ」

「えー、なんか、バカっぽいから」

まだまだ。

「ラッキーじゃん。これからはバカがモテる時代だぜ」

「来ないよ。そんな時代」

「来ても、小沢くんには行かない」

「うん、行かない行かない……っつか、無精《ぶしょう》ヒゲ汚い」

ふと見ると、一つ置いた向こうのパラソルで、大河内と遥が話をしていた。パラソルは全部で三つ。なぜ四つ借りなかったのか。それは、小沢に訊かないと分からない。見ようによっては、二人はなかなか親密そうだった。

けっこう、お似合いじゃないか。

ゆるく、深く、息を吐き出してみる。

自分は今、何か、大切なものを失った。

そんな感覚も、ないではなかった。だが、いい。大河内は可愛い弟分だ。奴が笑ってくれるのなら、それでいい。

ふと遥と目が合い、慌てて逸《そ》らした。なぜだか急にいづらくなり、タバコとライターを持って立ち上がった。海の家の近くにある喫煙所。あそこに行こう。

歩き始めると、誰かの気配が追ってきた。

「こら待て、そこの大男」

小沢だった。かまわず歩き続ける。

「待てって。逮捕すっぞコノヤロ」

横に並んだ小沢は、すでに一本口に銜《くわ》えていた。

「お前、迂闊《うかつ》にそういうこと言うなよ」

津原は「逮捕」について言ったつもりだが、小沢が気にする様子はない。

「……英太。お前、なに逃げてんだよ」

「は？　何が。一服しに行くだけだよ」

「違うだろうが。逃げてんだろうがよ」

喫煙所に着いた。ちょうどベンチが空《あ》いている。そこに腰掛け、津原も一本出して銜えた。

小沢は立ったまま火を点《つ》け、曇り空に吹き上げる。

「……お前、逃げんなよ。遥ちゃんから」

こっちはちょうど火を点けた瞬間だったので、思わず咽せそうになった。

「ン……なんだよ、いきなり」

「いきなりじゃねえ。ずーっと前から、俺様にはお見通しよ」

ふた口目を吐き出した小沢が、隣に座る。

「……なんだそりゃ」

「惚けんなって。遥ちゃんはお前に惚《ほ》れてる。お前はそのことに気づいてる。できることならその気持ちに応《こた》えたいとも思ってる。だが守の気持ちも、お前は知ってる。だから逃げる。身を引くと言えば聞こえはいいが、要するにお前は、目の前の面倒から逃げようとしてるだけだ」

「フザケんな」

もうひと口吸い、それで捨てようかと思ったが、やめた。

パラソルの方を見る。二人はまだ話し込んでいる。

津原は続けた。

「……お前だって、守にチャンス作ってやろうって言ったら、賛成したじゃねえか。だからこういうことになってんだろうが」

「そこが俺様のいいところよ。懐の深さっつーかな……夏の海という絶好のシチュエーションを用意して、グダグダしたお前らの関係に、綺麗《きれい》さっぱりケリをつけさせてやろうってことよ」

鼻で笑おうとしたら、なぜだか、溜め息のようになってしまった。

「……お節介を通り越して、ただの一人相撲《ひとりずもう》だな」

「お前のな」

もはや、反論するのも馬鹿らしい。

小沢が背もたれに寄りかかる。

「……図体はデカくても、中身は守と大差ねえな。他人がよけりゃそれでいいか。自分の幸せよりも、周りのみんなの幸せか……そりゃ、公僕たる警察官の心得としちゃあ立派だが、一人の男としてはどうかね。俺はあんまり、尊敬できねえけど」

「お前に言われたかないよ」

水の入ったバケツにタバコを投げ捨て、小沢が腕を組む。

「いや、言うね。俺は言うね。俺だったら自分からいくね、遥ちゃんに。それが彼女のためでもあるし、ひいては守のためにもなる。……奴だってバカじゃない。とっくに気づいてるさ。遥ちゃんがお前のことばっかり見てるってことには。そんな女に、行け行けって背中押されたって、守だって迷惑なんだよ」

「だったらなんで今日のことに賛成した」

「奴にケジメをつけさせるためさ。きっちり失恋してこいってこったよ」

津原もタバコを捨てた。肺に残った煙が、唇からゆらゆらと漏れていく。真横に流れ、すぐに見えなくなる。

「……英太。お前は何をビビってんだよ。天涯孤独の身の上だから、人に愛されるのが怖《こえ》えか」

正直、カチンときた。

「そういう言い方、俺以外にすると人格疑われるぞ」

「バーカ。お前以外になんか言わねえよ。お前みてえに、図体ばっかかで煮えきらねえ、中にはちっとも味の染みねえ大根みてえな野郎は、他にはいねえからな」

足元に唾《つば》を吐き、小沢が立ち上がる。

パラソルの方に戻っていくその背中に、後ろから飛び蹴りを喰らわせてやろうかと思ったが、やめた。

大人しくもう一本、一人でゆっくり、吸うことにした。


小沢の言う通り、津原は天涯孤独の身の上だった。小学校三年までは山梨の祖母に育てられたが、なぜ自分に親がいないのかはついぞ訊くことができなかった。また祖母も、何も語らぬまま逝《い》ってしまった。

その後は甲府市伊勢にある児童養護施設の世話になり、高校を出るまではそこにいた。綺麗な、ちょっと大きめの一軒家といった感じの、とても居心地のいい施設だった。

背は小学校の頃から高かった。中学に入ると柔道部に誘われ、それからは体に厚みもつき始めた。さして強くはなかったが、柔道は高校でも続けた。

やがて三年になり、卒業後の進路に迷っていると、柔道部の顧問が「警察官になったらどうか」と言ってきた。

「お前は真面目《まじめ》だし、正義感も、体力もある。二段を持ってれば、採用試験でも何点か上乗せしてもらえるはずだ。食いっぱぐれることもないし……いいと思うんだがな」

まあ、そうかな、と思い、どうせなら東京に行ってみたいというのもあり、警視庁の採用試験を受けた。試験勉強もしっかりやったので、無事合格することができた。

警察学校を卒業して配属されたのは、巣鴨《すがも》警察署だった。「お年寄りの原宿」といわれている、あの巣鴨だ。

最初は、祭りでもないのに毎週末、多くの人出で賑《にぎ》わう「地蔵通り商店街」の風景に、正直圧倒された。自分がいかに田舎者《いなかもの》であるかを思い知らされた。

だが、今いるところで生きていくしかない。そんな思いが、心のどこかにあるからだろうか。その環境にもすぐ慣れることができた。また運よく、二度ほど窃盗犯を捕まえることができ、二十三のときには刑事課盗犯係に配属された。

翌年には巡査部長昇任試験に合格し、駒込《こまごめ》署の地域課に異動になった。そこでも一年すると刑事生活安全組織犯罪対策課に引っぱられ、一度強盗殺人事件の解決に貢献すると、今度は警視庁本部に異動を命じられた。二十九歳のときだった。

自分でも信じられないほどのとんとん拍子で、本部まで登ってきていた。しかも配属部署は、刑事部捜査第一課第五強行犯捜査特別捜査第一係。「捜査一課」は刑事警察の最前線。警察が野球界なら、メジャーリーグのクリーンアップに相当すると思えばいい。これは、実に名誉なことだった。

ただ、本当に捜査一課に来てよかったと思えたのは、その二年ほどあとのことだ。具体的には、大河内が入ってきて、今の特捜一係「堀田班」のメンバーが揃った頃だ。

第一章

1

このところ、また少し数字を見るのがつらくなってきた。老眼鏡の度が、合わなくなってきているのかもしれない。

執務机から立ち上がり、窓辺に向かう。

夜の、六本木。

この街を輝かせているのは、人間の欲望などという生易《なまやさ》しいものではない。むしろ怨念だ。志半ばにして逝った者たちの怨《うら》みが、金に群がる魑魅魍魎《ちみもうりょう》どもに共食いをさせ、松明《たいまつ》を焚《た》かせ、血塗《ちまみ》れの斧《おの》を幾度となく振り上げさせるのだ。

私には、この街を守るという使命がある。この国に、さらなる繁栄をもたらすという役目がある。

ノックの音。秘書だ。

「……会長。竹本《たけもと》様が、お見えになりました」

「分かった。すぐに行く」

一礼し、ドアを閉めるのかと思いきや、彼女は再び開けて入ってきた。私の前に立ち、じっと襟元《えりもと》を見やる。

「ちょっと、よろしいでしょうか」

「……ああ」

羽織の襟を直される。さらに私の周りを一周し、他に着崩れがないかを確かめる。他には、ないようだった。

「……失礼いたしました」

今度こそ、一礼して出ていく。私好みの香水の匂いだけが、鼻先に残る。彼女にも、そろそろ結婚相手を見つけてやらねばなるまい。いつまでも、こんな年寄りの世話をさせておくにはもったいない女だ。

ドアを出て、客間に入る。

竹本はソファから立ち、私を迎えようとするように近づいてきた。

「先生。大変、ご無沙汰申し上げております」

「ああ。矢部《やべ》くんの、就任パーティ以来かな」

「いえ、その後に先生の講演会でも、お目にかかっております」

「ああ、そうだったか……」

そんな細かいことまで、こっちはいちいち覚えていない。

「まあ、掛けなさい」

すぐに秘書が茶を運んできた。

「失礼いたします……」

ほとんど音をたてず、茶托《ちゃたく》がテーブルに置かれる。淀《よど》みなく、それでいてたおやかな手《て》捌《さば》き。竹本の様子も、自然と落ち着いてくる。場の空気が、無理なく私向きに流れてくるのを感じる。こういうことがきちんとできるかどうかが、一流の秘書とそうでない者の違いではなかろうか。

彼女が出ていく。二人きりになり、次の一声をどちらが発するか。案外そんなことで、人間の力関係は決まってくる。

「……矢部くんは、マズいね」

湯飲みに手を伸ばしながら言うと、竹本は一瞬、身を固くした。

「総理が……何か」

「何かじゃないだろう。昨夜、ぶら下がりの記者に消費税の話をしただろう。ニュースで流れとったよ」

「あ、いや、あれは……」

熱いうちにひと口飲む。あの女の淹《い》れる茶は、死んだ女房のそれに次いで旨《うま》い。

「……あんたは今、民自党の、政調会長なんだろう。総理総裁といえども、あんな軽口を叩かせちゃいかんよ。少なくとも今度の選挙が終わるまでは、消費税の話はご法度《はっと》だ」

「はい……」

この話は、これで終わりだ。結論や落ちはない。ただ、私は矢部を面白くなく思っている。それが伝われば充分だ。

少し沈黙を挟む。竹本の目が、所在なげにテーブルの上を行き来する。あと十年、この男に総理はさせられない。そう思った。

「……で、今日はなんだね」

「はっ……」

ちょっと脅《おど》かし過ぎたか。続く言葉が出てこない。

「言いたまえ。遠慮なく」

どうせ金か、口利《くちき》きか、裏情報の類だろう。それ以外で、この手の者が私の事務所を訪ねてくることはあり得ない。

「はい……実は、先生に……十本ほど、用立てていただきたく、お願いにあがりました」

やはり。政治家というのは、右に権力、左に金をぶら下げた「弥次郎兵衛《やじろべえ》」のような生き物だが、この竹本という男は、どうも金に傾きがちなところがある。ちなみに、街金《まちきん》辺りでいう「一本」というのは「百万円」を意味するようだが、こやつらのいうのは桁《けた》が違う。「一本」が「一億」。つまりこの男は、私に「十億用立てろ」と言っているのだ。

「……何に使う。アカのコバエでも追い払うか」

もはや共産主義者なんぞ、この国ではチンピラ学生ほどにも怖くはない。また奴らも、決して本気ではないところが小賢《こざか》しい。いっそ死ぬ気で暴力革命でもぶち上げてくれれば、こっちも本気で叩き潰せるのだが。

「いえ、実は沖縄絡《おきなわがら》みで、少々入り用になりまして」

なんだ。米軍基地の揉《も》め事《ごと》か。

「私の懐から出た金で、白豚の尻を拭《ふ》いてやろうというのか」

「いえいえ、先生、決してそのような……」

なんともつまらん話だ。浪漫《ろまん》も夢も、国の未来に対する展望もない。

「どうしても、私が出さなければ収まらない筋なのか」

「はい……他からの流れですと、何かと不都合が」

「私の財布ならば都合がいいか」

「いえ先生、滅相《めっそう》もございません。決して、そのような意味では……」

まあ、あまり苛《いじ》め過ぎるのもよくない。こういった手合いは、下手《へた》に追い込むと自殺するので始末が悪い。

「……分かった。十本だな」

竹本は、テーブルに両手をついて土下座の真似をした。私は同じテーブルの端を、指の節で二度叩いた。

まもなく、秘書が戸口に顔を出す。

「お呼びでございますか」

「うん……こいつに十億、書いて渡してやってくれ」

「先生」

竹本が必死の形相で割り込む。

「その……できれば、小切手ではなく……箱で、ちょうだいできますと、こちらとしては……」

思わず溜め息が漏れる。資金洗浄までこっち持ちか。まったく、世話の焼ける男だ。

「分かった。どこに届ければいい」

「はい……できれば私の、麻布《あざぶ》の事務所の方に」

何が事務所だ。ただの愛人宅ではないか。しかもそれが、銀座のクラブから引き抜いて、赤坂にブティックを持たせて二度も失敗した、大して器量もよくない大年増《おおどしま》ときている。

私はこの男が、女で躓《つまず》かないことを切に願っている。

秘書はその、麻布の事務所の住所を諳《そら》んじてみせた。

「……そこで、間違いないか」

「はい……何卒《なにとぞ》、よろしくお願いいたします」

一礼し、秘書が出ていく。

私はテーブル中央のシガーケースから一本取り出した。

「……もう少し、面白い話はないのか。竹本」

彼はさっとライターを出したが、私はかまわず卓上のそれで火を点けた。

「はい……その、今回のお礼、というのでは、ありませんが……」

竹本はライターをしまい、内緒話《ないしょばなし》のように身を乗り出した。

「……いずれ今の年金機構は解体することになります。その際に先生のお力で、外資の誘致などをしていただきますと、今回の……軽く十倍ほどは、お手元にお届けできるかと思っておりますが」

「なんだ。また白豚の話か」

竹本は色の悪い前歯を見せて笑った。

「そんな……先生も、先のイラクでは、お力添えくださったではありませんか」

いまさらその話を持ち出すとは、なんたる恩知らず。

「あれは、いい儲《もう》け話だから乗ってやったまでだ。別に、白豚に『エンピツ代』をくれてやるのが目的だったわけではない」

「エンピツ」というのは、平たくいえば「ミサイル」のことだ。

「同じことでございます、先生」

「違う。断じて違うぞ、竹本。私は生粋《きっすい》の国粋主義者だ。白豚の短い尻尾《しっぽ》を掴《つか》もうと前のめりで走り出して、つんのめって転んだ馬鹿な若造と一緒にするな。帰ったらよく矢部に言っておけ。選挙が終わるまでは、絶対に消費税の話はするなと。さもないと……党本部の柱が、一本抜けることになるぞ」

これをどう解釈するかで、この竹本という男の力量も測れるというものだ。次期総裁との呼び声が高い、内藤官房長官に離反させるか。あるいは民自党の表の資金源となっている、私の会社のいくつかに手を引かせるか。はたまた連立を組む公民党を寝返らせ、新民党とくっ付けて政局を引っくり返すか。

どう解釈したかは知る由もないが、竹本は血相を変え、緑色の絨毯《じゅうたん》に両膝をついた。

「大変失礼をいたしました。先生……どうか、ご容赦《ようしゃ》を。総理には、くれぐれも……そのような話はせぬよう、伝えておきます」

「伝えるのではない。お前が抑えるんだ。それくらいできなくてどうする」

「はっ……かしこまりました」

私が立ち上がり、書斎のドアに向かうと、竹本は膝の向きを変え、改めてこちらに土下座してみせた。

まあ、この男に矢部が抑えられるとは、私も思ってはいないが。

赤坂の料亭「淺川《あさかわ》」に着いたのは、八時を少し回った頃だった。

離れの縁側に回って障子《しょうじ》を開けると、旧友、五所川原恒彦《ごしょがわらつねひこ》はすでに一杯始めていた。

「いや、すまんね。野暮用が入って遅くなった」

「かまわんよ。先にやらせてもらっている」

五所川原は私と違い、日本の表街道を真っ直ぐに歩いてきた男だ。

警察庁時代は長官まで登り詰め、その後代議士に転身。まもなく法務大臣、総務庁長官、内閣官房長官、副総理を歴任し、何度か総裁候補にも名前が挙がったが、五年前に惜しまれながらも政界を引退している。今も裏からいろいろ口出しはしているようだが、表向きは単なる金持ちの爺《じい》さんだ。歳は私の五つ上だから、もう七十五にはなっているはずだ。

「野暮用ってのは……あれだろう、竹本の倅《せがれ》だろう」

「なんだ。あれは恒《つね》さんの入れ知恵か」

先の竹本の父親、竹本洋一は元総理大臣。その時代に五所川原は内閣官房長官と副総理を務めた。

「んん……入れ知恵というのでもないが、沖縄に足のつくような金を落とすのは危ないよ、とは言っておいた。それで奴の頭に浮かんだのが、あんただったってことだろう」

「十本、箱でよこせと言ってきた」

　五所川原は笑った。

「そうか……あのぼんぼんが、あんたにそんなことを頼むようになったか」

「笑い事じゃない。どうせ入れ知恵をするなら、その前にまず礼儀を教えてやってくれ。私の白豚嫌いを、どうもあやつはよく分かっておらん」

　しばらくは、そんな共通の知人の悪口や、黒い噂話《うわさばなし》を肴《さかな》に飲んだ。一度女将《おかみ》が挨拶に来て、芸者を入れるかと訊いたが、今日はいいと、祝儀を渡して断わった。

　五所川原が一服点ける。

「……ときに、岩城《いわき》くんは今度、関東管区警察局長になったそうだな」

　岩城というのは、とある悪友の娘婿《むすめむこ》だ。

「ああ。なかなか、よく働いているようだよ」

「あまり、煙たい仕事はさせせんでやれよ。可哀相《かわいそう》だ」

　今度は私が笑ってやった。

「何を言うか。タカ派の中でも暴れん坊で鳴らしたあんたの火消しに、私がいったい何百億使ったと思ってる」

「忘れたよ。そんな昔のことは」

「いいや、忘れたとは言わせんぞ。従軍慰安婦問題のときのアレだけは、私はいまだに恨んどる。恒さん、私はあんたを、決して赦《ゆる》したわけじゃないんだよ」

「分かった分かった……あれに関しては、私が悪かった。だから、何度も頭を下げてるし、穴埋めだってしただろう……ちょっと、失敬」

五所川原は、そのまま逃げるように席を立った。厠《かわや》へでも行くのだろうか。まあいい、武士の情けだ。それくらいは許してやろう。

障子が開《あ》け閉《た》てされ、一瞬だけ母屋の方の喧騒《けんそう》が聞こえた。

こっちは、座敷で一人きりになった。いや、そのはずなのに、なぜだろう。人の気配がする。

「……誰だ」

すると、背後の小部屋とを隔てる襖《ふすま》が、少しだけ開く音がした。こんな真似をするのは、奴しかいない。

「なんだ……こんなところにまで」

「申し訳ありません……ただ、一応お耳に入れておいた方が、よいかと思いまして」

「なんのことだ」

私も一服点ける。五所川原は葉巻が嫌いなのでちょうどいい。

「はい……例の、宝飾店の一件。警視庁に、何かタレ込みがあったらしいのですが」

　そんなことか。馬鹿馬鹿しい。

「あれは、ちゃんと潰したはずだろう」

「はい……」

「今になって、なぜ再燃する」

　返事は、ない。

「岩城は異動したし、アレも会社を変わった。慌てることはない」

「しかし……」

　不愉快だ。なぜ今夜に限って、つまらない話ばかり聞かされなければならない。

「元はと言えば、あれはお前の不始末だ。自分の尻くらい自分で拭けんのか」

　まだ、黙っている。

「……『吊《つ》るし屋』と怖れられた男が、らしくもない。何を怖気《おじけ》づいている」

　まさか、女でもできたか。いや、こんな『化け物』と寝る女がいるとは思えない。また
この『化け物』が、本気で女に惚れるとも考えづらい。

「まあ、なんにせよ、身を粉《こ》にして働くことだ。間違っても、足を洗おうなどとは考えん
方がいい。この世界は……走り出したら止まることはできない。走って走って、終《しま》いまで
走り抜けるしか生きる道はない。それができない人間がどうなるかは……お前が、一番よ
く知っているのではなかったか」

葉巻を灰皿に置く。消えるまでは、しばらくそのままにしておく。

「……『吊るし屋』が、別の誰かに吊るされたのでは、笑い話にもならん。そうだろう」

ようやく「はい」と小さく聞こえた。

「分かればいい。下がりなさい」

静かに背後の襖が閉まる。

入れ替わるように、縁側の障子が開いた。

「……どうもこのところ、切れが悪くてな。時間ばかりかかる」

「恒さんはいい。まだ現役なんだろう」

そこからはしばらく、下ネタと病気の話になった。

2

津原たちは普段、霞が関にある警視庁本部庁舎六階の、捜査一課の大部屋にいる。

だだっ広いフロアに並べられた、百数十台の事務机。だが、そのほとんどに人はいない。蛍光灯に白々と照らされたそれらの上には書類も、パソコンの類も置かれてはいない。これから創業する会社か、あるいは潰れて整理も済んでいるのか。そんなふうにも見える。とても、まともに機能している組織のそれには見えない。

だが、捜査一課はこれでいいのだ。

警視庁刑事部捜査第一課は、主に人命にかかわる事件を手掛ける部署だ。殺人、傷害、強盗、強姦、放火、誘拐、立て籠もり、航空機や列車等の事故、爆破、産業災害に業務上過失致死。また担当はそれぞれ、殺人犯捜査係、強盗犯捜査係、性犯捜査係、火災犯捜査係、特殊犯捜査係と、扱う事件の性格ごとに分かれている。

通常、なんらかの事件が発生した場合、最初に捜査をするのは発生現場を所管する所轄警察署である。それは殺人であろうと放火であろうと変わらない。ただし、所轄署ですぐに解決できそうにないとなると、話は変わってくる。警視庁本部に応援を頼むことになる。そこでようやく、捜査一課に出番が回ってくる。

通常の殺人事件であれば一個係、重大事件であれば複数の係を、所轄署に設置される特別捜査本部に投入する。そうなったら、もう捜査一課員は本部庁舎には戻ってこない。短ければ十日、長ければ三十日、自宅にも帰らず所轄署に泊まり込んで捜査に従事することになる。

つまり、本部庁舎六階の大部屋が空っぽに近いのは、捜査一課が機能していないからではなく、逆に目一杯働いている証《あかし》。だから、これでいいのだ。今も、はるか彼方《かなた》の殺人犯捜査第三係の机に、一個班程度の人数が待機しているのみである。まあ、それだけ捜査一課が忙しいということは、即ち都内で相当数事件が起こっているということであり、それを「いい」と言うのは、考えようによっては不謹慎なことではあるのだが。

ただし、津原たちの属する「第五強行犯捜査」の分掌《ぶんしょう》事務は、他の殺人犯捜査係などとはやや異なったものになっている。

第五強行犯捜査には、特別捜査第一係と第二係があり、この二つの係は、重要未解決事件の継続捜査や、強行犯に係わる特命捜査を手掛ける部署である。つまり、迷宮入り事件の再捜査や、他の係の応援に回る、いわゆる「遊軍」というやつだ。

そのせいか、俗に「特捜」と呼ばれるこの係は半分に分けられ、班単位で運用されることが多い。津原がいるのは、堀田次郎《じろう》警部補を主任とする特捜一係「堀田班」。他には特捜一係「朝岡《あさおか》班」、特捜二係「牧野《まきの》班」「長山《ながやま》班」がある。

「……チエちゃん、可愛かったなぁ」

小沢は携帯を弄りながら、さっきからずっとそんなことを呟《つぶや》いている。

津原は舌打ちをしてから睨みつけた。

「鬱陶《うっとう》しいんだよ、お前……だったらさっさと、メールでも電話でもすりゃいいじゃないか。写真ばっか眺めてないで」

ちなみに堀田班の机は、堀田、植草、津原、小沢、大河内という並びになっている。向かいは朝岡班で、今は多摩の特捜（特別捜査本部）に出張《でば》っているため誰もいない。

「だって……なんて書いていいか、分かんないんだもん」

「気持ちワリいんだよ。お前のそういうとこが」

向こうにいる大河内が「プッ」と吹き出す。

「あっ、守、テメェいま笑ったな。笑ったなコノヤロウ」

首を絞められても、まだ大河内は笑っている。

「……小沢、やかましい」

堀田が低く言うと、小沢はキャスター椅子に座ったまま、彼の方ににじり寄っていった。

「だって次郎さん、守はズリーんだよ。遥ちゃんと上手《うま》くやってさ、今度映画を見にいくとかなんとか言ってやがってさぁ」

「見たい映画がやってるうちに、俺たちの休みがとれるとは限らんだろう……」

ワープロ特訓中の堀田は、小沢の方など見もしない。

代わりに、講師役の植草が小沢を見やる。

「……だったら、お前も連れてってもらえばいいだろう」

「ハァ？　守と遥ちゃんの映画デートに、俺がっすか」

「それに、チエちゃんを誘ってもらえばいいわけだろう」

「あ、なーるほど」

早速移動。津原の背後を通過していく。

「……守ちゃん、聞いてた？　そういうことだから、遥ちゃんにチエちゃん誘ってくれるように頼んでね」

「別に、行くって決まったわけじゃないですけど」

「決まったら頼んでね」

大河内の太い眉が、ぎゅっと中央にすぼまる。

「……班長の言う通り、休みがとれたって、見たい映画がやってるかどうか分からないし」

「じゃあ、休みがとれて行くって決まって見たい映画がやってたら、チエちゃんを誘ってくれるんだね？　僕も連れてってくれるんだね？」

まったく。三十四にもなって、こんなふうにしかものを頼めないのだろうか。

「んもぉ……分かりましたよ。もし仮にそうなったら、そのときは、前向きに善処します。あくまでも、僕のできる範囲で、ですけど」

「いやいや、君のような若者の可能性は無限大だよ。必ずや実現してくれるものと……」

そのとき、向こうにあるドアから一人、男が入ってきた。真っ直ぐこっちに向かってくる。中程まで来ると顔が分かった。

第五強行犯捜査の管理官、和知《わち》警視だ。さすがの小沢も静かになる。

和知は特捜一係の島まで来て、ざっと机を見回した。

「……安西《あんざい》は、多摩か」

安西泰敏《やすとし》警部。特捜一係の係長。

堀田が答える。

「はい。もう、多摩の特捜も勾留《こうりゅう》期限が迫ってるんで、下げられないかと、二係から打診されまして。それで様子を見に」

二係とは「第一強行犯捜査強行犯捜査第二係」を意味している。ややこしい名前だが、ようは捜査本部の設置やそれに対する係の割り振りを行う部署だ。

「じゃあ、堀田。ちょっと来てくれ」

「はい」

二人は、連れ立って大部屋を出ていった。

「……特捜、立つんかな」

小沢が、首を伸ばして出口の方を見やる。

「ああ、かもな」

「いや、違うな」

異を唱えたのは植草だった。大部屋の向こう、殺人犯捜査三係の方を顎で示す。

「あっちは在庁に入って四日目だ。殺しで特捜を立てるなら、あっちが先に呼ばれるはずだ。なのに和知さんが、わざわざ安西さんを捜しに来たってことは……つまり何かの再捜査だろう。新しい証拠でも出たか、タレ込みでもあったか」

この植草の読みは正しかった。

まもなく戻ってきた堀田は、「赤坂に行く。支度をしろ」と津原たちに命じた。

和知と堀田は公用車で、津原たち四人は地下鉄で赤坂署に向かった。

道中、特に話はしなかった。といっても、霞ケ関から赤坂見附《みつけ》までは地下鉄丸ノ内線でふた駅。赤坂署までは徒歩五分。実際、話をする間もなかった。

署に着き、二階の刑事課を訪ねる。出迎えたのは刑事課長警部と強行犯担当係長警部補、それと若い巡査長の三人だった。

「どうぞ、こちらへ」

すぐに同じ廊下の並びにある会議室に案内された。捜査資料をコピーしたものだろう、会議テーブルにはプリントが何部か用意されており、ホワイトボードには事件経過の説明書きが、その横にはテレビモニターと、ハードディスクレコーダーらしきＡＶ機器が設置されていた。

刑事課長を名乗った男がホワイトボードの横に立つ。

「……ある程度は、事件の概要もお分かりかと思いますが」

即座に和知が「いや」と挟む。

「新しい情報が入ったというだけで、捜査員は誰も事件の詳細は把握していない。今日は再捜査が妥当かどうかを検討しにきただけなので、簡潔な説明をお願いしたい」

「……了解しました」

　刑事課長の説明はこのようなものだった。

　港区赤坂一丁目の宝飾店「ジュエリー・モリモト」の経営者、森本隆治《もりもとたかはる》、五十五歳が、昨年の十二月三十日土曜日、二十三時頃、店から二百メートルの距離にある路地に連れ込まれ、刺殺された。悲鳴を聞いて駆けつけた通行人が犯人らしき人影を目撃、それに沿って捜査は行われたが、犯人を逮捕するには至らず、今年の四月七日に特捜本部は解散。事実上、捜査は打ち切りとなっていた。

「目撃された風体《ふうてい》に近い人物も複数名浮かび、聴取いたしましたが、いずれもアリバイが成立するなど、逮捕には至りませんでした。ですが昨日、マル害（被害者）の長女、森本夕子《ゆうこ》から電話がありまして、マル害の遺品を整理したところ、店内の様子を撮影したDVD方式のビデオディスクを発見。妙だなと思って再生してみたところ、このようなものが映っておりました……斉藤」

　指示された巡査長がリモコンの再生ボタンを押す。上に載ったテレビの画面が一瞬乱れ、だがすぐに監視カメラの映像と思《おぼ》しきそれが映し出された。

「これは、この日付の通り、昨年の十二月二十一日、犯行の九日前、夜中の二時の、ジュエリー・モリモトの様子です」

ひどく暗いのでよくは分からないが、奥にカウンター状に伸びているのが、たぶんショーケースなのだろう。左奥には緑の非常口誘導灯も映っている。

ところが、突如画面が明るくなる。二、三度蛍光灯が瞬き、室内の隅々《すみずみ》まで明かりが行き渡る。

まもなく、黒装束の後ろ姿が、画面下から入ってくる。たぶんニット帽か何かをかぶっているのだろう。頭まで異様に黒く、丸い。それが最初は大きく、奥に進むに従って小さくなっていく。挙動は、言うまでもなく怪しい。盗みに来ましたよ。背中がそう物語っている。

だが、あとから別の白髪頭が入ってくると、事態は一変する。黒装束が慌てふためくのが、無音の映像からでもはっきりと分かる。黒装束はポケットから刃物らしきものを取り出し、カメラ側に向ける。白髪頭が、スッと画面下に消える。黒装束が、刃物を構えたままカメラに寄ってくる。目出し帽をかぶっているので人相は分からない。やがてそれも画面下に消える。

映像はその後数秒間、無人の店内を映して終了した。

「……ちょっと、この映像では分かりづらいかと思いますが、あとから入ってきたのが、オーナーで社長の、森本隆治です。森本は自身で宝飾品をデザイン、一部の商品はカットなどの加工も行っており、この夜はたまたま急ぎの依頼があったため、夜中まで残り、別室で作業をしていた。そこに、ご覧になったように、黒装束の男が現われ、盗みを働こうとしたところ、物音を聞いて駆けつけた森本に見咎《みとが》められ、何も盗《と》らずに逃げ出した……ということなのだと思われます」

資料を読んでいた堀田が顔を上げる。

「この件について、森本氏からの通報や届出は」

刑事課長はかぶりを振った。

「いえ。我々も昨日、ご遺族から伺うまで、これについては認知しておりませんでした。またご遺族も、こんなことがあったとは、故人から聞いていなかったようです」

植草がホワイトボードを見やる。

「なぜ、通報しなかったのでしょうね」

「分かりません。何しろ、森本隆治は昨年末に殺されてしまったわけですから。死人に口なし、と申しましょうか……ですが、この映像の一件が森本殺害に何か関連しているのだとしたら、事件当時とは、全く違う線での捜査も可能なのではないか、と思い、本部にご連絡申し上げた……という次第です」

なるほど。津原としては、まあ納得できる話ではある。

和知が立ち上がる。

「分かりました。そのビデオディスクと、捜査資料をお預かりして、本部で検討いたします。まず間違いなく、再捜査はすることになると思いますが、人員はさほど多くは出せません。今日ここにいる五人、それに係長がつく形が精一杯です」

恭《うやうや》しく、刑事課長が頭を下げる。

和知が続ける。

「……ですので、最低でも五人、そちらからも捜査員を出してください。夜には、検討結果をご報告いたします」

津原たちもそれで席を立った。

本部庁舎に帰り着いたのは夕方、十八時過ぎ。津原たちは、そのまま帰ってよしとなった。

「一応、検討結果は今夜中に知らせるが、まず明日からは赤坂だと思っておいてくれ」

「了解しました」

和知と堀田が大部屋を出ていく。これから二係で、捜査本部の再設置について検討するのだ。

「……じゃ、俺は」

植草がカバンを持ち上げた、その腕に、

「待ってトシさん」

すかさず小沢がすがりつく。

「なんだよ」

目はすでに、さも迷惑そうに細められている。

「飲み行こ」

「なぜ」

飲みの誘いに対して「なぜ」はないと思うが、そう訊きたくなる植草の気持ちも、分からないではない。

「そんな、意地悪言わないでよ。遥ちゃん誘って、みんなで飲みに行きましょうよ」

「お前が一緒に飲みたいのは、遥じゃなくてチエちゃんだろう。だったら自分で誘えばいいじゃないか」

全く以《もっ》て正論だが、それは駄目だ。小沢が誘っても、チエちゃんは来ない。

「いやいや、そこは恋の駆け引きってやつでしょう。自然な流れというか、偶然を装って……」

こいつ、バカか。一昨日の今日で、どこがどう偶然なのだ。

「嫌だ。俺は今日、どうしても見たい映画があるんだ」

「どうせまたフランス映画でしょう。つまんないですよあんなの」

「大きなお世話だ」

「そんなの、レンタルになってからでもいいでしょう」

「だから、今まさに、そのレンタル中なんだよ」

「だったら、明日でもいいじゃないですか」

「明日からは赤坂だろう。泊まりになったら、見れなくなるじゃないか」

まったく、やれやれだ。

呆《あき》れ顔《がお》の大河内と目が合い、なんとなく二人で苦笑いを交わした。

こんなやり取りは、堀田班ではしょっちゅうだった。だから結果も見えている。小沢の粘り勝ち。植草は、嫌々ながらも遥に電話をする破目《はめ》になる。

「……分かったよ。その代わり、俺は最初だけで帰るからな」

「へい、恩に着ますぜ兄貴」

津原は「どうする」という意味で大河内を見たが、彼は肩をすくめるだけで、はっきりとは答えなかった。

「……ああ、俺だ。お前いま……ああ、そうか。実は小沢がな……そう。よく分かったな……ああ、俺も行くよ……ん？」

植草が電話の口を押さえてこっちを向く。

「お前らも来るんだろ」

見ると、大河内は小さく頷いた。ならば、津原も合わせておく。

「ええ、行きます」

「来るってよ……ああ、分かった。じゃああとで」

そして遥がＯＫするのも、ほぼいつものことだった。

遥は、都内にある私立女子大の事務局で働いている。この前一緒に来た三人も、職場の同僚ということだった。

彼女たちの夏季休暇は、学生のそれとほとんど変わらないと聞いている。実に羨《うらや》ましい限りだ。まあ、そんな境遇にでもなければ、そもそも平日の海になど付き合ってはくれなかっただろうが。

ただ、こんなふうに何度も誘っていると、遥以外のメンバーは少しずつ代わっていく。理由は様々だろう。お目当ての植草がなかなかなびいてこないから。あるいは、小沢が鬱陶しいから。たまには大河内や、津原を気に入る娘もいたようだが、いずれも交際にまでは発展しなかった。

「オォーイ、チエちゃーん、こっちこっちィーッ」

銀座のエスニック系居酒屋。この店でこうやって飲むのも、もう五回目か六回目だ。

「お待たせしましたぁ」

やはり、メンバーが一人代わっている。遥やチエより、少し年下っぽい、小柄な娘が加わっている。

ちなみに遥の身長は、百七十二センチある。街を歩けば、相当な大女だ。が、植草が百七十九センチ、津原が百八十二センチ、小沢が百八十ちょうど、大河内が百八十三センチ。堀田班のメンバーに混じると、ほとんど違和感がない。それもあってか、遥はことあるごとに「お兄ちゃんたちといると居心地がいい」と言う。こんな飲み会が何度も続けられるのは、そんな彼女の長身のお陰、と言ってもあながち間違いではない。

とりあえず、ピッチャーのビールを全員に注《つ》ぎ分ける。

「カンパァーイ」

小沢が適当にオーダーした料理が、次々と運ばれてくる。

今日はテーブルの右端に津原、向かいに遥、その左に大河内が座っている。津原の左はチエ。その向こうに小沢や植草はいる。

遥が、いくつか料理を取り分けてくれた。

「じゃあ、明日から忙しくなるんだ」

「ありがと……まあ、やってみないことには、分かんないけどね。二、三日で終わる可能性もあるし」

むろん、赤坂で起こった殺人事件の再捜査だ、などとは言っていない。

チエが、向かいの大河内をじっと見ている。

「ねえ、やっぱ取調べで、早く吐けコノヤロウ、とかやるの？」

途端、大河内の顔に困惑の色が浮かぶ。素人《しろうと》にどこまで話していいのか、彼はそういう判断が苦手なのだ。あまり、難しく考えることもないのだが。

代わりに、津原が説明しておく。

「いや、俺たちって実は、ほとんど取調べはやらないんだ」

「えーっ、なんで？」

「取調べは俺たちの、もういっこ上の階級の、警部補がやるから。それか、統括係長とかが」

生春巻きをひと口頰張る。

「それ、津原さんが捕まえた犯人でも、上の人が取調べするの？」

「うん、大体ね」

「ええー、なんかズルーい。手柄の横取りじゃん」

ようやく、大河内が笑った。

津原はもうひと口食べたところだったので、「話してやれ」と目で大河内に示した。

「いや……横取り、ってわけじゃなくて、そういう、分担みたいになってるんだよ。警視庁は」

「え、みんなって、警視庁の人だったの？」

遥が片目をつぶり、「チエ、シッ」と口に人差し指を立てる。彼女は、警察官が外では身分を明かしたがらないことをよく知っている。だが、あまり気にし過ぎて相手の負担になるのもよくない、と津原は思っている。臨機応変でいいのだ。そこら辺は。

小声で、チエに訊いてみる。

「……なんで、警視庁で驚くの」

「え、いや……この前、元警視庁長官が、交通事故起こして、どうこうって、ニュースでやってたから……」

なるほど。しかしそれは大きな、それでいてありがちな勘違いだ。

「あの、それは警視庁長官じゃなくて、警察庁長官だよ」

「ん？　警視庁と、警察庁……あそっか……ん？　でもそれって、どう違うの」

遥が吹き出す。だがそれは、決してチエの無知を笑ったわけではないと思う。なぜなら、他でもない遥自身が、ついこの前まで知らなかったのだから。

津原から説明しておく。

「ええとね、たとえば、神奈川県警って聞いたことあるでしょ」

「うん」

ちょうどそのとき、向こうにいる植草が携帯電話を取り出し、耳に当てた。おそらく、捜査本部再設置の知らせがきたのだろう。

「……分かりました。他の連中もまだ一緒なんで、自分から言っておきます……はい。失礼します」

電話を切り、こっちを見る。

「明日、予定通りで。よろしく」

三人が揃って「了解」と応じると、女性陣から「おお」と声があがった。

小沢が「え、なに？」と訊く。

「んん、なんかみんな、刑事っぽくて、カッコよかったから」

「えっ、俺も？　俺も、カッコよかった？」

「うん。小沢くんも、ちょっとカッコよかった……いつもよりは」

両手を胸の前で組み、小沢は神に感謝する真似をした。

よかったじゃないか。バカ。

3

堀田は、捜査本部再設置についての打ち合わせを終え、大部屋に戻ってきていた。

煮詰まったコーヒーをカップに注ぎ、差し出すと、管理官の和知は溜め息をつきながら受け取った。

「なんでいまさら、遺品からビデオディスクなんか出てくるんだろうな」

「ええ。亡くなったのが、昨年末の、十二月三十日……丸々八ヶ月、ですか」

「特捜の引き揚げから、約五ヶ月……ちょうど四十九日、とかいう嫌みでもないようだな」

　乾いた笑いを交わし、コーヒーをすする。

　そうそう、と和知が、思い出したように眉をひそめる。

「……多摩の特捜から朝岡たちを引き揚げるって、あれはなくなったよ。さっき安西から連絡が入った」

　それは困った。ただでさえ明日からの赤坂は人手が足りない。せめて安西係長には、こっちに専従で入ってもらわなければ再捜査が回っていかない。

「なんでまた」

「マル被（被疑者）が今になって、共犯がいるって言い出したそうだ。嘘《うそ》か本当かは分からんが、そう言われたら調べないわけにもいかんだろう。そんなわけで、いま捜査員を下げられたら困るって、珍しく山内とあの女主任が、連名で抗議文を送ってきたそうだ……二係に、わざわざファックスで」

　どんな業界でもそうだろうが、押しの強い人間というのは得をするものだ。多少無理な話でも、大きな声と身振り手振りで押し通してしまう。そういった点でいえば、安西係長は真逆。典型的な調整役タイプといえるだろう。自分が半歩下がって治まるものならと、進んでそうしてしまうところがある。それで喜ぶのは上か横並びの人間だけで、下についている堀田たちは、何かと割《わり》を喰うことになる。まあ、押しの強い人間ばかり揃っていては、組織なんてものはじきに立ち行かなくなってしまうのだろうが。

「なんといっても、こっちは後発の上に再捜査ですから。致し方ないでしょう……現有勢力で、なんとかやってみます」

「すまんな。あそこの、赤坂の署長は藤宮《ふじみや》一課長と同期で、刑事課長も本部にいたことがあって、よく面倒を見た後輩だそうだ。せいぜい足手まといにならんよう、発破《はっぱ》をかけておくと言っていたよ」

「藤宮課長が、ですか」

「ああ。たまたま、あんたを呼ぶ前に二係で一緒になって。それで少し、話をした」

珍しい。捜査一課長ともなれば、普段はあちこちの特捜本部を飛び回っていて、本部庁舎にいたとしても滅多に顔を合わせる相手ではないのだが。

和知は「じゃあ」と踵《きびす》を返し、大部屋を出ていった。

堀田も帰ろうと思い、何かしまい忘れたものはないかと、机の上に今一度目をやった。するど、缶コーヒーが一つ、載っていた。それには付箋《ふせん》が四枚。スカート状というか、放射状に、ヒラヒラと缶の周りに貼り付けられている。

手に持つと、まだいくらか冷たい。

【お疲れさまです】この几帳面《きちょうめん》な字は、植草だ。

【お先に失礼します】案外子供っぽい丸い字は、津原。同じく【お先に失礼します】と、シャーペンで薄く書いてあるのは大河内だ。

【お先っす】サインペンで太く書くのは小沢。付箋自体は水滴で上手く付かなかったのか、わざわざ輪ゴムを巻いて缶に留めてある。

「バカどもが……」

堀田は付箋を全部剝《は》がし、だが輪ゴムはしたまま、プルトップを引っ張った。甘さ控えめの、堀田好みのミルクなしコーヒーだ。

こういうのを買ってくるのは、たいがいは津原だ。図体がでかいわりによく気がつく。実に小回りの利く大男なのだ。幼い頃から施設で育ったというのと、決して無関係ではないのだろう。ややもすると、周りに気を遣い過ぎるきらいがある。最近では大河内と植草の妹をくっ付けるのに骨を折っているらしいが、それも実は空回りしているのだと、植草からは聞いている。

植草の妹、遥は、どうも津原に気があるらしいのだ。

分かる気はする。

植草兄妹も早くに両親を亡くしている。植草は遥を育てるため、高校を卒業してすぐ警視庁に奉職した。そのせいばかりではないだろうが、どうも堀田には、植草と津原の性格が似ているように思えて仕方がない。自分のためより先に、他の誰かのためを思う。そんなところが、あの二人にはある。

そういう人間は、強い。

自分のために発揮できる力というのは、意外と限界があるものだ。もういいんじゃないか、と思った瞬間に、人の足は止まる。だが誰かのため、とりわけ血を分けた人間や大切な人のためとなると、もういいやでは止まれない。極端な話、命と引き替えにすることも厭《いと》わず走り続ける人間がいる。あの二人が、まさにそのタイプだ。

強《し》いて植草と津原の違いを挙げるとすれば、植草には遥という肉親がいるが、津原は今まで失った経験しかない、という点だろうか。だから、新しく得るのが怖い。共に過ごす未来より、さらにその先にある別れに気がいってしまう——。

実際のところがどうかは分からない。そんなのは堀田の単なる思い過ごしかもしれない。だがなんとなく、そんなふうに見えてしまう。

津原は以前、こんなことを言っていた。

「真ん中って、居心地いいもんですね」

何の真ん中か、一瞬分からなかった。

「上には堀田さんがいて、植草さんがいて、横には小沢がいて、下には守がいる……でも、いつかバラバラになっちゃうんですよね、このメンバーも」

こいつには家族が必要だと、そのとき堀田は思った。

「真の愛とは見返りを求めないもの」と人は言うが、堀田はそうは思わない。堀田には妻と娘が一人いる。特に娘には、一人っ子だからというのもあるが、いろいろと、できる限りのことはしてきたつもりだ。

親が子から受ける見返りというのは、将来的に養ってもらおうだとか、かけた金の分だけはその道で成功してもらうとか、そんな等価交換的なことでは決してなく、むしろその瞬間、尽くす相手がいるという、その充足感にあるのだと思う。

誰かの役に立っているという、喜び。何かをしてあげられるという、幸福。「世話をしてやっている」などという、傲慢《ごうまん》なそれとは根本的に違う。自分は、誰かの役に立てるのだという、確認。強いて言えば、それが何よりの見返りではないかと思う。

自分が、なんの役にも立たない人間であると思い知らされることほど、つらいものはない。

社会における、自分の居場所。それは即《すなわ》ち、自分が誰かの役に立てる場所、という意味であるのだと思う。

だから津原は、必要以上にがんばってしまう。自分がこの場所にいることを許してほしくて、仕事面でがんばり、人間関係で気を遣い、かえって、自分で自分の居場所を窮屈にしてしまう。いい男だが、もう少し楽に生きろと、そう言ってやりたくなる。だが植草は、それを黙って見ている。自分と同じタイプだから、違和感を感じないのだろう。静かに見守っている。そんなふうに、堀田には見える。

遥が津原に惹《ひ》かれるのはよく分かる。兄と似ているので安心できるし、何より大きくて、頼《たよ》り甲斐《がい》がある。堀田も何度か会ったので知っている。遥は堀田のような年配者から見ても、真面目そうで、清潔感があって、なかなか器量よしの、実にいい娘さんだ。自分に息子がいたら、もっとも嫁にほしいタイプだろう。

津原と遥はお似合いだ。大河内には可哀相だが、結局はそうなるだろうと思う。小沢が下手なお膳立てなどしなくても、いずれあの二人は上手くいく。そんなふうに、堀田は思っている。

空き缶を持って大部屋を出た途端、ポケットの携帯電話が震え始めた。

通路の先、自販機の辺りまで小走りし、缶を捨て、急いでポケットから取り出す。二つ折りのそれを開き、だが耳に当てる前に気づいた。

電話じゃない。メールでもない。位置情報提供サービスというやつだ。要は、いま堀田がどこにいるかを誰かが電話会社に問い合わせ、堀田の携帯電話が「ここですよ」とそれに応えた。そういう、事後通知の鳴動だ。こっちの端末には、問い合わせ主が誰であるかが表示される。確認するまでもない。こんなことをするのは女房しかいない。

そういえば、これを設定してくれたのは津原だった。

ご多分に漏れず、堀田も年相応に、この手の電子機器には弱い。本当は扱い慣れた古い機種のままがよかったのだが、前のはフルに充電しても、電池が一日持たなくなってしまった。充電池の替えは高いと、若い連中は口を揃えて言う。それなら仕方ないと諦《あきら》め、新しいのを買った。

機種選びも相当に迷った。年配者向けのを買えば、娘や若い連中に馬鹿にされる気がしたし、あまり洒落《しゃれ》たのも、逆に嫌らしくて気が進まなかった。だが、結局は年配者向けのにした。閉じていれば思ったほど恰好悪くないし、機能も、そこそこ充実している。

「うわッ、次郎さんの、見やすッ」

開口一番そう言った小沢は、ぶっ飛ばしてやった。

植草と津原は、いろいろ親切に設定したり、分かりやすく説明してくれたりした。

「次郎さん、これ、奥さんとやればいいのに」

津原が、マニュアルを開いてこっちに向ける。

「なんだそりゃ」

「位置情報提供サービス。次郎さんよく、仕事中に電話してくるなって、奥さんのこと怒《ど》鳴《な》るじゃない。でも、奥さんだって心配なんすよ。位置だけでも分かれば、ああ本部にいるんだな、とか、どこそこの署にいるんだなとか、安心するんじゃないかな」

彼らしい配慮、提案だと、嬉《うれ》しく思った。

だが、具体的にどんなものかが分からなかったので、津原の携帯電話で試させてもらった。すると、ちゃんと自分の携帯電話に地図が表示され、彼が警視庁にいることが確認できた。

「……そういう感じで、奥さんに通知されるわけですよ」

「なんか、首輪が付いてるみたいで嫌だな」

「まあ、やましいところがあるんだったら、無理には勧めませんけど」

そういうことは特になかったので、女房に教えてやった。以来、ときどきこうやって携帯電話が震えるようになった。場所が分かると確かに安心するらしく、仕事中にかかってくる電話は格段に少なくなった。

これから帰る。そうひと言、連絡を入れてやろうか、などと思っていたら、肩を叩かれた。というか揉まれた。

「……何してるんですか、次郎さん。こんなとこで。優しい顔して、じっとケータイなんか見つめちゃって」

振り返って顔を見るまでもなく、声で分かった。

奥山寛《おくやまひろし》。捜査一課殺人犯捜査第八係の、主任警部補だ。

久し振りだな、と言おうとし、だがつい最近、こいつの名前をどこかで見たなと思い直した。

「なんですか。女んとこに電話するかどうかで、迷ってるんですか」

「なに言ってんだ。お前と一緒にするな」

奥山は確か、自分の七つか八つ下、そろそろ五十という歳ではなかったか。そのわりにはチャラチャラしているというか、遊び人ふうというか、いつも小洒落た感じのスーツを着て、小洒落た柄のネクタイを締めている。今も辺りには、なんだか小洒落た匂いが漂っている。

しかしいつ、どこでこいつの名前を見たのだろう。

「そっちこそ、なんだ、こんな時間に」

すると、厚みのある唇を歪《ゆが》め、鼻で笑う。

「なんだじゃないですよ。赤坂のアレ、次郎さんとこでやるんでしょう」

そうか。例の、森本隆治の事件。当時捜査を手掛けたのが殺人班（殺人犯捜査）八係で、その捜査資料の中に奥山の名前があったのだ。

「なんだ、それで特捜から呼ばれたのか」

「そうですよ……あれですって、実は事件前に強盗未遂かなんかがあって、その映像が出てきたんですって？」

「そう」

「それですよ……お前はその映像について認知していなかったのか、なんで当時、その防犯カメラの映像を確認しなかったのかって、係長にギャンッギャン言われて、本部行ってこいってどやされて。今さっき、管理官にもドッカンドッカン雷落とされて。それでようやく、釈放されたってわけ……いや、まだ仮釈かな」

再捜査というのは、初動捜査を担当した者からすれば、当然ながら愉快な出来事ではない。堀田にも経験がある。そのときは、幸いにというべきかなんというべきか、犯人は逮捕されなかったが。

「ブツ自体は、マル害の自宅にあったみたいだからな……ま、チェックから漏れても致し方ないさ。あまり気にするな」

「イケそうなの、次郎さんとこで」

「分からん。まだ何も始まってないんだから」

奥山は芝居がかった仕草で、斜めにかぶりを振った。

「……せめて、お手柔らかに頼みますよ。それでなくたってウチは、そのあともう一個、お宮入りにしちまってるんで。そっちは被疑者死亡の、不起訴処分でしたけどね……全く、ついてないですよ今年は」

そう言われても、笑って頷いてやるくらいしかできない。

「誰にだってあるさ、そういう年は。再捜査は、やられる方だって嫌かもしれないが、やる方だってキツいんだ。そもそも、ひと通りの捜査が終わった状態からのスタートになる。ネタなんざ、どれも出涸《でが》らしばかりさ。参るよ、正直」

奥山は肩をすくめ、外人のように手を広げ、おどけてみせた。そんな仕草が、この男にはことのほかよく似合う。

「チョンボ見つけても、あんま穿《ほじく》らないでね」

「分かってるよ。特捜は監察じゃない。あんまりビクビクするな」

「ビクビクもしますよ……今の特捜も、雲行きが怪しくてね。どうも俺のところには、ろくなネタが転がってこない。いっそ、そっちの捜査に入れてもらいたいですよ」

それも、笑って流すほかない。どのみち、一介の刑事に事件を選ぶ権利はない。

奥山は自動販売機の前にいき、何がいいかと訊いた。

もう帰るからいいと遠慮すると、彼は、口を尖らせてうな垂《だ》れた。

「……今、帰りたくないんですよ、特捜に……もうちょっと付き合ってよ、次郎さん」

酒を付き合わされるよりはましかと思い、じゃあ、ミルクなし砂糖半分のキリマンジャロ、と注文した。

奥山は苦笑いし、悪いね、と小さく頭を下げた。

4

翌九月三日月曜日、朝八時。津原は多くの署員と共に、赤坂署の玄関を入った。

受付で捜査本部の場所を聞き、エレベーターで四階、講堂の並びにある会議室を覗《のぞ》く。

「……おはよぉす」
二、三十人は楽に入れる部屋。だが、ここの刑事課の人間はまだ一人も来ておらず、
「おはようございます」

いたのはサンドイッチを頬張る大河内と、

「おはよう」

脚を組んでコーヒーを飲む植草だけだった。

新聞を畳み、シルバーフレームの眼鏡《めがね》をはずす。植草は、寝不足の朝だけ眼鏡を掛ける。

昨夜も最初だけと言ったわりには、結局十一時頃までみんなに付き合った。

「帰ってから、例のフランス映画、見たんですか」

「ああ……遥は、途中で寝てたけどな」

「なんてタイトルですか」

「……『美しき運命の傷痕』」

津原は聞いたことも、むろん見たこともない。

廊下の先にある、エレベーターのドアが開く音がした。

途端、無遠慮かつ野卑な大声が辺りに漏れ出す。

「……いやいや、次郎さんマジで。今度は俺、ほんとに上手くいっちゃうかもよ。そしたら次郎さん、仲人《なこうど》やってね、仲人……おっ、オッス皆の衆」

元気に手をあげる小沢の後ろで、堀田がげんなりといった表情をしてみせる。

小沢は津原の右、堀田は植草の左の席に座った。要は、捜査一課の大部屋と同じ並びだ。

「……そんなに奴は、ゆうべモテたのか」

植草がかぶりを振る。

「ちょっと話の流れで、カッコいいって言われただけです」

「ほう、でもいつもよりは高評価じゃないか。いつもはナメクジか、ゴキブリみたいな言われようだろう」

「ええ、昨夜はまあ……いうなれば、カブトムシくらいでしたでしょうか」

「はは……立派立派。値段が付くようになったらしめたもんだ」

え、なに？　と小沢が訊く。堀田と植草は、揃って「なんでもない」とかぶりを振った。

堀田班のメンバーが揃うと、まもなく赤坂署刑事課の捜査員も部屋に入ってきた。昨日の強行犯捜査係長と斉藤巡査長、それに初めて見る若いのが三人という構成。

堀田が怪訝《けげん》な顔をする。

「刑事課長は、あとからお見えになるんですか」

「いえ、基本的には……この五人で」

強行犯担当係長は堀田と同格の警部補。なるほど。赤坂署的には、あまりこの捜査には乗り気でない、ということか。

そうと分かれば、こっちの態度も自《おの》ずと決まってくる。捜査一課の流儀で、ガンガンやらせてもらうまでだ。

堀田が咳払《せきばら》いで間を取る。

「……了解しました。では、こっちで割らせてもらいますんで、各自名刺を出してくださ
い」

全員が堀田に名刺を差し出す。堀田は一枚一枚顔を見て受け取り、自分のも出し、十枚を会議テーブルの上に並べた。

「一組。私と、中田《なかた》係長。二組。植草と川本巡査部長」

了解、と植草、その相方が応じる。

「三組。津原と斉藤巡査長」

斉藤はこっちを向き、よろしくお願いしますといったふうに頭を下げた。津原も、一応会釈を返しておく。

「四組。小沢と、平井巡査長。五組。大河内と駒田巡査部長」

各々《おのおの》がなんとなく挨拶を交わし、ペアで並ぶ恰好になった。

堀田はホワイトボードの前に出て、今の割り振りを改めて書き出した。

「今日は一組と五組で、過去資料の再点検。二組と三組で、ジュエリー・モリモトの現場検証と、店員及《およ》び関係者への事情聴取。あとでビデオを検証するときの物差しにするので、特に採寸は念入りに。四組は森本宅で事情聴取。ビデオディスク発見に至る経緯を詳しく。他にも何かないか捜してこい。以上、散会」

全員が「了解」と返し、出口に向かう。

いや、中田という強行犯担当係長だけは、面白くなさそうな顔をしていたが。

ジュエリー・モリモトのある赤坂一丁目までは約二キロ。微妙な距離だが、管内の雰囲気を見るために歩こうということになった。

植草、川本が前を行き、津原、斉藤が付いていくという並び。自然と、斉藤と話をする感じになる。

「なんか、すみません……わざわざ、ご足労いただく感じになっちゃって」

斉藤は、警察官としてはかなり小柄な部類に入る。身長は百六十センチをいくらも出ておらず、体格も、どちらかといえば華奢《きゃしゃ》な方だ。よくこれで警察学校を卒業できたものだ。

訊けば歳は二十六歳。階級は巡査長。といっても「巡査長」は正式な階級ではなく、何年か勤続すれば自動的につく慰労的な肩書きに過ぎない。要はヒラの巡査。態度が遠慮がちになるのもある程度は仕方ないが、この極度に謙《へりくだ》った物言いはどうだろう。

「別に、新しい情報が入ったら、捜査するのは当たり前だよ。君が謝ることじゃない」

すると、いやぁ、と頭を掻《か》く。

「ビデオディスクを持っていらした、森本夕子さんが、あんまりにもお綺麗だったもんで、僕、ついその場で……はい、再捜査します、って、言っちゃったんですよね……」

なんだ。一体なんの話だ。

「あとで、係長にすごい怒られちゃいました。なんで報告もしないで、本部に連絡なんてしたんだって」

なんと。今回のこれは、一巡査長の勇み足から始まったというのか。

「まあ……こっちでも、一応検討して、それで、再捜査するってなったんだから、いいんじゃないかな」

そんなどうでもいい話をしているうちに、ジュエリー・モリモトに着いた。

店舗は七階建てのテナントビル、「古賀ビル」の三階にあった。二十坪かそこらの細長いフロア。例のビデオで強盗犯が入ってきたのは、店舗の通常の入り口だったようだ。

時刻は九時二十分。むろん営業開始時間前だが、今日は関係者に頼んで特別に開けてもらっている。

「ご苦労さまです。私、坂本と申します」

入ったところで待っていた店長と、植草が挨拶をする。

「朝早くから申し訳ありません。できる限り営業に支障をきたさないようにいたしますので、早速、店舗内を調べさせてください」

坂本が目を見開く。

「……と申しますと、何か、証拠品を、持ち出したり……？」

「いえ、現場検証をするだけです。といっても強盗未遂自体は、もう八ヶ月以上も前のことですので、指紋や足跡を採ったりするのではありません。あくまでもお店の形を計るだけです。ご安心ください」

それでも坂本店長は、津原たちが通路の幅、長さ、天井の高さ、ショーケースの大きさなどを測っているのを、じっと心配そうに目で追っていた。

津原は、記録をやらせている斉藤の様子もたまに見てやった。彼は首から画板を提《さ》げ、自分で描いた現場見取り図に、読み上げられた数値を書き込んでいる。

「……別に、全部一面に書かなくてもいいから。こう、注釈みたいに引っ張って、別に書き出したっていいんだから」

「ああ、はい、すみません」

「とにかく、あとで見て分かりやすいように」

「はい」

ドンマイ、と軽く肩を叩いておく。

並行して、植草は坂本に話を聞いている。

「じゃあ、森本さんから、強盗に入られそうになったというようなお話は」

「聞いておりませんでした。一昨日、お嬢さんの夕子さんからお聞きしまして、それは大変だというので、警察に届けなければと申し上げましたくらいで……」

「なるほど。そうですか」

ひと通り採寸を終え、植草がチェックし、二、三ヶ所やり直しをし、それで現場検証は終わりになった。


その他の古賀ビル関係者にも話を聞き、十二時過ぎには署に戻った。

午後からは、現場で採った寸法をもとにビデオ映像をチェックする。監視カメラの位置、通路の長さ、強盗犯の立ち位置、姿勢、ショーケースとの対比。それらの数値から、強盗犯の体格を推測する。

「案外、背は高いな」

植草が自分用のノートパソコンに数値を打ち込み、角度なども計算に入れ、仮の数値を出す。

百七十八センチ。一番近いのは俺か、と植草が呟く。

斉藤は頭の上に手をかざし、これくらいかなと計っている。

作業を覗きにきた堀田が、津原に訊く。

「どうだ。按配《あんばい》は」

「いま出たところです。ちょうど、植草さんぐらいみたいですね」

植草は立ち上がり、ビデオ映像から切り出した写真をテーブルに並べ始めた。全部で七枚。

「ちょっと見てもらえますか……まず大前提として、男。この正面から見た感じだと、肩幅も相当に広いですしね。それでいて、かなりの痩せ型。俺が六十四キロだから、同じくらいか、下手したらそれ以下でしょう。これの脚なんて、けっこう細いですし」

堀田が唸《うな》りながら見比べる。

「わりと、若いように見えるが、どうだ」

津原も、そう思う。

「そうですね。この、森本に発見されて、はっとなって振り返る仕草なんて、なかなか機敏ですしね。先入観を持ち過ぎるのはどうかと思いますけど、二十代から、三十代半ばまでと思っていいんじゃないですかね」

　しかし、と植草が堀田を見る。

「森本はこの件を、なぜ警察にも店の者にも言わなかったんでしょうね。普通、大騒ぎするでしょう。刃物を持った強盗犯が店にまで入ってきたら」

「ああ。それは俺も、ずっと疑問に思ってた。一番考えやすいのは、森本がこの男の正体に気づき、表沙汰にしないようにしてやろうと考えた、って線だよな」

　ということは、と斉藤が割り込む。

「その、仏心《ほとけごころ》を逆恨みして、この男が森本を殺したと？」

　堀田と植草が揃ってかぶりを振る。

「そうは言ってない」

「君ね、いきなりそこまで決めつけたら、ヤマのスジを見誤るよ」

　斉藤、空振《からぶ》り三振。


　引き続き、捜査範囲について検討した。

　強盗は未遂だったにせよ、犯人は閉店後の店舗への侵入は成功させている。その点から考えると、もっとも疑わしいのはジュエリー・モリモトの従業員、ということになるだろう。むろん、何年か前までさかのぼって調べる必要がある。元店員の友人、という辺りまでは視野に入れておくべきかもしれない。

次いで怪しいのは、取引先か、顧客か。

ちなみに、全くの部外者があの店舗に侵入するのは難しいだろうというのが、現在されている見方だ。古賀ビルの一階には警備員の詰め所があり、その前を通らないと、夜間はまず建物内には入れない。各フロアには非常階段に通ずる非常扉があるが、映像で見る限り強盗犯はそこではなく、店舗入り口から堂々と入ってきている。ということはやはり、警備員詰め所の前を通って、階段で三階まで上がってきたと考えるべきだろう。また犯行にエレベーターが使われていないことは、午前中に出向いた際に確認済みである。事件当時、どこかの鍵が壊されていたというような情報も、現時点では確認されていない。

斉藤が手を挙げる。

「犯行を実行に移すまで、もっと上の階に隠れていたとかは、考えられないですか」

堀田がかぶりを振る。

「フロアの平面図をよく見ろ。各階には小さなエレベーターホールが共有スペースとしてあるだけで、あとはすぐにテナント各戸のドアだ。警備員は二時間ごとに、階段で各階の共有スペースを見て回っている。各戸の施錠も確かめている……そこまでは、確認してるんだよな」

それを聞いてきたのは津原だ。自信を持って頷いておく。

「あのビルに警備員が入るのが二十時半、ジュエリー・モリモトの閉店が二十一時。ビルの表玄関を閉めるのが二十一時半から二十二時頃だそうです。ビデオに映っていた犯行時刻は、夜中の二時。閉まってから四時間……他の階にじっと隠れているというのは、ちょっと現実的な手口ではないでしょう」

ただ、と植草が手を挙げる。

「その警備会社が、きちんと仕事をしていたならば、ということだよな」

それは、確かにそうだが。

また斉藤が手を挙げる。

「あの、ちょっと思い出したことがあるんですけど……その、僕が昨日読んでた、捜査資料の中にですね、身長百八十センチっていう男が出てきたんですが、やっぱり、二センチオーバーしてたら、駄目でしょうか」

「どの資料だ」

堀田が訊くと、斉藤は「はい」と立ち上がり、件《くだん》の資料を持ってきた。記載のあるページを開き、堀田に見せる。

「ハセスグル、三十三歳。会社員……ってお前、アリバイありってなってるじゃないか」

「でもですね、それは森本殺しの、十二月三十日の夜のことであって、その九日前の強盗についてては、この男って可能性も、なくはないんじゃないでしょうか」

植草が小首を傾《かし》げる。

「……斉藤くん。確かに強盗犯というのは、赦されるべきではないと思うよ。たとえ未遂であってもね。しかし、あくまでもいま我々が追っているのは、森本殺しの犯人なんだ。分かりやすくいえば、この強盗犯が殺人犯である可能性を探っているんだよ。単純に強盗事件を……しかも未遂の、被害届も何も出ていない案件を捜査しているわけでは、残念ながらないんだ」

植草の言い分はもっともだが、何も名指しで苛めなくてもいいと、津原は思う。可哀相に。もとから小さな斉藤が、さらに小さくなってしまった。

翌日から、関係者に対する聞き込みを開始した。

津原と斉藤の担当区分は、ジュエリー・モリモトの、昔の従業員。坂本店長に提出してもらった履歴書ファイルを調べ、体格が近いと思われる人物を当たっていく。もしこれで上手く当たらなかったら、女性従業員の男関係まで当たる必要が出てくるかもしれない。

正直、この聞き込み捜査は難しかった。まず、目的の人物に会えないケースが多過ぎる。引っ越していたり、ひどい場合は行方不明になっている者までいる。

ようやく会えても、九ヶ月近く前のアリバイなど、誰もそう簡単には証明できない。だからといって、あまりあからさまに疑いの目で見ることもできない。

「分かんないですよ、去年のことなんて……」

小林紀夫《のりお》、三十一歳。身長、百七十九センチ。現在は新宿の家電量販店で、宝飾品担当をしている。

「勤務表とか、ありませんか」

「ここに採用されたの、二月なんで。その前の三ヶ月くらいは、無職だったので……」

稀《まれ》に分かりやすい人も、いるにはいた。

田川淳司《たがわじゅんじ》、三十七歳。百七十七センチ。ブランド品のセレクトショップに勤務。

「去年の暮れだったら、入院してましたよ。新宿の帝都医大付属病院に。胃にでっかいポリープができちゃいましてね。悪性じゃなかったんで、助かりましたけど」

確認すると、なるほど入院履歴があった。

空振り三振もいれば、ソロホームランを打つ人間もいる。それが組織捜査のいいところだ。

再捜査開始から六日目。

有力な情報を拾ってきたのは大河内だった。

「古賀ビルの警備を担当しているのは、当時も今も南関《なんかん》警備保障という警備会社ですが、その元従業員、ナカザトヒロユキという男から、面白い話が聞けました。ナカザト自身は古賀ビルの警備をしたことはないそうですが、去年の春頃まで南関警備にいた、ソネアキヒロという男が、あのビルの夜間警備を担当しており、それについて、妙なことを口走っていたというんです……あのビル、中はほとんど無防備だから、やる気になればなんでもできてしまう、宝石屋も、ブランド物を置いている店もある、と……」

このところはテーブルを「ロ」の字に並べて会議をしている。

大河内のちょうど向かい、堀田が彼を指差す。

「そのソネが、南関警備を辞めた理由は」

「一身上の都合、ということでした」

「現在の住居は」

「南関警備で当時の履歴書を閲覧しましたが、現在もそこにいるかどうかは、まだ確認できていません」

大河内が立ち上がり、ホワイトボードに書く。曽根明弘《そねあきひろ》、三十一歳。身長、百八十センチ前後。痩せ型。住所、中央区月島《つきしま》一丁目◎、コーポ月島一〇五号室。

堀田が頷く。

「その曽根が、仮にこの、強盗未遂犯だったとして……古賀ビルの警備を担当していたのだから、森本隆治と顔見知りだった可能性はある……だが、警備員とテナントのオーナーという間柄……しかも曽根は、事件のだいぶ前に南関警備を辞めてるんだよな」

大河内が「去年の春に」と答える。

「だったら、目出し帽をかぶった状態の曽根に、森本が気づくだろうか。分からないのが普通じゃないかな」

　津原はその見解に、やや違和感を覚えた。

「主任。一概に、一警備員とテナントオーナー、というだけの間柄とは、限らないんじゃないでしょうか。お疲れさまです……とかなんとか、声をかけ合っているうちに、親しく話をするようになる場合だって、あると思います。ましてや森本は別室にこもって、夜中に一人で加工作業をしたりもしていた。言葉を交わす機会は、けっこうあった方なんじゃないですかね」

　堀田がにやりとする。

「そういう、警備のバイト経験でもあるのか」

「いや、バイトじゃなくても、交番勤務でも、そういうことってあるでしょう」

　俺はねえな、と小沢が言うので、お前はな、ととりあえず返しておいた。

　堀田が、うんと頷く。

「……だったら逆に、なぜ森本が居残っている可能性を想定しなかったのか、という疑問も、なくはないが……まあ、いいだろう。曽根明弘を、ちょっと集中的に洗ってみようか」

　津原は「やったな」という意味で、大河内に拳《こぶし》を握ってみせた。だが照れ臭いのか、彼は苦笑いで会釈を返しただけだった。

曽根の身元を洗うのはさして難しいことではなかった。

月島のワンルームから引っ越してはいたが、転居先はちゃんと大家に告げていた。大田区大森北のアパート。現在は近所の、国道沿いのガソリンスタンドで働いているという。

大河内が小さく指差す。

「あれですよ……あの、一番背の高い」

「うん。見れば分かるよ」

植草が、その手を叩いて下げさせる。

大河内と植草、津原の組、計六人で職場を確認しにきた。声をかけに行くのは大河内組。だが万が一、曽根が逃走を図るようなら他の四人も加勢して取り押さえる。そういう段取りになっている。それくらい津原たちは、曽根に危険な「ニオい」を感じていた。という か単純に、犯人であってほしいと願っている。

「……じゃあ、行きます」

だいぶ緊張しているようなので、津原はその肩をさすってやった。

「あんま力《りき》むな。柔らかくな、柔らかく」

「はい、大丈夫です……駒田さん、行きましょう」

相棒のデカ長（巡査部長刑事）と、目的のガソリンスタンドに向かう。植草と津原の組は、どっちに逃げられてもいいように、スタンドの左右に分かれて待機することにした。ちなみにこの店に裏口はない。

従業員は今のところ三人。曽根と、大学生くらいの女の子、それと店長らしき中年男性。ちょうど客が途切《とぎ》れたところで、給油スペースは空っぽだ。

大河内たちが、歩道からスタンドの敷地内に入る。それとなく他の二人にもお辞儀をしながら、曽根の方に近づいていく。曽根は洗車機の横辺りでホースを持ち、地面に置いたマットか何かに水をかけている。

大河内が声をかけたのだろう。曽根が彼らに顔を向ける。途端、その表情が凍りつく。異様に反応が早い。またひと言ふた言、大河内が何か言う。手を懐に入れる。

その瞬間だった。

曽根は持っていたホースの口を大河内と駒田に向け、ひと振り水を撒《ま》くや否や、いきなりダッシュで店を飛び出した。

なんと全力疾走で、津原のいる方に向かってくる。

「分かってるね、斉藤くん」

「……あ、はい」

曽根がぐんぐん近づいてくる。タバコの販売機があり、それを買う振りをしているので、まだ曽根は、津原たちが刑事であることには気づいていないと思う。

五メートル。四、三——。

津原は曽根に正面を切り、姿勢を低くして構えた。

曽根の顔色が変わる。気づいた、けど止まれない。突っ込んでくる。よしよし、そのまま来い——。

曽根は、身構えた津原から逃げようと、瞬間的に右へと跳んだ。その腰に、津原は両手を伸ばす。柔道着と違って、ツナギには帯も襟もない。両腕を完全に相手の腰に回し、それでも曽根が逃げようとするので、結局は背後から抱きつくような恰好になった。

「ウアァァーッ」

吠《ほ》えても無駄だ。こういう展開になって、津原から逃げられた者はいない。

「……トナシクセヤッ」

足をすくい、体ごと持ち上げ、怪我《けが》をしないようにゆっくり、俯《うつぶ》せに下ろしてやる。だが、それでもまだ暴れるなら、

「テメッ」

仕方ない。思いきり体重をかけて圧迫し、腕を一本だけ捻《ひね》り上《あ》げる。後ろ向き限界まで真っ直ぐ伸ばし、そこからあと二センチ、頭の方に押し上げてやる。

「イギャァァーッ」

案の定、なんの加勢もしなかった斉藤に命ずる。

「……手錠、ほら早く」

我に返った斉藤が、慌てて腰のサックから手錠を抜き出す。その頃にはもう、植草や大河内たちも駆けつけてきていた。

「守、時間は」

「十一時、三十七分です」

言われた時間を、今一度繰り返す。

「……公務執行妨害で、逮捕します……いいね？」

曽根の反応は、特になかった。

5

取調べは堀田と中田。津原と植草の組は、そのやり取りを隣の調室で聞いている。大河内と小沢の組は、職場と住居周辺でそれぞれ聞き込みをしている。

「……なんで逃げたの」

スピーカーの類を通して聞いているのではない。壁が薄いので、単に筒抜けになっているだけだ。室内の様子は、マジックミラーの小窓から覗き見できる。

「ウチの若いのが、内ポケットに手を入れたところだったらしいね……なんだと思ったの」

堀田が低く笑ってみせる。その後ろに控えている中田は腕を組み、ときおりチラチラと曽根の顔色を盗み見ている。

「スーツの二人組が近づいてくる……曽根、明弘さんですよね、お仕事中すみません、とか、お忙しいところすみませんとか、そういうことを言う……上着の胸ポケットに手を入れる……あんたはそれで、何を想像したの。ピストルでも出てきて、撃たれるとでも思ったの」

曽根は顔をしかめ、机の上に視線を落としている。顔立ちは、まあ整っている方である。系統でいえば、鳥っぽいというか、爬虫類《はちゅうるい》っぽいというか。鼻が長く、目が細い。髪は少し伸ばし気味で、後ろは肩にかかるか、かからないかくらい。

「撃たれると思って逃げ出したんだったら、問題だよな……あんた普段、どんな生活してるの。誰かに追われたり、拳銃突きつけられて、脅されるような立場なの」

面白くなさそうに唇を捻る。迂闊に逃げたことを後悔しているのだろう。

「店長さんに聞いたけど、けっこう真面目にやってたみたいじゃない。それなのに、なんで逃げたりしたの。相手に水ぶっかけて全力疾走って……普通しないよ、そんなこと。よっぽど、訪ねてこられちゃ嫌な相手がいたんじゃないの？　誰かがいつか、自分を訪ねてくる……そういう覚悟を日頃からしてたから、とっさに、ああいうふうにできたんじゃないの？」

　反応はない。

「一緒に働いてた女の子……井上聖子《いのうえせいこ》ちゃん。二十三だって？　あの娘《こ》、ショックで泣いちゃったってよ……付き合ってたの？　そういうんじゃないの？」

　あの娘、泣いてただろうか。少なくとも、津原は見ていない。

　長引きそうな予感がし、自然と内ポケットのタバコに手が伸びた。記録用の机に腰掛けていた植草が、そこにあった灰皿をとってくれた。会釈で受け取る。

「あんた、なんで逃げちゃったの……」

　使い捨てライターのやすりを弾《はじ》く。向こうに聞こえ、何か反応があるかと窓に目を向けたが、何もなかった。静かに吸い、一服、長く吐き出す。暗い調室。小窓の前で空気が濁り、向こうの景色が青白く霞《かす》む。

「あのスタンドでのバイトは、今年の春からなんだってね……それまでは、何やってたの」

　何しろ緊急逮捕だったので、こっちもぶつけられるネタが少ない。小沢と大河内が、拾ったネタを即メールで送ってきてはくれるが、今のところ、どれも自白に結びつけられるようなものではない。

「プーだったの？　それじゃアレでしょう、お金に困ってたでしょう……特に、南関警備を辞めたあとは」

曽根の、小さな黒目が、動いた。

堀田も攻めどころと踏んだようだった。

「去年の春に南関警備を辞めて、そのあと何してたの……年末なんて、何かと入り用だったんじゃないの？」

曽根は我慢している。喉元まで出かかった何かを、必死で押さえ込んでいる。何が出かかっているのかは分からない。だが、何かを我慢していることだけは、見ていて明らかに分かる。

「去年の、暮れだよ……お金、どうしてたの。大変だったでしょう。何してたの。どうやって生活してたの」

黒目の動きが、徐々《じょじょ》に忙《せわ》しなくなってきている。そもそも、大河内が近づいてきただけで逃げ出してしまうような奴だ。基本的には臆病な性格のはず。いつまでも刑事の攻めには耐えられまい。

「何やってたかくらい、喋《しゃべ》ったっていいでしょう。そりゃ、犯罪に手を染めていた、なんてことだったら、言えないかもしれないけど……」

堀田はしばらく間を置いて、咳払いをはさみ、姿勢を正して、曽根の顔を覗き込むように小首を傾げた。

「まさかその歳で、親から仕送りってんでもないでしょう」

　そこから堀田は、話題を曽根の家族関係に移した。農業を営んでいる群馬の実家。両親は健在だが、田畑は妹夫婦が継いでやっているという。妹夫婦には三男二女、計五人も子供がいる。サラリーマンではちょっと考えられない子沢山ぶりだが、土地持ちの農家なら楽かというと、そうではないだろうと思う。まあ、細かい事情は今のところ、津原には知りようもないのだが。

「……これ、ちょっと見てくれるかな」

　堀田はいきなり写真を一枚机の上に出し、曽根の胸元に押し出した。家族の話で油断していたのだろう。曽根の顔に激しい動揺の色が広がった。

「強盗未遂。刃物も、用意してたんだね、この犯人。挙句《あげく》、この宝石店の社長に、その刃物を向けてもいる……殺人未遂をくっ付けて立件することも、我々は検討してるんだ」

「そんなッ」

　まんまと引っかかった。植草と顔を見合わせ、互いに笑みを交わす。

「……何が、そんな、なの」

「俺は、やってない。何もやってないんだ」

「何をやってないの」

「強盗ったって、結局何も盗ってないし、確かに刃物は向けたけど、でも当ててねえよ。切り傷もなんにもなかっただろうが」

「つまり……この写真の強盗未遂犯はあなた、曽根明弘さんであると、ご自身で、認めるわけですね」

一瞬、間が空く。いま言ったことを取り消すべきか、あるいはできるだけ罪が軽くなるように事情を説明するべきか。そんなことを迷う数秒だったのだと思う。

結局、曽根は認めることを選んだ。

「……ああ……でも、やってないから。俺、なんも盗ってないから」

「そう、あくまでも強盗未遂。強盗をしようと思ったけど、社長に見つかって、逃げてきてしまった」

「そうだよ……盗る前に、やっぱ駄目だ、こんなことやっちゃ駄目だって、そう思って、中止したんだよ」

何を、手前勝手なことを。

「っつーか、強盗って、ちょっとヒドいよ。泥棒だろ……普通、窃盗っていうだろう」

「でもね、刃物を持ってきてるしね。現にそれを、社長に向けてるわけだから……といっても、未遂だからね。素直に反省すれば、裁判でいい結果も出るんじゃないかと、私は思うよ」

そこから堀田は言葉巧みに曽根を誘導し、去年の十二月二十一日、午前二時頃、赤坂一丁目の古賀ビル三階、ジュエリー・モリモトに、強盗目的で侵入した旨の供述を引き出した。

侵入に際して使用した通用口、及び店舗入り口の鍵は、南関警備時代に密《ひそ》かに複製しておいたものであり、退職から八ヶ月経《た》って犯行に及んだのは、期間が空いた方が自身に疑いがかからないだろうと考えたから、ということだった。

九月八日、公務執行妨害で現行犯逮捕。九月十日、ジュエリー・モリモトにおける強盗未遂で、曽根明弘を再逮捕。

だが、問題はここからだった。

強盗未遂事件の九日後、ジュエリー・モリモトの社長、森本隆治が殺害されたと告げると、曽根は狂ったように叫び始めた。

「俺じゃねえよッ」

「いやいや、私はまだ何も……」

「やってねえやってねえッ。俺は、殺しなんてやってねえっつんだよッ」

暴れ、地団太を踏み、机にしがみつき、頭を叩きつけ、曽根は、それはそれは激しく、容疑を否認してみせた。

基本的には強盗未遂事件に関する取調べなので、森本殺しについての聴取は、建前上はできないことになる。が、曽根が自ら進んでそれについて話すのまで、止める必要はない。

「強盗に入った際……」

「殺《や》ってねえからな」

「森本氏に、顔は見られた？」

「見られてねえし、なんも盗ってねえし、殺してもねえから」

「森本氏とは警備員時代、親しく話したりはしたの」

「話したら殺したことになるのかよ。っつか殺ってねえっつってんだろが」

啖呵《たんか》を切るたびに、曽根は自身の拳を机に叩きつけた。あんなに激しくぶつけてよく骨折しないものだと、変に感心する。

「……親しく話すことも、あったんだね？」

「だから、それと殺しは、どう関係あるのッ」

「強盗に入った際、あなたは何か、声を発した？」

「ハァ？」

「森本氏は、声を聞いただけで、覆面の男が誰か、分かったんじゃないかと……犯人とは、そういう間柄だったんじゃないかと、我々は、見ているんだ」

「なんだよ……なんだよそれ……」

強盗未遂の線は今すぐにでも送検、起訴できる材料が揃っている。何しろ、犯行そのものを記録した映像があり、曽根自身もそれを認めているのだ。だが逆にいえば、それは強盗未遂容疑での勾留には、やや無理があるということにもなる。別に勾留請求はしてもかまわないが、担当裁判官によっては、ひょっとしたら必要なしとして認められない可能性もある。

だから堀田班としては、なんとか送検前に森本殺し立件の端緒を摑みたい。ポロリとでもいいから、強盗の件を森本に気づかれ、訴えられそうになっただとか、故人には失礼だが、たとえば恐喝されただとか、だから殺しただとか、そういう供述を引き出したい。

しかし、

「全然殺ってねえしッ」

曽根はなかなか落ちなかった。

動きがあったのは十一日、二十一時過ぎ。取調べを終え、もう明日の朝には曽根を検察に送致しなければならないという段階になってからだった。

赤坂署の連中は二階の刑事課に引き揚げていた。四階の会議室にいるのは堀田班のみ。

そこに、斉藤が飛び込んできた。

「堀田主任、たい、大変です。曽根の、弁護士と名乗る男が、今、下に来ています」

五人が一斉に立ち上がった。

とりあえず二階の刑事課に行くと、件の弁護士はすでに応接セットに腰を下ろし、刑事課長と話を始めていた。

「では早速、お願いいたします」

「……承知、いたしました」

二人して立ち上がり、横に控えていた中田が引き継ぐ恰好で弁護士を廊下にいざなう。警務課の接見受付はこの階の突き当たり、留置場はその奥になる。

彼らがデカ部屋を出ていくと、刑事課長の方から堀田に話しかけてきた。

「……仕方ないだろう。取調べも食事も終わってる。下手に接見を拒否したら、あとで何を言われるか分かったもんじゃない」

「別に私は、駄目だなんて言ってませんよ。ただ、担当取調官である私のいない場所で、接見を許可してほしくはなかった。もう少し引っ張っていただきたかった」

「だから、それを仕方なかったと言ってるんだ」

刑事課長が名刺を見せる。

安田《やすだ》弁護士事務所、所長、安田圭太郎《けいたろう》とある。

「南関警備の顧問弁護士だそうだ」

堀田だけでなく、班の全員がはっとなった。

「南関警備の？　なぜ」

「分からんよ。ただ、すでに退職しているとはいえ、曽根が犯行に使用したのは、あくまでも南関警備時代に複製した鍵なわけだろう。元警備担当者が密かに作っておいた鍵で、現在も取引のあるクライアントの店舗に強盗を働いたとあっちゃあ、知らん顔はできんのだろう」

　どうやら大人しく、接見が終わるのを待つしかなさそうだった。

　安田弁護士が刑事課に戻ってきたのは、二十二時頃だった。

「彼も、反省しているようですし……なにとぞ、コンプライアンス重視の捜査姿勢で、お願いしますよ」

　安田は四十代半ば、中肉中背。これといって特徴のない男だが、濃紺のスーツにピンクのシャツというセンスは、ちょっとどうかと思う。

「予定では明日、検察送致だそうですが」

　堀田が「ええ」と応じる。

「……しかし、なぜこのタイミングで、接見にいらしたのですか。我々が曽根を洗っていることは、もっと前に分かっていたでしょう。何しろ、ウチの者が南関警備本社に伺って、履歴書を見せていただいたりしているんですから」

安田は表情を変えず、捜査陣の顔を一往復見回した。

「遅くなって、ご迷惑をおかけしたというのであれば、お詫《わ》びいたします。まあ、私も何かと多忙なもので、またこういった件は、あまり専門でないというのもあります。こちらの不手際は、重ねてお詫び申し上げます」

だが、決して頭は下げない。軽く対決姿勢をアピール、ということか。

「曽根は何か、不満は言っていませんでしたか」

「いえ、そういった点のご心配は、いただかなくてけっこうかと思います……まあ、これからまた取調べなんてことは、ないとは思いますが、その辺りも、コンプライアンス重視で、よろしくお願いいたします……では、まだ約束がございますもので。失礼いたします」

それで安田は帰っていった。一体何をしにきたんだろうと話し合ったが、納得できる見解は、誰の口からも出てこなかった。

十二日、朝八時。

検察送致について説明するため、津原と斉藤で曽根を留置場から出し、いつもの調室まで連れてきた。手錠をはめられ、うな垂れて歩く様は、すでにすべてを観念しているように、津原には見えた。

第一調室のドアをノックすると、中から堀田が「どうぞ」と答える。ドアを開け、曽根、津原の順で入り、堀田組に曽根を引き渡す。腰縄を机に結び終えるまで見て、津原は調室を出た。

今日、津原たちは隣の調室には入らなかった。刑事課の応接セットに陣取り、なんとなく、時間を潰すつもりだった。なぜか。検察への護送車両が来るまでの間に、曽根が森本殺しを認めるとは到底思えなかったからだ。

かといって、曽根以外に犯人を捜す気にもなれない。そもそもこの再捜査本部は、強盗未遂事件の映像が森本殺しに関係あるかどうかを調べるために立ち上げられたものだ。強盗未遂犯である曽根が、森本殺しを認めないのであれば、他にすることはない。

小沢がタバコに火を点ける。

「これってよぉ……オチとしては、どうなんの」

津原も倣って一本銜える。

「起訴猶予とか……起訴しても、執行猶予とかだろう。計画性はあったにせよ、初犯だし。余罪もないみたいだし。なんたって未遂だし」

植草が頷く。

「一件認知で、一件解決……プラマイゼロなら、警視庁的にも悪い仕事じゃない。少なくとも、事件だけ認知して未解決、みたいな、検挙率を下げる結果じゃないだけマシさ」

大河内は黙っている。何やら浮かない顔だ。

「……どうした、守」

すると、いえ、と姿勢を正す。

分からないではない。自分で拾ってきた情報で捕ったホシが、調べてみたら本件には係わっていなかった。落ち込むのも無理はない。

津原は彼の肩に、軽くパンチを入れた。

「なんだよ……別にお前のせいじゃないって。曽根は、強盗未遂については認めてる。ただ、森本殺しのホシではなかった、ってだけさ。強盗犯だが殺人犯ではなかった……それは本部の見込み違いであって、お前の責任じゃない」

「いや……別に、そういうことじゃ……」

そのときだ。

第一調室から、ハァ？　という、堀田の裏返った声が聞こえてきた。

四人それぞれが顔を見合わせ、ソファから立った。

隣の第二調室まで行き、植草が静かにドアを開ける。

「お前、それ……どういう意味だ」

珍しく堀田が動揺している。

「……ですから……俺が、殺しました……」

俺が、殺した——？

思わず、入ったところで足が止まった。続こうとした大河内が津原の背中にぶつかり、その弾みで中に押し込まれた。

「……すみません」

シッ、とやり、植草の隣までいく。

顔を並べてマジックミラーの小窓を覗く。

曽根はうな垂れている。堀田は机に身を乗り出している。中田は、後ろ姿でよく分からないが、それでも曽根の方を向いた横顔は強張《こわば》っているように見えた。

「もう一度、言ってみろ」

「俺が、森本、隆治さんを……殺しました」

「いつ」

「去年の、十二月三十日……夜の、十一時頃です」

「どこで」

「古賀ビルから、コンビニの方に……ちょっと、行った辺りの、路地で」

「どうやって」

「ナイフで、刺して……」

「凶器はどうした」

「その……現場の近くにある……お寺の、雑木林に、投げ捨てました」

確かに、現場の裏手には寺がある。

小沢が大河内に目配せし、二人は出ていった。津原は植草と残り、自供のなりゆきを見守った。

なんだ。一体、何が起こったというのだ。

第二章

1

目を閉じていても、ここが埼玉なのか東京なのかは分かる。東京という街の光暈は瞼越《ご》しにも圧倒的で、日本中の、他のどの街にもない強さと、美しさと、冷酷さを併《あわ》せ持《も》っている。

夜、飛行機で羽田に帰ってくるとよく分かる。広大な光の海。この強烈な明かりに誘われて、蛾《が》や薄翅蜉蝣《うすばかげろう》の如き田舎者が全国から集まってくる。かつての私がそうだった。東大を受験するために上京。そのとき初めて見た大都会の夜景に、心奪われた。そして願った。この街で成功したい。できることなら、この街の一番高いところに登り詰めたい。そして両手を広げ、この夜景を搔き抱くのだ、と。

東京を手に入れる。

いつしかそんな、大それた夢を見るようにすらなっていた。

私の父も役人だったが、福岡県の一地方公務員に過ぎなかった。野望などとは無縁の、よくいえば温厚な家庭人だった。

だが、私は――。

「局長……ご気分でも？」

いつのまに着いたのだろう。見れば運転手が後部座席のドアを開け、心配そうに覗き込んでいる。そういえば確かに、数秒前から空気の流れを頬に感じていた。

「いや、大丈夫だ……ありがとう」

先にカバンを渡し、身を屈《かが》めて車から降りる。そのつもりはなかったが、いくらか眠ったのかもしれない。意識に霞がかかっている。家の明かりもやけに眩《まぶ》しい。

カバンを受け取り、門を入る。

行きなさい。そういう意味で頷くと、運転手は恭しく頭を下げ、小走りで運転席に回り込んだ。住宅街の、歩道もない一方通行の道だ。黒塗りの車がいつまでも塞《ふさ》いでいるのは、決して行儀のいいことではない。

改めて我が家と向き合うと、知らぬまに息を漏らしている自分がいる。土地、建物を合わせると二億超。決して安くはない買い物だったが、東京を抱き締めるには、それでもまだだいぶ高さが足りない。鉄筋コンクリート三階建て。この程度で溜め息などついてどうする。

　そういえば、いつもより玄関の明かりが多く点いている。来客でもあるのだろうか。

　インターホンのスイッチを押す。まもなく妻の声が《はい》と応えた。

「……私だ」

　すぐにパタパタと、ドアの向こうに足音が近づいてくる。鍵が開き、だが「お帰りなさい」と顔を出したのは妻ではなく、娘の依子《よりこ》だった。

「お祖父《じい》さまがいらしてるの」

　そうは言っても、私の父のことではない。私の父が福岡から急に出てくるなどまずあり得ないし、何しろ「さま」付けなどで呼ばれはしない。普通に「九州のお祖父ちゃん」と呼ばれている。

　つまり、舅《しゅうと》の名越和馬《なごしかずま》が来ている、ということだ。

「そうか」

　今度は依子にカバンを渡し、玄関に上がる。リビングからは、長男の優一《ゆういち》と妻、それから名越の華やいだ話し声が聞こえてくる。

　依子に続いてリビングに入り、中を見渡す。

「ただいま、戻りました……お義父《とう》さん、いらっしゃい」

「やあ、繁男《しげお》くん。先にやらせてもらっとるよ」

名越はソファに深く座ったまま、半分ほど赤ワインの入ったグラスをこっちに向けてみせた。隣にいる優一は、よくできた銃の玩具《おもちゃ》を弄っている。

「……優一、プレゼントをもらったのか。よかったな……お義父さん、いつもすみません」

「いや、何がいいか、散々迷ってね。今どきのゲームなんかはさっぱり分からんが、まあ男の子なら、こういうもので間違いないだろうと思ってね」

イスラエル製のサブマシンガン、ウジSMG。BB弾使用のトイガンとはいえ、どういう了見でこんなものを小学三年生の子供に買い与えるのだろう。甚《はなは》だ理解に苦しむ。

依子が話の輪に加わる。

「お祖父さま、ごめんなさい。私、明日予備校の模試があるの。勉強しなきゃならないから、これで失礼します」

「そうか、もう来年は受験だったか……はい、はいはい。がんばってください。そして東大に合格したら、私とスペインに行こう」

なぜスペインなのかはよく分からないが、依子はそれを問うことはせず、一礼してリビングを出ていった。

賢明な判断だ。

訊けばその説明が始まる。スペインという国の古代史から現代史、現在の政治情勢まで。

一度始まってしまったら、途中で逃げ出すことは許されない。ならば最初から訊かない方がいい。そもそも依子は名越が嫌いなのだ。

おそらく後日、こっそり私だけに言うだろう。お祖父さまと一緒に海外旅行なんて虫唾《むしず》が走る、と。私はたぶん、こう答える。分かるよ。よく分かるけど、お母さんにそんなことを言ってはいけないよ。そして依子はこう返すのだ。分かってる。お母さん、超ファザコンだもんね――。

そのファザコンの妻、公子《きみこ》が、チーズを載せた皿をテーブルに置きながらこっちを見上げる。

「……あなた、お茶になさいます？　それとも、コーヒーの方がよろしいかしら」

私は一滴も酒が飲めない。我が家にはブランデーもワインも売るほどあるが、それらは全て名越をもてなすために貯蔵されていると言っても過言ではない。

「コーヒーをもらうよ」

二人掛けソファの、名越に近い位置に座りながら、私は優一に声をかけた。

「もう遅いよ。子供は寝なさい」

「……はぁい」

低く始まり、尻上がりに終わった返事。納得には程遠い表情で、優一はサブマシンガンを箱に戻した。それを抱えて立ち上がる。

「ほら、その包装紙も」

「いいわよ優一。ママが捨てておくから」

それくらい自分でやらせろ、と普段なら言うところだが、名越の前だと、私もいくらか萎縮《いしゅく》するところがある。

「おやすみなさい……」

優一はそれぞれに言い、名越には「またね」と手を振り、リビングを出ていった。

ふとテーブルに目を戻すと、名越は手酌《てじゃく》でワインを注いでいた。

結婚したての頃は、私も「お注ぎします」と何度かボトルに手を伸ばした。だがそのたびに、名越はやんわりと拒否した。繁男くんは飲まないのだから、酌などしなくていいよ。そう言って、ゆるくかぶりを振った。

なぜこんな、酒も飲めない男に娘をくれてしまったのだろう。私にはしばらく、名越がそう思っているように見えて仕方がなかった。だがそれなら、私にだって言いたいことは山ほどある。この結婚は、そもそもこっちから頼んだわけでもなんでもない。あんたが「娘をやる」と言うから、将来のことを考えて「ありがとうございます」と頭を下げただけのことだ。誰がこんな、大して器量もよくない小太りの女を自ら進んで欲しがるものか。

名越がピースを一本銜える。酌とタバコの火は別物らしく、私がライターを差し出しても、名越は一度も拒否したことがなかった。

ひと口深く吸い、ゆっくり、大きく、前に吐き出す。

「……関東局長ともなると、何かと大変だろう」

どのレベルの話をしているのかは、まだ読めない。

「はい……まあ、でも局は幸い埼玉ですから。さほどでもないです。中国局や四国局でなくて、本当に助かりました」

関東管区警察局は、関東と周辺十県の警察本部を統括する地方機関である。埼玉、千葉、神奈川、静岡、群馬、栃木、茨城、長野、新潟、山梨。ちなみに東京はこれに含まれず、警察総合庁舎六階にある東京都警察情報通信部が、個別に警視庁の通信業務のみを管轄している。

「繁男くんが、中国四国ってことはないだろう」

「いえ、一概にそうでもなかったんですよ。それもこれも、お義父さんのご威光があってこそ。ありがとうございました」

名越は煙を吹きながら、いやいやと苦笑いを見せた。

「私は、何もしとらんよ。ただ、岩城繁男というのは私の娘婿なのだと、自慢して回っとるだけで」

現在は交通安全事業の法人に身を置いているが、これでも名越は、元警察庁長官である。

公子がコーヒーを運んできた。私は角砂糖を一つ、ミルクをたっぷり入れ、彼女がキッチンに下がるのを待ってから話し始めた。

「……ですが、ここのところは情報公開、情報公開と、市民がうるさくて……正直、参ります。下手に内実を晒《さら》して、自分で梯子《はしご》を蹴飛ばすような真似はしたくありませんし。かといってこのご時世、全く出さないわけにもいきません。難しいです」

名越はもうひと口吸い、大きな硝子《ガラス》の灰皿に押し潰した。

「繁男くん……そういう場合は、まず日付を言う奴に、注意しなければならん。日付を摑んでる奴は概《おおむ》ね、事の核心も摑んでるものだ」

「はい……」

もうその台詞《せりふ》は何百回となく聞かされている。そのように充分注意し、今までもやってきたつもりだ。

キッチンにいる公子が上を指差す。二階に上がる、という意味だろう。黙って頷いておく。

名越がそれに気づいた様子はない。

「しかし、なんでもかんでも知りたがる……なんというか、平民根性というのは、さもしいもんだね。餅は餅屋に、政治は政治屋に、事務は事務屋にやらせておけばいいものを……下らんね。実に下らんよ。昨今の風潮は……政治も金儲けも、スケールが小さくなっていかん」

以前はこれに「殺しは殺し屋に」と続いた。またそれが冗談でないところが、この名越という男の怖さでもある。

「そうだろう。そう思わんかね」

「仰《おっしゃ》る通りです」

「それはそうと、繁男くん……」

名越が、目の端で公子の姿を探している。

「公子でしたら、先ほど二階に上がりましたが」

「ああ、そうだったか」

それでも名越は前傾姿勢をとり、声を低くした。

「……君は、あの例の、赤坂の一件。あれがどうなったか、何か耳にしとるかね」

襟足の毛を四、五本、くっと引っ張られたような感覚があった。

「ええ、少しだけですが……なんでも被害者の遺品から、例の強盗事件の、犯行現場の記録映像が出てきたとか。それを、赤坂が桜田門に報告し、再捜査することになったのだと」

「桜田門」とは、警視庁本部を指す符丁だ。

「……なぜ赤坂で、潰せなかったのかね」

ひと言「知るか」と言えたら、どんなに楽だろう。

「申し訳ありません。私も、もう警視庁の人間ではありませんので、その辺りの現場事情は、なかなか、掌握しづらくなっておりまして……ただ、上を通さず、下の者の勇み足で、報告が桜田門に上がってしまったというようなことは、耳にしております」

名越は意外にも、それを咎めるような顔はしなかった。片眉を吊り上げ、怪訝そうにしながらも、何度か頷いてみせる。

「お義父さん。その件で、何か」

「ああ……うん」

ワインを注ぎ足し、ひと口含む。

金色の細いフォークを手にとり、ブルーチーズに突き刺す。

「……繁男くん。今回は少し、波風が立つかもしれんが、君は、何もせんでいてくれて、いいからね」

そのままパクリと口に放り込み、くちゃくちゃと、粘っこい音をたてて噛み始める。依子は、名越のこういうところも嫌っていた。

「と、申しますと」

「だから……何もしなくていいんだ……そもそも、君自身がいま言った通り、君はもう桜田門の人間ではないのだから、まず火の粉をかぶることはないだろうし、何かしらの対応を迫られることも、ないだろうということだよ」

美味《うま》かったのか、もうひときれチーズを頬張る。

赤坂、再捜査、波風、警視庁、火の粉、対応。

正直、気分のいい話ではなかった。


名越は零時を少し過ぎた頃に帰っていった。

「なんのお話だったの？」

家の前でハイヤーを見送りながら、公子がそう訊いた。私が答えないのを知っていながら、それでもこの女は訊くのだ。何度でも。馬鹿な振りをして。いつまでもお嬢様気取りで。

「どうってことのない、世間話だよ……さあ、入ろう」

家に上がり、玄関の照明を消す。すると、依子がまだ風呂に入っていないので、給湯器のスイッチは切らないようにと言われた。

「分かった……おやすみ」

それで公子は二階に上がっていった。依子と優一は三階の自室。これでしばらくの間、一階のリビングは私だけの空間になる。

廊下やキッチンに繋がる戸を全て閉め、オーディオのスイッチを入れる。パガニーニの、ヴァイオリン協奏曲第一番。うるさくならない程度にボリュームを上げる。

目を閉じ、音楽に意識の全てを委ねようとするが、なかなか上手くいかなかった。意識をスピーカーの中心に据えようとすればするほど、名越が置いていったいくつかの言葉が、文字となり、声となり、私の意識を支配する。

思えば、私の警察官僚人生の大半は、あの男によって支配されてきたように思う。彼が警察庁を去った今でさえも、それはいささかも変わることなく継続している。

かつて彼はこう言った。

君の、出自に瑕《きず》のないところが十点。東大法学部卒で、警察庁に採用されたところが二十点。特に大きな失点もなく、ここまで無事に来たことが二十点。苦いものを飲み込む胆力に二十点。合計七十点で合格。私の娘をやるから、さらに精進《しょうじん》したまえ。

そう言われてもらい受けたのが、あの器量悪の公子だ。しかし母親があれのわりに、依子は美人に育った。これは親馬鹿でもなんでもない。実際モデル事務所にスカウトされたこともあるというし、男子にもそこそこモテると聞いている。可哀相なのは優一だ。公子に似て不細工で、背も低く太りやすい。まあ、せいぜい己の技量を磨いて、東大法学部にでも進むがいい。そうすれば、私くらいの人生は送れる。無理と失敗さえしなければ。

しかし、名越にもらい損ねた三十点とは、結局なんだったのだろう。酒が駄目で十点減点か。闇仕事の手際が悪くてさらに十点減点か。いや、そこだけで三十点減点なのかもしれない。

赤坂の、宝飾店店主殺害事件。

あの一件において、私は私なりに、できることはやったつもりだった。指示されたことはその通り遂行したし、実際、事件自体は名越の思惑通り鎮静化したのではなかったか。

私の手際が悪かったなどということは、決してないはずだった。それを今になって、強盗事件の犯行記録映像が出てきたとはどういうことだ。しかも、今回は手出しをするなと、名越はわざわざ私に言いにきた。

手を出すなと言われれば、むろん出さない。誰も好き好んで汚れ仕事になど手出しはしない。ただ、己が立場が危うくなるようなことがあれば、話は別だ。

大丈夫なのか、本当に。いくらいま私が警視庁を離れているからといって、記録をたどれば当時のことなどいとも容易《たやす》く調べられる。要はそのカラクリに、気づく人間がいるかいないかというだけの話だ。

このままでは眠れそうにない。

明日にでも早速、あの男に連絡をとってみなければ。

2

九月十二日水曜日。警視庁捜査一課特捜一係は、曽根明弘を強盗未遂容疑で検察官に送致。直後に森本隆治殺害の容疑で再々逮捕した。

この時点で得られていた供述は、去年の十二月三十日土曜日、二十三時頃、赤坂一丁目の宝飾店「ジュエリー・モリモト」の社長、森本隆治を、同町内路上にて刺殺、凶器は殺害現場裏手、正泉寺《しょうせんじ》敷地内の雑木林に投げ入れて処分した、というものだった。

堀田らは引き続き、赤坂署で曽根の取調べを行っている。津原たち八人は正泉寺に出向き、関係者に事情を説明し、雑木林で凶器の捜索をさせてもらっている。

「……ちっくしょう。冗談じゃねえぞまったく」

ぼやいているのは主に小沢だが、津原とて気持ちは同じだった。

九月半ば。若干暑さが和らいできたこれくらいの陽気の方が、かえって藪蚊《やぶか》は元気がいい。むろんこっちも、あらかじめ虫除《むしよ》けスプレーくらいは噴きつけてあるが、そんなことで諦めてくれるほど物分かりのいい連中ではない。中には、一枚や二枚の布は平気で貫いて吸い上げていくツワモノもいる。特に、しゃがんで布が密着する腿《もも》やふくらはぎが狙われやすい。あと、意外と尻。かといって、パンツ一丁になって痒《かゆ》み止《ど》めを塗るわけにもいかない。ズボンの裾をまくって塗るのがせいぜいである。

しゃがんだままの小沢が、大河内に手招きをする。

「おい守、あれ買ってこい。あのほら、腕時計みたいな形で、蚊が寄りつかなくなる、あれ。コマーシャルでやってんだろ」

「ああ、はい……いくつ、買ってきましょうか」

「人数分に決まってんだろうがッ」

「じゃ、お金……」

「立て替えとけこのウスノロボケがッ」

ひどい言い草だとは思いつつ、つい笑ってしまう。だが手は休めない。雑草を掻き分け、ときには折り畳み式の鎌で刈りながら、自分に割り当てられたエリアを捜索する。津原の担当区域は完全に木陰だが、斉藤のところはほとんど日向《ひなた》でちょっと気の毒だった。熱中症で倒れたりしなければいいが。

どん、と尻が何かに当たった。だが木の幹《みき》ほど硬いものではない。

「……あ、すまん」

振り返ると植草だった。しゃがんだまま後退してきて、たまたま尻と尻がぶつかったようだった。

「いえ、こっちこそ」

なんとなく、集中力が途切れる感じがした。いいかげん腰も痛い。

「あいたた……」

津原は立ち上がり、内ポケットに手を入れた。

「……いいな。そういう気分転換があるのは」

植草も立ち、軍手をはずす。ズボンについた草葉を叩いて払う。

「珍しいですね、植草さんがそんなこと言うなんて……全然、吸ったことなかったんでしたっけ」

「うん、なかったね。なんでだろう。試したこともないよ」

「吸ってみます？」

箱ごと差し出すと、植草は苦笑いでかぶりを振った。

「この歳で咽せたら、カッコ悪いだろ」

「ちょっとくらい、カッコ悪いとこあった方がいいですよ。植草さんは」

「なんだそりゃ」

ほら、とさらに勧めると、じゃあ、と一本つまみ出す。

意外だった。こんなに簡単に、植草がタバコに手を出すとは思っていなかった。火を点けてやると、器用にひと口吸い込み、それっぽく吐き出してみせる。

「……あれ、吸えるじゃないですか」

頷くときに一つ咳払いはしたが、それでも咽せるようなことはなかった。

「うん……案外平気だね」

「美味いですか」

「いや、苦いし……やっぱり煙《けむ》いよ」

さも嫌そうな顔でこっちに返す。だが津原も、さすがに二本同時には吸いたくない。

ちょうど小沢と目が合った。

「……おい、吸えよ」

「あ？　なんで」

「点けちゃったんだよ」

「なんで」

「いいから」

面倒臭そうに立ち上がり、腰を伸ばす。いたたた、かいかいかい。だが大河内を怒鳴って少し気が晴れたのか、今はさほど機嫌も悪くなさそうだ。

「……英太のは、ちっと俺には軽いんだよなぁ」

小沢が普段吸っているのはセブンスター。津原はラークマイルド。

「そのわりには、よくくれって言うじゃねえかよ」

「軽いっつっただけだろ。嫌いだとは言ってねえ」

津原の指先からひったくり、銜えるや否や、マックシェイクでも飲むように勢いよく吸い込む。一センチほどが、あっという間に灰になる。そして吐く。太く、大きく。

植草が笑う。

「ゴジラだな」

丸型の携帯灰皿を向けてやると、小沢は中に灰を落とし、その縁で、尖った火種を丸く整えた。

「しかし……奴はほんとに、ここに捨てたのかねぇ」

そう言いながら、こっちを見る。

「なんだそれ……どういう意味だよ」

すると、いや、と小さくかぶりを振る。

「別に、深い意味はねえけどよ。ただなんとなく、こんなとこに捨てるかなって、思っただけさ」

植草が小首を傾げる。

「お前なら、ここには捨てない？」

「そっすねぇ。捨てない……かなぁ」

「なぜ」

今度は小沢が首を捻る。

「なんでだろ……まあ強いて言えば、奴の当時の住居は、月島一丁目でしょう。月島っていえば、四方を川に囲まれた、文字通り島状の町ですよ。しかも川ったって、チョロチョロの小川じゃない。百メートル級の隅田川でしょう……こんな、犯行現場近くの寺の草むらより、家の近くのおっきな川に捨てる方が、なんか……安心なんじゃないすかねぇ」

一理ある。が、疑問もある。

「家の近くで捨てて、もし誰かに見られたらヤバいだろ」

「その代わりここに捨てたら指紋は残る。水中ならまず残らない」

「そんなことまで気にするタマか？　あれが」

そのときだ。

「あっ……ありましたァーッ」

向こうで誰かが、飛び跳ねるように立ち上がった。手に摑んだ何かを上げて見せている。

あれはたぶん、小沢の相方の、平井巡査長だ。

「ありましたッ。凶器、ナイフ、ありましたァーッ」

植草が小沢を、「お前、大ハズレ」と人差し指でつついた。


刃渡り八センチの折り畳みナイフ。刃の色は光沢のない黒。グリップは銀と黒のツートーン。全て、曽根明弘の供述通り。ただし、凶器に曽根の指紋はなし。血痕は少量だが、あり。

「これで間違いないか」

堀田がいつもの調室で訊く。机の上には、ビニール袋に入った凶器の現物。ただし、刃は畳んである。

曽根は無言で頷いた。

「そうじゃなくて、君自身の言葉で、ちゃんと言ってくれ。これで、何をした」

「……森本、隆治さんを、刺しました」

何度か確認を繰り返したのち、中田がナイフを持って調室を出てきた。津原たちも隣の調室から出た。

「これを、帝都医大の法医学教室に持っていって、森本の遺体の刺創《しそう》に合うかどうか、鑑定してもらってくれ。データ一式も持ち込んでな」

大河内が受け取り、駒田巡査部長と共にデカ部屋を出ていく。

中田はすぐ調室に戻った。


鑑定の結果、発見されたナイフの形状は、森本隆治の遺体にあった刺創にぴったり合うことが分かった。また血痕をＤＮＡ鑑定したところ、九十九・九九パーセントの確率で、森本隆治のものであるとの結論も得られた。

送検までの四十八時間は、あっという間だった。

その時点で得られていたのは、曽根の自供と、凶器の現物のみ。捜査本部内には、それで充分だろうとの声もあったが、検察官は念のためにと十日間の勾留を請求し、それは難なく認められた。

以後の捜査は、曽根の供述に対する裏付けが主になった。

供述調書はこのようになっている。

【私、曽根明弘は平成××年十二月二十一日、東京都港区赤坂一丁目△「古賀ビル」三階にある宝飾店「ジュエリー・モリモト」に強盗に入り、その際、森本隆治氏に犯行を目撃されました。私は以前、南関警備保障に勤めており、その時期に古賀ビルの警備を担当していたため、森本氏とも面識があり、犯行時に目出し帽をかぶってはいたものの、あとから考えると、強盗犯が私であることに森本氏は気づいているのではないかと思えて怖くなり、同年十二月三十日、そのことを確かめに赤坂の現場近くまで行きました。

古賀ビル付近で時間を潰し、二十三時頃、通用口から出てきた森本氏に、偶然を装い声をかけました。森本氏は私の顔を見るなり怒りを露《あら》わにし、何しに来た、この前の強盗はお前だろうと罵《ののし》られたので、ついカッとなり、ポケットに用意していたナイフを出しました。森本氏に驚いた様子はなく、そんなものを出してどうするのだと、詰め寄るように逆に近づいてきたので、怖くなり、とっさに刺してしまいました。

一度刺して、後悔しました。これで森本氏が死ななければ、今度こそ自分は警察に捕まると思い、路地に連れ込み、もう一度刺しました。その際に悲鳴をあげられ、聞きつけた誰かが路地を覗き込んだので、慌てて反対側に逃げました。

ちょうど正泉寺の裏手に出たので、私はハンカチでナイフの指紋を拭き取り、塀の向こ

う の雑木林に投げ捨てました。ハンカチはその後に可燃ゴミに出して処理しました。】

悲鳴を聞きつけて路地を覗き込んだ人物は初動捜査時に特定できていたので、改めて曽根を見せてこの人物かと訊いてみた。だが、何しろ八ヶ月も前のことなので、違う気がするけれど、もうよく分からないという回答しか得られなかった。

また犯行時刻直前、曽根は現場周辺で森本が出てくるのを待ったというが、これについても目ぼしい目撃証言は得られなかった。

ただ、曽根の供述通りに凶器が発見されたという点は、捜査用語でいう「秘密の暴露」に当たり、裁判で重要な証拠として扱われるのは確実だった。担当検事もこの点を高く評価し、だがもうひと押し、再捜査独自の目撃証言を発掘してほしいということで、九月二十五日、十日間の勾留延長が決定した。

その二日後の、九月二十七日。

和知管理官と安西特捜一係長が何日ぶりかで、しかも珍しく揃って捜査会議に顔を出した。

会議自体は大した内容ではなかった。植草も、津原も、小沢も、大河内も、収穫は特になし。堀田も、特に新たな供述は得られていないという報告だった。正直なところ、勾留延長以降は、ほとんど捜査に進展がない状態だった。

「……ま、期限いっぱい、粘ってみよう。今日は、これで終わる」

堀田が会議を切り上げ、赤坂署員は弁当と飲み物を用意しに会議室を出ていった。

代わりに、和知と安西が堀田に近づいていく。しかしどうも、ご苦労さんという顔つきではない。

「……ちょっと、いいか」

和知が堀田に言い、安西は津原たちを振り返った。集まってくれと手招きをする。

「はい……」

植草を先頭に、上座に向かう。

切り出したのは安西だった。

「……君ら五人に、異動の辞令が出た」

一瞬、意味が分からなかった。

堀田が訊く。

「は？　異動、と言いますと……いつ」

その問いには答えず、安西は懐に手をやり、細い茶封筒を何通か取り出した。

五通ある。それぞれに名前があり、その名の通りに配る。

「これは写しだ。正式な辞令は明日渡す」

むろん、津原の分もあった。中を確かめると確かに、異動を命ずる文面が記された紙が、一枚入っていた。

「……お前、どこよ」

小沢がこっちの手元を覗く。

津原の異動先は、杉並警察署刑事組織犯罪対策課、強行犯捜査係。

津原も小沢のを見た。府中《ふちゅう》警察署地域課第二係とある。日付は津原のと同じ、十月一日より。つまり、特捜一係に自分たちがいられるのは、あと三日しかないことになる。

他も見ると、植草は練馬《ねりま》警察署地域課第一係、大河内は北沢警察署地域課第二係、堀田は高島平《たかしまだいら》警察署刑事組織犯罪対策課、暴力犯捜査係統括係長、となっている。これらも日付は同じだった。

「係長、これは一体、どういうことですか」

安西は決して、堀田の顔を見ようとはしなかった。

「どうもこうも、そういうことだよ。私も、小松川署に行くことになった……警務課長だそうだ」

「なんですか、それは……」

堀田が驚くのも無理はない。所轄署の警務課といえば、一般企業でいう総務と同じだ。警視庁本部の、捜査一課の係長だった安西が、所轄署の、よりによって警務課長とは——。

「どういうことなんですか和知さんッ」

摑みかかりそうになった堀田を、慌てて植草が制す。

和知も目を伏せたまま、堀田を見ようとしない。

「私にも、分からない。捜査自体は、順調に進んでいる。そのように、西川検事とも、話したばかりだった……」

「まだ捜査の途中なんですよ。勾留延長もしたばかりなんです」

「この件に関しては、あとは二係の長山班が引き継ぐ。明日申し送りを済ませたら、君らはもう、C在庁だ」

つまり、次の職場に行くまでは、実質、休み。

「……そんな、馬鹿な話がありますか」

堀田は自分以外の、四通の写しをひったくった。

「津原と、私以外は、みんな、地域じゃないですか……冗談じゃない。とてもじゃないが、私は納得できない……これは一体、なんの仕打ちなんですか。こいつらは、何一つ失態なんてしちゃいませんよ。碌《ろく》に情報もないところで、文字通り地べたを這《は》いずり回《まわ》って、それでようやく、こいつらが、凶器を見つけてきたんです。そんな捜査員に向かってあなた、なんの労《ねぎら》いも説明もなく、いきなり交番勤務に回れって、そりゃ一体、どういう了見の人事なんですか」

和知も、安西も、黙っている。

堀田は五通の辞令をテーブルに置き、いきなり、土下座をした。植草が止めようとしたが、ずんぐりとした堀田の体は、そう簡単には起こせない。

「……管理官、頼みます。私は地域でもなんでもいい。なんだったら、離島の駐在でもいい。ですから、他の四人は、勘弁してやってください。こいつらはこのまま、特捜に置いてやってください。お願いします」

「主任、やめてください……」

堀田が額を床にこすりつける。植草が抱きついてやめさせようとするが、それでも決して顔を上げない。

「……頼みます。こいつらだけは、引き離さんでやってください。特捜で一緒に、刑事を、やらせてやってください」

会議室のドアが開く。大量に弁当を抱えた斉藤だったが、ただならぬ空気を感じとったか、そのままドアを閉める。

「ようやく分かってきたところなんです。デカってもんが、捜査一課ってもんが、ようやく、摑めてきたところなんですよ。もう少しここで仕込まないと、本当の一課員には育たんのです……管理官。私は、私はどうなってもいい。辞めろと仰るなら、私は警察を辞めたっていい」

「次郎さんッ」

津原が加勢しても、堀田は土下座の姿勢から微動だにしない。

和知が、細く息を吐く。

「……そう言われても、人事は……私にも、どうにもならない」

「だったら、藤宮一課長に会わせてください。一課長と、直接話をさせてください」

「同じことだ。人事は警務の所掌《しよしよう》。捜査一課長に言ったところで動くものじゃない……それくらい、あんたなら分かるだろう」

和知が踵を返すと、安西もそれに続いた。

ドアを開け、会議室を出ていく。その際、赤坂署員たちの顔がちらりと見えたが、誰一人、入ってこようとはしなかった。


弁当は泊まりの人たちで食べてくれと言い、津原たちは外に飲みに出た。

場所は赤坂でも、結局入ったのはチェーン店の居酒屋だった。

「フザッケんじゃねーぞ、あの鼻毛野郎がッ」

いつもなら小沢の暴言を戒《いまし》める堀田だが、今日に限ってはそれに便乗しようとする。

「あの和知ってのはな、上に取り入ることばっかり考えてやがって、俺は昔っから、気に喰わなかったんだァあの野郎が」

「そっすよね、そっすよね……大体なんすか、あの態度は。人事は警務って……そんなの内部の評価なしに、全部警務が決めるわけないじゃないっすか。ねぇ？　なに考えてんすか、あのワチ、ワチワチ……アアーッ、なんかくだらねえダジャレ言いてェ」

大河内は津原の向かい、堀田の隣で、日本酒をちびりちびりと舐《な》めている。

津原の隣の植草も、今日は珍しく、早々とネクタイをゆるめてワインを飲んでいる。

「なんだか、気が抜けちまったな……」

そうですね、と津原は頷いておいた。

「それにしても、捜査の途中で、ごっそり一個班、バラバラにするとはな……正気とは思えない」

ええ。そんなふうにしか、答えようがない。

「なんか俺たち、気づかない間に、踏んじまったのかな……」

全く、ピンとこない話だった。全くこないから、逆に気になった。

「なんかって、なんですか」

「いや、分かんないよ」

植草が、くるくるとワインを回し始める。赤黒い水面が、丸いグラスの中で揺れながら躍る。

「もしこのヤマが、今回の異動に、関係あるのだとしても……そうだとしても、森本隆治のバックボーンに、特に変わったところはなかった。それは確かだと思う。資金面も綺麗で、家庭も上手くいっていた。経歴もさっぱりしたもんだ。デザイン学校を出て、銀座の宝飾店に勤務して、オリジナルが評価されるようになって、銀座に店を構えて、赤坂に移転して……」

ひと口含む。植草が飲んでいると美味しそうに見えるが、実のところ、彼の選ぶワインはどれも渋く、少なくとも津原の口に合ったためしはなかった。

植草は目を閉じ、ゆっくりと、その含んだひと口を喉に流した。

「……曽根もまた、謎のない男だ。奴の背後には何もない。アパート暮らしの、どうってことない、ガソリンスタンドの店員だった。南関警備の弁護士が来たのには驚かされたが、でも結局、あれもただの様子見だったようだしな……なんだったのかな」

ふと、嫌な予感がした。

「……植草さん。それまさか、自力で調べたり、しないよね」

フッ、とニヒルに笑う。

「そんなことしないよ。そんなことしたら……今度は異動じゃ済まなくなるかもしれないだろ」

「そうなの？」

「いや、知らないけど……でも、何かこのヤマにヤバいものがあるんだとして、もしそうなら、それがなんなのかは、本当は知っといた方がいいんだよな……間違って、二度踏んだらバカだろ」

　そのとき、ちくんと津原の胸に、何かが刺さった。

　なんだろう、これは。

「……どうした」

「あ、いや、なんか、ちょっと、引っ掛かった気がして……」

　そう。弁護士がきた翌朝、曽根は——。

　津原は植草の背後を這い、小沢をどけて堀田の真ん前に座った。

「次郎さん、ねえ……ちょっと、正気？」

「おう？　おお……正気だよ。正気じゃねえのは、あの、チワワチワワチワワチィ、のオッサンだよ」

　次郎さん、それ面白い、と小沢が手を叩く。

「うるさいよ、お前……ねえ、次郎さん、ちょっと思い出してほしいんだけど。あの、曽根ってさ、なんであの朝、急にゲロしたの。次郎さん、なに言ったの」

　顔を真っ赤にした堀田は、血走った目の焦点を、天井のある一点に据えようとした。だが、上手くいかない。現実とそうでない世界の境を見極めようとするように、二つの黒目は寄ったり離れたりを繰り返している。

「まあ……たまにゃ、いるんだよ……朝起きると、急に全部吐いて、スッキリしたくなっちまう奴も」

「曽根は、そういうタイプだったの」

　すると、うーんと唸る。

「……違うっちゃあ、違うかなぁ……」

「でも、そうだっていえば、そうなの?」

「……うんにゃ……違うかもな……違うカモカモ。チワワチワワチワワチィ」

　ちょーウケる、と囃《はや》し立《た》てる小沢を、小突《こづ》いて黙らせる。

「……ねえ次郎さん。真面目に思い出してよ。曽根は、なんで急に自供する気になったんだよ」

　だが、駄目だった。

　まもなく堀田は白目を剝《む》いたまま、何も反応を示さなくなった。

3

　翌日。

　赤坂署で特捜二係、長山班のメンバーに引き継ぎをし、午後から警視庁本部に出向き、十二階の人事二課で正式に辞令書を受け取り、そのまま六階大部屋の机を整理しにいった。

それから津原は、私物を日本橋人形町の単身者待機寮に持ち帰り、自室を片づけ、杉並署単身者待機寮の空き部屋を確認し、荷物を送り、要《い》らなくなったものをリサイクルショップに持ち込み、各所に挨拶をして回り——。

そんなこんなで、三日の待機期間はあっという間に過ぎていった。

あまりに慌しく、いくら動き回っても何かをし忘れている感が拭《ぬぐ》えなかった。誰かに挨拶をしそびれているのではないか。このまま杉並署に行ってしまったら、その誰かに不義理をすることになりはしないか。立ち止まるたび、そんな思いに捉われた。でも、いくら考えても出てこなかった。会い忘れている人。部署を変わりますと、言っておきたかった人。

そういえば、堀田班の全員が異動になるためか、改まって送別会めいたものをすることはなかった。思えば、異動について知らされたあの夜に飲んだのが、送別会代わりだったことになる。以後は堀田、植草や小沢、大河内とは、連絡もとっていない。

十月一日月曜日。杉並署に初登庁。

まず、三階の刑事組織犯罪対策課に顔を出す。課長、係長に挨拶をすると、新署員の転入祝い式典は十時半からということだった。

以後はぼちぼち集まり始めた強行犯捜査係員に、それぞれ挨拶をして過ごした。統括係長を含む警部補三名を入れて、総勢七名の係。全員が男性。巡査部長は津原の他に二名。もう一人は巡査長ということだった。

転入祝いの式典は、五階の講堂で行われた。

出席者は署長を始めとする幹部全員と、新署員二十六名。大半は地域課と交通課で、刑《けい》組《そ》課には津原のみ。あとは警務課に一名、生活安全課に二名だった。

三階に戻り、指定された机に座った。

共に講堂から戻った統括係長に、最近の犯罪発生状況について聞く。

強行犯事件では、ひったくりがまた増加傾向にあるということだった。その他の捜査中案件は、店舗強盗が一件、タクシー強盗が一件、婦女暴行未遂が一件、傷害が四件、すでに被疑者を確保済みの傷害致死が一件。予想より多いな、というのが、素直な感想だった。

統括係長に、酒は飲めるかと訊かれた。人並みには、と答えると、今夜早速、歓迎会を開いてくれるということだった。生安と合同で、交通課の女性も何人か呼んであるという。こっちが独身ということで、気を遣ってくれているのだろうか。

統括係長以外の五人は、それぞれ担当案件の捜査に出ていた。津原は以後、捜査資料に目を通して過ごした。

進んでいる捜査もあれば、ほとんど手つかずで止まっているものもあった。だがそれも無理からぬことだった。

所轄署では、動ける人数が限られるという事情がまずある。一件だけに従事できることはむしろ稀で、ほとんどの場合、捜査員は三つ四つの案件を同時に抱え、時間をやり繰りしながら、少しずつ捜査を進めているというのが実情だ。むろん、大して事件も起こらない田舎なら話は別だろうが、ここ杉並のような都会の住宅街では、一つひとつは小さくても、けっこうな数の事件が常に起こっているものなのだ。

歓迎会は阿佐ヶ谷《あさがや》駅近くの居酒屋で行われた。

挨拶をと言われたので、刑事部捜査一課から来ましたと頭を下げると、へえ、という声があがった。感心とも、冷やかしともとれる声だったが、気にしないようにした。

歓談の時間になり、一番長く喋ったのは、やはり同じ係のデカ長だった。高林昌夫《たかばやしまさお》、五十四歳、秋田県出身。東京で一軒だけ、ここは美味いという秋田料理を食わせる店がある。今度、君をそこに連れていく。それだけを延々四十分、繰り返し聞かされた。

交通課の女性とも少し喋った。名前を覚えたのは二人。森尾多香子《もりおたかこ》、二十七歳。野口《のぐち》奈々《なな》、二十三歳。共に東京都出身。捜査一課の話をせがまれ、特捜で主に再捜査を担当していたというと、すごいですね、と返ってきた。でもそれだけだった。

別に遠慮をしていたわけでもないが、話し相手がいなくなって、初めてタバコに火を点けた。津原くん、吸うんだ。係長にそう言われ、ええと頭を下げた。それからしばらくは、誰も声をかけてこなくなった。

　この手の喧騒の中で孤独を感じるのは、決して特別なことではないと、これまでは思ってきた。単にまだ、自分が新しい部署に馴染《なじ》んでいないだけ。実際そうだと思うし、特にそれについて不安を感じているわけでもなかった。

　警察官に限らず勤め人であれば、部署の異動はつきものだ。小学校のクラス替えではないのだから、そんなことでいちいち感傷的になどなりはしないし、前のところの方がよかったと嘆くのはみっともないことだとも思ってきた。

　だが今回だけは、何か、吹っ切れないものがある。突然の辞令だったというだけではない、何か、引っ掛かりのようなものが感じられてならない。

　卒配の巣鴨署から、駒込署。そこから本部に移って、杉並署。一度本部に登って、でも落ちてここにきた、という意識が自分の中にあるのだろうか。いや違う。ここの人たちを見下すつもりは一切ない。それに、どんなに優秀な本部捜査員でも、昇任すれば所轄署に出される。本部にいることを誇りに思う部分は確かにあったが、だからといって逆は、自分の意識にはないはずだった。

　ではなんなのだ。この晴れない気持ちは。

　そんなに特捜がよかったのか。堀田班がよかったのか。

確かに親父のような堀田と、歳の近い四人という構成は、一つにまとまるには都合のいい人員配置だった。でもそれだけだ。あれは家族でも兄弟でもない。たまたま、一時的に職場を共にした班長と、同僚係員に過ぎない。

決して、特別な何かではなかった。

そして自分は、何を失ったわけでもない。


杉並署刑組課強行犯係での日々は、そこそこ忙しなく過ぎていった。

十二月半ば。繁華街で起こった傷害事件の犯人を、発生後約二週間で逮捕した。年末にはぼったくりバーで、客に暴力を振るったという黒服を二名逮捕した。

一月末。隣接する高井戸《たかいど》署管内で殺人事件が起こり、応援要員として特別捜査本部に参加した。刑事部の担当は殺人班六係で、よく知った顔ばかりで懐かしかった。二月の終わり頃までいたが、第一期とされる初動捜査の終了を機に体制が見直され、そこで津原は杉並署に戻ることになった。

三月には、杉並署が属する第四方面本部と、北区、板橋区、練馬区を統括する第十方面本部の「柔剣道合同練成大会」があった。

その会場となった警視庁術科センター内の武道場で、なんと、偶然にも植草と顔を合わせた。

久し振り、と交わしたあとで、互いの恰好を笑いながら見合った。

「へえ……初めて見ましたよ。植草さんの剣道着姿」

植草は、練馬署の選手として団体戦に出るらしい。

「本当は柔道で誘われたんだけど、なんとなく、お前と当たる予感がしてさ。柔道は勘弁してもらった……潰されちゃ敵《かな》わないからな」

試合時間はと訊くと、まだだいぶ先だというので、喫煙所を兼ねたドリンクコーナーに誘った。飲み物の好みは覚えている。植草はどちらかというとコーヒーより紅茶党だが、「午後の紅茶」はあまり好きではないので、いつもウーロン茶を飲んでいた。

「……ありがとう」

しばらくは、互いの近況を報告し合った。

遥も元気で、大河内とは、たまに会っているらしい——。

心臓の辺りが、きゅっと硬く縮むのを感じたが、顔に出る前に、缶を高く傾けてコーヒーを飲み込んだ。お陰で「そっか、上手くいってるんだ」と、微笑んで言うことができた。

植草自身は、早くも刑事課への配転を打診されているらしいが、逆にもう少し地域をやりたいと、断わっているという。

「もう、刑事は嫌なんですか」

「別に、そういうわけじゃないけど……交番勤務の方が、何かと規則正しいだろ。もう少し、充電っていうかさ。体にもその方が無理ないし……お前くらい頑丈なら、なんてことないんだろうけどさ」

意外なほど強く背中を叩かれた。以前の植草は、あまりこういうことをする人ではなかった。むしろ——。

「そういえば……小沢のこと、聞いてるか」

ちょうどその名前が頭に浮かんだところだったので、驚いた。それも、ちょっと嫌な予感と共に。

「いえ……何も」

「あいつ、警察辞めたんだ」

懐に入ろうとする相手を正面から受け止め、それで胸に頭突《ずつ》きを喰らったような、そんな衝撃だった。実際、息まで苦しい。

「……本当ですか」

「ああ」

「それで奴、いま何やってんすか」

「マスコミ関係にいくって、言ってたけど、詳しくは分からないな。……そうだ、携帯番号変わってるから、あとでメールするよ。連絡してやるといい」

なんだか、無性に腹が立った。

早速連絡はとったが、互いになんだかんだと忙しく、実際に会うことになったのはさらに一ヶ月してからだった。

待ち合わせは、特捜時代によく行った渋谷の居酒屋にした。

「よう、久し振り」

「おお……久し振り」

なぜ植草にだけ退職について知らせ、自分には言ってくれなかったのか。水臭いだろう。まず、一等最初にそう言ってやるつもりだったのだが、萎《な》えた。

「なんだお前……その恰好」

だいぶ伸ばし気味にした天然パーマの髪に、無精ヒゲ。頭の天辺《てっぺん》には黒い大きなサングラス。茶系のデニムシャツと、同色のボトム。まるで六〇年代のヒッピーか、原宿辺りの古着屋の店員といった風貌だ。

「何って……警官辞めたんだからよ、好きな恰好したいじゃん」

まあ、逆に警察官になる以前の小沢は知らないので、カジュアルだとどういうファッションが好みなのかは、よく考えたら知らなかった。

「……にしたってよ」

三十過ぎたいい大人がする恰好じゃないだろう、の言葉は、どうにか呑《の》み込《こ》んだ。ここは渋谷の居酒屋。周りを見渡せば、そんな大人も少なからずいる。いや、時間が早いせいか、津原のようなスーツ姿の方がむしろ少数派であるように見える。

とりあえず生ビールを頼み、乾杯し、料理をいくつか頼んだ。

退職にしてもファッションに関しても裏切られた気がしてならなかったが、でも少し話してみると、やはり小沢は小沢だった。

「これ……最近はここの編集部に、世話になってんの」

くたくたの肩掛《かたか》けバッグから、週刊誌を一冊取り出す。「週刊キンダイ」。キオスクに置いてあるのでタイトルは知っているが、実際に買って読んだことは一度もない。

「へえ……」

表紙に並んだ文字をざっと読む。

民自党、消費税率アップでついに下野か。清純派女優・矢口亜紀子、仰天ヘアヌード。涙の真実、母親の死体と三ヶ月暮らした少年。女子アナ淫乱偏差値、ウノッチはそっちも東大級？　元SAT隊員に死刑判決——。

「……ここでお前が、何やってんの」

小沢が、お通しの春雨をズッとすする。

「んん……まあ、普通に取材したりもするけどよ、俺は、警察関係のこと、そこらの連中よりは、よく分かるわけじゃん。何しろ、捜査一課にいたわけだし。そういうのアドバイスしたり……将来的には、そこら辺について書いて、本でも出せたらいいかなって、思ってっけど」

らしいといえば、らしい気もする。

「なに……裏金作りの暴露本でも書くの」

所轄署でも本部でも、裏金問題はどこにでも転がっている。まあ、津原たち現場の人間にとっては、上からちゃんと予算が下りてこず、自腹を切るケースが多くなることが主たる問題点だったが。

「いや、そんなケチなことは書かねえよ。俺はもっと、デカいネタをやる」

「なんだよ。デカいネタって」

すると、苦笑いしながらかぶりを振る。

「まだ分かんね。でも、俺たち特捜一係の、強制解体……あれは一つ、俺ん中では、しこりになってる」

そう言った途端、「あ」と漏らして眉をひそめる。

「別に、俺だけ二十三区外に飛ばされたから、そんでふて腐れて辞めたとか、そういうの根に持って、復讐してやろうとか、そんなケチな話じゃねえかんな」

分かってる、と返すと、ふっと笑みを浮かべ、だがすぐにまた、険《けわ》しい表情に戻す。

「……ありゃ、どう考えたっておかしいぜ。あとちょっとで勾留期限。もう延長はできなかったんだから、俺らが終いまで持ってく方が普通だったろう。それを、あんな半端《はんぱ》なところで……期限までやったって、せいぜいあと一週間かそこらの話だ。それくらい、俺たちの異動を遅らせたって、大したことじゃなかったはずだ……どうせ、お前以外の三人は地域だったんだしよ。そんなの、誰かがちょちょいと遣《や》り繰《く》りしてくれりゃあ、それで済んだはずだろう」

「分かるけどよ……」

小沢が店員を呼び止め、お代《か》わり、とジョッキを突き出す。津原も慌てて飲み干し、二つ、と指で示した。

「……それでお前、それについて、何か摑んだの」

小沢のタバコは変わらずセブンスター。深く吸い、ゆっくりと吐き出す。

「……いや。まだなーんも」

「心当たりくらい、ないのかよ」

「いいや、全く」

「なんだよそれ……それなのに、警察辞めたのかよ」

「いや、そんだけじゃねえんだよ……ま、府中でもいろいろあったんだよ」

言いづらそうな顔をされたので、それ以上は訊かなかったが、大体の察しはついた。本人は違うと言うだろうが、やはり、都下の交番勤務に回されたことで、腐った部分が少なからずあったのだと察した。

「……じゃ、それをなに、一人で、これから調べてこうっての」

苦そうに口を尖らせ、うんと頷く。

「ま、こっちも生活があるからよ。今んとこは、全然関係ねえネタの裏取りに回されたり、カメラ持たされて、張り込みさせられたりしてっけど……でも、案外楽しいもんだぜ。デスクとも、けっこう意気投合しちゃってさ、そこそこわがまま聞いてもらえるし。それに俺、意外と文章も上手いみたいでよ。褒められんだよ……高校じゃ、現国とか、ダメダメだったのにさ」

勝手に言い、勝手に笑う。そこに彼なりの焦《あせ》りや、苛立《いらだ》ちを感じずにはいられなかったが、何かを言う気にはなれなかった。

自分だって、今の職場には——。

「……もうちょっとしたら、行動起こすつもりなんだ。協力者もいる。デスクも、内容によってはバックアップするって約束してくれてる。だから、もし動き出したら……」

強い視線で、小沢が、津原の目の中を覗く。

「英太……お前も、協力してくれないか」

すぐには頷くことも、かぶりを振ることもできなかった。

「……府中に飛ばされてさ、初めて気づいたようなとこ、あんだよ。俺、捜査が好きだったんだな、刑事が、好きだったんだな、って。交番の表に立って、人が流れてくの見ててもよ、駄目なんだよ……こんなんじゃねえ、俺がやりてえのは、こういうこっちゃねえんだって……キンタマがよ、ムズムズしてきてしょうがなかった……今は、ちっとマシになった。張り込み、尾行、盗撮、聞き込み、原稿書き……でも、まだ駄目だ。輪郭は見えてんのに、俺はその輪の外にいる。切り込んでいかなきゃ、駄目なんだ」

津原も、目を真っ直ぐ見返した。

「分かってるだろうが……俺は、現役のサツカンなんだぜ」

小沢は笑った。あの頃と、全く同じ顔で。

「分かってるよ。だからこそ言ってんじゃねえか」

二杯目の生ビールが、運ばれてきた。

渋谷駅前。

別れ際になって、ようやく訊く気になった。

「守とは、連絡とってんの」

「ああ……先月、かな。ちょっと会って、飲んだ」

「遥ちゃんも？」

「いや、守だけ」

どちらにせよ、だ。

「なんだ……俺が一番あと回しか」

すると小沢は、なんとも、情けない表情を浮かべた。

「……水臭えなって、思ったか」

別に、と言ってやりたかったが、黙っていた。

「ほんとは、一番に……お前に、言うつもりだった。でも、一番、言いづらかった」

「いいって」

「わり」

「だから……いいって」

あんま無理すんなよ。そう言うと、お前もな、と返ってきた。

夜十一時。渋谷の街は、まだ宴たけなわといった様相だった。

4

杉並署に来て、もう半年になる。

刑組課の仕事にもだいぶ慣れた。いや、所轄署の刑事というものをようやく思い出した、と言うべきか。いい意味でも、悪い意味でも。

いいのは、認知した事件に対し、肌理《きめ》の細かい対処ができること。感情的になった被害者をなだめ、真摯《しんし》に事情を聞き、それだったら示談の方がいいでしょう、と提案、説得できたときなど。

悪いのは、どうせ無駄だと事件を放置してしまうこと。ひったくりがこじれて発展した形の暴行致傷。酔っ払い同士の喧嘩《けんか》で、被害者も相手が誰だか分からないという傷害事件。手がかりも目撃証言もなし。こういったヤマは、正直打つ手がない。

そんなふうに、あちこちから持ち込まれる案件を、大体一勝二敗くらいの割り合いで処理していた。幸いにと言うべきか、津原が異動してきてからこっち、杉並署管内で殺人事件は起こっていない。

休日のパターンも、段々できてきた。洗濯をして、掃除をして、昼過ぎからは映画を見にいく。CDや、洋服を買いにいくこともある。夕方に、昼夜兼用の食事をしてお終い。ずっと一人。誰とも会わない。誰とも約束しない。

特捜時代は、休みのときも小沢や大河内に誘われることがけっこうあった。同じ係で休みも一緒なわけだから、捕まえやすいというのがあったのだろう。特に小沢はボクシングが好きで、よく後楽園ホールに付き合わされた。

別に一人でだって見られるだろう、と言うと、決まってこう説明された。

「いけェ、そこだァ……とか騒いだあとによ、こう、左右が知らない奴だと……けっこう、ってか物凄《ものすご》い、ハズいんだよ」

まあ、その気持ちは分からないでもない。

ちなみに今日は四月十六日、水曜日。

八日振りにもらった休日だが、実は今日、東京地裁で、曽根明弘の第一回公判が開かれることになっている。

特捜時代に手掛けた最後の事件。その裁判なのだから、傍聴してみたいという気持ちは少なからずあった。実際、開始時間まで調べ、スーツに手を掛けるところまでいった。が、結局手にとったのは、くすんだ緑色のフライトジャケットだった。

そのポケットに財布と携帯電話、あとタバコを捻じ込み、寮を出た。

平日午後の新宿。

そこそこの人出で賑わってはいるものの、土日のような華やいだ雰囲気は、やはりない。スーツ姿のサラリーマンが多く、逆にカップルは少ない。

津原は仕事用の革靴を一足購入し、紀伊國屋《きのくにや》で小一時間立ち読みをし、それから映画を見ようと歌舞伎町《かぶきちょう》に向かい、だがどれにしようかと迷っていたら、携帯が震えた。

ディスプレイには【小沢駿介】と出ている。

「……もしもし」

『俺だ。英太、今いいか』

どうしたのだろう。やけに慌てているようだが。

「ああ。俺今日、休みなんだ」

『おめっ、休みだったら……なんだよ、こっちゃ、ヤバいことになってるってのに』

ヤバいこと——。

瞬時に思い浮かんだのは、この前会ったときに話したことだった。警察の裏側について書く。近々、そのための行動を起こす。それで、早くも下手を打ったのかと思った。

が、違った。

『今日、曽根の公判があるのは知ってるな』

「ああ……」

なんだそっちか、と思い、なんとなく内ポケットに手を入れた。

『俺それ傍聴しに来てて、たったいま終わったとこなんだけどよ。あの野郎、罪状認否で、起訴事実を、全面否認しやがったんだよ』

懐で、指先がタバコの箱に触れて、止まる。

「……なんだそりゃ」

『あの野郎、森本殺しは自分じゃねえって、言いやがった』

辺りを見回す。この話に聞き耳を立てるような人物は、少なくとも半径三メートルの範囲にはいない。

「……待てよ。そんなのあり得ないだろ。そんな、否認ったってお前、奴の言った通り、凶器だって寺の敷地から出たんだし」

『そこだよ。あの野郎、自白は警察に強要されたもので、凶器の発見場所も、警察に指示されてその通りに喋って、まんま出てきたのを、強引に認めさせられただけだって』

馬鹿馬鹿しい。

「フザケんなって。次郎さんがそんなことするはずねえだろ」

『いや……ところがよ、それが変なんだよ。曽根は自供も、凶器の場所も、供述内容を具体的に自分に指示したのは、特捜一係の、植草利巳巡査部長だって言ってんだよ』

ますますあり得ない。

「ないだろう、それは。だって植草さんは、ほとんど曽根とは、接点もなかったじゃないか。確保のときには、確かに現場にいたけど、取調べだって、一度もしてないし」

『俺だって分かってんだよそんなこたァ。担当検事だって、ハァ？　って顔してたぜ』

「相手は。あっちの弁護士は、あの」

『ああ、安田だ。あのクソ弁、なに企《たくら》んでやがんだ……そんで、トシさんにさっきから電話入れてんだけど、勤務中なんかな、全然出ねえんだよ。俺、これから編集部に帰るのに電車乗っからさ、お前休みなら、代わりに連絡とってみてくれよ』

分かったと応じ、いったん電話を切った。

小沢の言った通り、植草は電話に出なかった。

二十秒くらい呼び出し音が鳴ると留守電サービスになってしまう。何度かけても結果は同じ。一時間とおかずにかけ続けたが、結局その日は、植草と話すことができずに終わった。

翌十七日、朝七時五十分。

津原は八階の単身者待機寮自室から、三階の刑組課に下りてきた。

すでに津原の席の隣には、丸い背中がある。高林巡査部長。いつものように、握り飯を食べながら朝刊を読んでいる。

「おはようございます」

「おう。いつも早いな」

背恰好は堀田とよく似ているが、雰囲気はだいぶ高林の方がくたびれている。たぶん腰と膝が悪いことや、白髪が多いところが、彼を実年齢よりも老け込ませているのだろう。

津原は自分の席に座り、階段のところの自販機で買ってきた缶コーヒーを開けた。最近、朝はブラックに決めている。

ふいに高林がこっちを向いた。新聞の一点を示す。

「これ……お前が本部にいた頃に、挙げたホシじゃないか？」

見ると、曽根の初公判の記事だった。

「……ええ」

社会面の下の方に小さく出ている。

【東京都港区の宝飾店店主、森本隆治氏が殺害された事件で、殺人の罪に問われている曽根明弘被告（31）は16日、初公判の開かれた東京地裁で、自白は警察での取調べで強要されたものであるとし、起訴事実を全面的に否認した。】

不幸中の幸いと言うべきか、植草の名前は出ていない。

「ちょいと、荒れるかもしれんな」

「ええ……そうですね」

その話題は、それきりになった。

八時半には課員も全員揃い、四十分頃から朝会《あさかい》が始まった。

まず課長から、昨日通常勤務終了後に発生した事件についての報告があった。ひったくりが一件、痴漢が一件、以上。

次に、管区外の案件について。

「ええ……昨日、二十二時過ぎ。練馬署地域課の、ウエクサトシミ巡査部長が、自身が勤務する桜台交番にて、首吊り自殺をしているのが発見された」

ウエクサ——。

デカ部屋に、妙に冷たい、それでいて生臭い風が、吹き込んでくるのを感じた。

練馬署、地域課、ウエクサ、トシミ——。

ぼんやりしていたわけでもないのに、一瞬、聞き逃しそうになった。いや、もしかしたら自分は無意識のうちに、その意味を解さないようにしていたのかもしれない。

だが同じ署に、同姓同名の警察官がもう一人いるとは考えづらい。

「あの、すいません、その……」

植草というのは、あの植草ですか。そう訊こうとしたが、それでは通じない。元特捜一係の、と付け加えたところで、そんなことを杉並署の刑組課長が知るはずもない。

「……植草、巡査部長の、年齢は」

津原が訊くと、課長は怪訝そうに眉をひそめた。

再び手元の書類を注視する。

「年齢か……三十七歳、となっているが、どうかしたか。知り合いか」

植草利巳巡査部長、三十七歳。もう、間違いない。

思わず目を閉じた。すると、知るはずもない桜台交番内の光景が、勝手に脳裏に浮かんできた。

雨合羽《あまガッパ》やヘルメット、ロープや拡声器を引っ掛けておくための、壁のフック。首を吊るとしたら、そういうところか。その壁に、背中を預けるようにしてぶら下がった、植草の体。力の抜けた手。前に投げ出された両脚。赤黒く変色した顔。半分閉じられた目。

そんな、馬鹿な。

朝会が終わってすぐ、遥に連絡を入れたが通じなかった。

課長は、発見は昨夜二十二時過ぎと言った。つまり植草は、昨日午後から今朝までの、第二当番に入っていたことになる。

「係長、すみません。俺ちょっと……」

詳しく理由も言わず、問う声に答えもせず、津原はただ頭を下げ、デカ部屋を出た。居ても立ってもいられない。今ほどこの言葉を実感したことはなかった。

署を出てすぐ小沢に連絡をとった。小沢は「えっ」と言ったきり、しばらく押し黙った。

「とりあえず俺は、練馬署に行く。お前は遥ちゃんに連絡とってみてくれ」

『分かった』

「それから、次郎さんと、守にも」

『ああ、任せろ……』

南阿佐ケ谷《みなみあさがや》駅から地下鉄丸ノ内線に乗り、中野坂上《なかのさかうえ》駅で大江戸線に乗り換えて、五つ目が練馬駅だ。

着いたのは九時二十分過ぎ。練馬署は駅から徒歩二分といったところだった。

庁舎警備の警察官に会釈をし、やや古びた外観の建物に入る。途端、受付のベンチに座っている、グレーのジャケットを着た男と目が合った。見覚えのない顔だが、もしかしたらマスコミ関係者かもしれない。早い奴は、もう聞きつけて駆けつけてきても不思議はない。だがそんな者にかまっている暇はない。津原は受付の係員に身分証を提示し、そのまま階段の方に進んだ。

エレベーターのところに掲示されている庁舎案内を見る。刑組課は二階、生活安全課は三階、地域課は四階。自殺なら普通は刑組課の担当だが、植草はここの署員だ。そんな、民間人が亡くなったときと同じ対処はされまい。するとやはり所属部署である地域課に行くべきか。それとも先に、刑組課を訪ねておくべきか。

あまり気は進まないが、できる限り、事件についてイメージしてみる。

昨夜二十二時頃。まず最初に誰か、おそらく同じ交番に勤務する警察官が、遺体を発見する。当然、本署にすぐ連絡し、その段階で自殺の現場となった交番は封鎖される。次に入って検視をするのは、刑組課鑑識係の人間だ。やはり、先に二階に行ってみよう。

階段を駆け上り、刑組課の入り口を覗く。中は意外なほど静まり返っており、人も少なかった。強行犯係長の席に一人、組織犯罪対策係長の席に一人、盗犯係のヒラ席に二人。

立って室内をうろうろしているのが三人。

「失礼します……」

津原の方を向いたのは、ちょうど書類を持ってこっちに歩いてきた男だった。

「はい、なんでしょうか」

ずんぐりとした体格、低い声、鋭い目つき。暴力団対策係の主任辺りだろうか。

短く一礼しておく。

「杉並署刑組課の、津原と申します。こちらの地域課の、植草巡査部長の件について、ちょっとお伺いしたく……」

男の目に険しさが増す。

「……杉並が、なんの用だ」

声色はもはや恫喝《どうかつ》のそれに近い。歳はたぶん津原と大差ない。

「はい。私、昨年まで植草巡査部長とは、本部で、同じ係でしたもので」

「だからなんだ」

「ええ、ですから、彼について……」

男は手にしていた書類を近くの机の上に放り、ぐっと津原に詰め寄り、下から睨みつけた。

「葬式の予定ならまだ立ってねえ。あんたが杉並ならいずれ間違いなく通達はいくだろう。それまではおとなしく、テメェの仕事してろって」

ぐっと喉の奥が鳴り、せり上がってきた苦いものを、津原は無理やり呑み下した。顔の表面が冷たく、だが皮一枚下は、やけに熱くなる。

「あなた……もうちょっと、口の利き方に気をつけた方がいいですよ」

しかし、その程度で態度を改める相手ではなかった。

「朝っぱらから他所《よそ》のシマにきてガタガタぬかして、僕ちゃんのお友達がァ、って騒がれたって迷惑なんだよ」

思わず、拳を握った。こいつは殴ってもいいだろう。そう思ったが、デカ部屋の奥にある、強行犯係長の席にいた男が立つのが見えた。それで、殴るのはなんとか堪《こら》えた。

「……ニシヤマ。その人の言う通りだ。少し口を慎《つつし》め」

ニシヤマと呼ばれた男よりは、だいぶ知的な雰囲気の男だった。

ただ、それだからといって詳しく話を聞かせてくれるわけではなかった。

植草の件はまだ捜査中で、自殺の動機などは何も分かっていない。関係者といえども話のできる段階ではない。何か分かったらこちらから知らせるから、今日のところは帰ってもらえないか。

それが、強行犯係長の言い分だった。

階段を下りていくと、練馬署の前には、もうだいぶマスコミが集まってきていた。カメラマンを入れたら、十人以上はいそうだ。

　自動ドアを出ると一斉に視線が向けられたが、最初はそれだけだった。津原が刑事であることを知っている者は、この中にはいないらしい。

　いや。一人だけ、こっちをじっと見ながら歩いてくる男がいる。グレーのジャケット。さっき来たときベンチに座っていた、津原と目が合った、あの男だ。

「……すみません、ちょっとお話を、聞かせていただけますか」

　曖昧《あいまい》な切り出し方。まだこちらが警察官であるという確信は、ないのかもしれない。

「ごめんなさい。急いでますんで」

「ほんのちょっとですよ。待ってください」

　結局前を塞がれ、立ち止まらざるを得なくなった。

「……昨夜、ここ練馬署地域課の巡査部長が、交番で首を吊って自殺した件についてなんですが。そのことは、ご存じ？」

　背は低く、華奢だが、なかなか端整な顔をした男だ。

「いえ」

「でも、ここではない警察署の方なんですよね？　さっき入っていくとき、受付で手帳を見せてたじゃないですか。ってことは、所属はここじゃないけど、警察官ってことでしょう？」

そうか。見られていたのか。

徐々に周りに人が集まってくる。

「そうですが、特に今は……」

話せることはない。そう言って済ませようとしたが、上手くいかなかった。

「植草巡査部長とはお知り合いだったんですか」

質問が、折り重なりながら襲ってくる。

「いま練馬署じゃないということは、以前同じ部署にいたとか」

「植草巡査部長が、昨年まで捜査一課にいたというのは本当ですか」

「あなたも捜査一課にいたんじゃないんですか」

その合間を突くように、ややヒステリックな女の声が訊いてきた。

「植草巡査部長といえば、昨日の宝飾店店主殺害事件の裁判で、不当な取調べをしたとして名前が挙がっていた人物ですよね」

ふと風が凪《な》いだように、辺りが静まり返った。

誰もが発言の女性を振り返り、だがすぐ、津原に向き直った。

グレーのジャケットの男が、デジタルレコーダーをこっちに突き出してくる。

「そうなんですか?」

「……知りませんよ」

進もうとするが、なかなか思うに任せない。

「ちょっと待ってください。不当捜査はあったんですか」

「曽根が言っていた、自白の強要というのは、どういうことなんですか」

「植草巡査部長の自殺は、不当捜査と関係があると思われますか」

まさか、自分がこんなふうに、記者の質問攻めに遭《あ》う立場になろうとは、今まで思ったこともなかった。

津原は迫ってくるマイクを掻き分け、立ち塞がる人の壁を割るようにしながら、千川《せんかわ》通りまで出た。

そこで手を挙げ、タクシーを拾った。


車中で小沢と連絡をとった。

遥とは、話ができたようだった。彼女は何も知らず、いつものように勤めに出たらしい。だが大学に着く直前に、小沢からの連絡を受けた。それで、植草の自殺を知った。

『しばらく、言葉にならない、感じだった……』

女子大の、門の前でしゃがみ込み、丸くなった彼女の、あの薄い背中が、脳裏にくっきりと思い浮かぶ。

小沢の、溜め息が耳にかかる。

『……できることなら、飛んで行ってやりたかった』

「それで、どうした、遥ちゃんは」

『一応、職場に行くだけは行って、休ませてくれって言って、マンションに帰るって』

ひょっとすると、それはもうマズいかもしれない。

「いや、駄目だ。練馬署にはもうマスコミが張りついてた。ただの警察官の自殺ならともかく、連中は、昨日の曽根の公判に絡めて報道するつもりだ。マンションに向かう可能性は充分ある。お前、今どこだ」

『俺は、五反田《ごたんだ》の編集部』

植草と遥のマンションは、中野。

「分かった。そっちは俺が行く。お前、次郎さんとは」

『ああ、連絡した。次郎さんも知ってて、まあ、それで俺も確信が持てたっていうか』

「守は」

『奴は、まだ……でも、あいつだって訓示は受けるだろう。知ってるはずだろう』

そう。大河内も地域課。休みでなければ、第一報は当然耳にしているはず。

5

中野のマンションに着いたのは十一時少し前だった。雨が降り始めていたが、そんなことを気にしてはいられなかった。

薄茶色の外壁を見ながら敷地裏手に回る。向かいの歩道に渡り、建物を振り返る。どこが二人の部屋だったかは、わざわざ数えて確かめるまでもなかった。雨の向こう、六〇八号室の前にはもう、マスコミと思われる人影が七、八人あった。

遥の携帯にかけてみる。コールは一回だった。

『……津原さん？』

すがりつくような声。苦いものと甘いものとが、同時に、胸いっぱいに広がる。

「遥ちゃん、今どこ」

『帰ってきてる。そしたらすぐ、部屋の前に』

「分かってる。俺も今、すぐ外にいる。そっちのドアを見てる。七、八人いるのが見える」

その部屋、確かドアホンがあったね――。

そう言おうとしたのだが、遥の、震えた声の方が早かった。

『津原さん……すぐ来て……お願い……助けに来て』

「遥ちゃん」

頭の芯《しん》が、熱を帯びて痺《しび》れる。

あの廊下を疾走し、マスコミの連中を蹴散らし、投げ飛ばし、彼女の名を叫んで、ドアに飛び込む自分を想像した。

そうしたい。不安に震える遥の細い体を、この腕に、力の限り抱き締めたい。心の底から、そう思う。

だが、できない。

それが現実的な解決策でないことは、火を見るよりも明らかだ。

練馬署の前にいた連中ですら、曽根と植草の件を絡めて考え始めていた。ここにいる連中だって、そういう切り口で取材しようとしていると考えておいた方がいい。

ドア口に顔を出した遥に浴びせられる質問は、おそらくこうだ。

お兄さんの自殺は、曽根の言う不当な取調べと関係があるのですか。自白を強要したことが事実だから、お兄さんは首吊り自殺したわけですよね——。

そこに、悪鬼《あっき》の形相をした自分が割り込んでいったら、どうなる。どけどけと蹴散らし、自分だけ部屋に入ったら、奴らはどう報じる。

やはり警察のやり方は強引で乱暴だ。植草のいた特捜一係は、暴力で曽根を捻じ伏せて自供をとったに違いない。凶器の発見もでっちあげに決まっている。いや、ひょっとしたら、植草の部屋を調べに刑事が入っていった、と解釈される恐れすらある。植草の妹も取調べを受けている。そういう憶測報道だって、ないとは言い切れない。

『津原さん……私、怖いよ……』

目にかかった雨を拭い、今一度、六〇八号室を見上げる。あろうことかある記者は、隣の部屋の住人に話を聞き始めている。集団の、半分くらいの人数がそっちに行っている。

「遥ちゃん。いま俺が行ったら、かえって騒ぎが大きくなる……いい？　だから今は、俺の話をよく聞いて、やり過ごすんだ。まず、ドアホンの受話器をはずして、外からの接触は、一切無視するんだ。警察からの連絡は電話でくるだろうし、俺たちもまず携帯に電話するから。俺も、小沢や次郎さん、守と連絡とって、外の連中の様子を見て、なるべく早く、助けに行くから。それまで、もうちょっとだけ辛抱して」

すすり上げる音と、荒い息遣いが聞こえてくる。見たことのないはずの彼女の泣き顔が、はっきりと瞼に浮かぶ。

『でも、怖いよ……思いっきりドアを叩くの。ヤクザみたいな声で、ずっと怒鳴ってるの……テレビで見るのと、全然違うの……怖いよ……津原さん、私、怖い……』

大丈夫だ。外で俺が見張ってるから。そんな連中に、いつまでも勝手な真似はさせておかないから——。

そんなことしか言えない自分が、津原は、心底無力に思えた。

昼過ぎになって、ようやく練馬署の人間らしき四人組が現われ、ドア前のマスコミを排除した。そのまま遥を捜査用ＰＣ（覆面パトカー）に乗せ、連れ出した。練馬署で遺体の確認や、植草の生前の様子などについて訊くためと思われた。

中野駅で小沢と合流できたのは、それから三十分ほどした十三時頃だった。遅いぞ、と言うと、情報収集をしていたのだと逆捩《さかね》じを喰わされた。

「このネタ、間違いなく今日の夕刊に載るな。練馬署にはテレビ局もいくつか入ってる。どこもう、トシさんは、曽根への自白強要の責任をとるために自殺したって論調だ」

そこまで言って、お前びしょ濡《ぬ》れだな、と眉をひそめる。

「オメェよ、大変なのはこれからなんだからよ。こんなとこで風邪《かぜ》ひくなよ」

「分かってる」

それから駅北口にあるファストファッションの店に連れて行かれ、着替えを一式買わされ、そこで着替えさせられた。ジーパン、Ｔシャツに、フリース。

「……俺、非番じゃねえんだよ」

しかも、フリースはなぜかオレンジ。小沢の見立て。

「似合ってるぜ。イケてるよ」

小沢は、試着や会計の間も電話をかけ続けていた。堀田とは話せたが、大河内とは依然繋がらないという。

近くのコーヒーショップに入り、状況を整理してみることにした。

小沢が、手に持ったままの携帯電話に目をやる。

「次郎さんも、いろいろ関係者とかに訊いてくれてるみたいだけど、どうもこれといった情報には当たらねえらしい。そもそも、練馬署だって変だぜ。遺体の発見は昨夜の二十二時過ぎで、それでなんで、今朝になるまで遥ちゃんに連絡行ってなかったんだよ」

確かに、そこは釈然としないものがある。

「自殺、じゃなくて……ほんとは、事件性、あるのかな」

津原が言うと、小沢はタバコに火を点けながら眉をひそめた。

「……あるいは、遺族に報告できないような何か、とか」

仮に、曽根への自白強要を告白するような遺書があったとしたら、どうだろう。警察は組織防衛のため、周辺事情が整理できるまで植草の自殺を公にしないのではないか。特に警察官の不祥事が相次ぐこのご時世だ。消せる汚点は消し、隠せるものは隠そうとするのではないか。

また、首を吊った植草の姿が脳裏に浮かんだ。今度は交番二階の和室だ。ベルトを、鴨《かも》居《い》に引っ掛けて——。

「おい、英太」

額を小突かれ、正気に返った。

「ああ……大丈夫だ」

「大丈夫って顔じゃねえぞ、バカが」

嫌な考えばかりが続けざまに浮かぶ。

もし植草の自殺を、練馬署が隠蔽《いんぺい》しようとしているのだとしたら。

「なあ、小沢……遥ちゃん、大丈夫かな」

「何が」

「何がって……練馬の連中に、連れて行かれて」

小沢が怪訝そうに津原を見る。

「そもそも、遥ちゃんを連れてったのが練馬の連中だってのは、間違いないのか？」

「それは、大丈夫だと思う。ＰＣの中確認したけど、普通に警察無線とか付いてたし、靴カバーの箱とか、床に落ちてたし」

「そっか……」

津原もタバコを銜えた。朝買った箱は、雨で濡れて全滅していた。これはさっき、服屋を出たところで買ったものだ。

フウ、と小沢が勢いよく吐く。

「……トシさんの生前の様子について、根掘り葉掘り訊きはするだろうな。それで、何か重要な証言が出てきたら、むろん、口止めもするだろう」

何か重要な、証言？

「自白の強要について、植草さんが遥ちゃんに漏らしてたとか、そういうことか」

「まあ、たとえば、そういうことよ」

「それはないだろう」

警察関係者でもない遥に明かすくらいなら、植草はそもそもそんなことに手出しはしなかっただろうし、仮に何かの事情でしてしまったのだとしても、のちのち遥に迷惑がかかるような事態には絶対にしなかったはずだ。植草利巳という男は、そういう人間だった。

津原は知っている。

「……それより、守はどうしたんだよ。連絡、とれないのかよ」

小沢は苦そうに口を尖らせ、かぶりを振った。

「勤務中なのかもしんねえけどよ、それにしたって……自殺者が出たことは、警視庁の人間なら誰だって知ってることなんだし、奴だって、電話くらいよこしゃいいものをよ」

「メールは、してみたのか」

「とっくだよ。でも全然……まるでノーリアクションだ」

「アドレス、変えたとか」

「だったら届かねえぞって、そういうメッセージがあるだろ」

まさか、大河内までどうにかなってしまったなどということは、ないとは思うが。

小沢の言った通り、その日の夕刊のほとんどが、トップに近い場所で植草の自殺をとりあげた。同じ日に消費税絡みで重大なニュースがあったにも拘《かかわ》らず、明らかにメディアは、それよりも大きな扱いで植草の自殺について報じていた。

【捜査一課が自白強要か　取調官は勤務中に首吊り自殺】

【自白も凶器もでっち上げ？　巡査部長自殺の謎】

翌朝になると、スポーツ紙もこれに同調した。

【自殺巡査部長の妹　署が口封じ連行】

捜査員に抱えられ、マンションを出る遥の姿が大きく写っている。むろん、顔にボカシは入っているが。

さらに、大して注目されていなかった曽根の公判ネタまで、便乗して一面に浮上してくる始末。

【俺は殺してない　曽根被告の悲痛な叫び】

赦せないのは夜中のニュースだ。

あるコメンテイターは、ニヤつきながらこう言った。

《私、本番前にこれの、ボカシの入ってない映像を見たんですけど、この妹さん、実は、ものすっごい美人なんですよ。こんな綺麗な人のね……二人っきりで暮らしていたお兄さんが、供述を捏造《ねつぞう》して、凶器をヤラセで発見とかってね……思いたくはないですけどね》

その後も、やたらと「美人」「兄と二人暮らし」を繰り返す。話を妙な方向に持っていこうとする姿勢が見え見えだった。

以後も、遥と直接会うことはできなかった。できたのは、せいぜい電話で話すことくらいだった。

「練馬署の人は、どう？　なに訊かれた？」

ショックなはずなのに、それでも遥はしっかりと話した。

『いろいろ、心配はしてくれてる。女の刑事さんもいて、なんだったら泊まりに行ってあげようかって、言ってくれたり……それはさすがに、遠慮したけど……お兄ちゃんの、最近の様子について、訊かれた。でも、何も分からなくて……別に、何か思いつめてる様子なんて、なかったし……単に私が、気づいてなかっただけなのかも、しれないけど……』

しばし間が空く。遥が、嗚咽《おえつ》を堪えようとしている様が、目で見るより確かに伝わってくる。あの細い肩を抱き寄せ、大丈夫だよと、そう言ってあげられたら、どんなに——いや、その役目を果たすべきは自分ではない。

大河内。お前は連絡もよこさないで、一体、何をやっているんだ。

「マスコミは、どう？　人数とか」

『うん……一度署の人が来てくれてからは、だいぶ静かになった。敷地の外に、いるはいるみたいだけど、でも、もう前みたいに、ドアの前に何人もって感じじゃ、なくなった』

「そっか……よかった」

自分で言って、何がいいものかと、自ら心の内で否定する。

「ごめんね……なんにも、力になれなくて」

直後に、返事は続かなかった。ただ、遥がかぶりを振ったような、受話器と耳が、あるいは髪がこすれたような、そんな音は聞こえた。

『……いいの……こうやって、津原さんの声、聞けるから……それだけで……今日は、眠れる気がする』

時計を見る。零時を少し過ぎている。

もう、おやすみ。

そのひと言が言えなくて、一分、また一分と、夜が更けていく。

植草の葬儀は、通夜も告別式も、練馬署の仕切りで執《と》り行《おこな》われた。斎場は目白の、決して大きな場所ではなかったが、元同僚や上司、後輩なども大勢訪れ、思いのほか賑やかなものになった。たぶんそれが、逆によかったのだと思う。マスコミ連中も遠巻きに様子を窺《うかが》っているだけで、参列者にマイクを向けようだとか、写真を撮ろうなどという動きはほとんど見られなかった。

　そのお陰といっていいだろう。告別式の前後や、火葬場から帰ってきての精進落としの席で、ちょっとずつだが、何回か遥と話をすることができた。そのときは堀田も小沢も一緒だった。

「大変だったね……」

　喪服を着てもまだ細い肩に、堀田がそっと手をやる。遥は頬にハンカチを当てながら、何度も頭を下げた。まるで親戚のおじさんと姪《めい》っ子《こ》といった様相だ。

「困ったことがあったら、なんでも言ってくれていいからね。この連中は、みんなあんたの、兄貴みたいなもんなんだから」

　津原と小沢を指して言う。ひょっとしたら、堀田自身も「兄貴みたいなもん」に含まれていたのかもしれないが。

「……ありがとうございます」

　遥は何かと忙しく、ひと言ふた言交わしては呼ばれ、また来てはすぐ呼ばれ、というのを繰り返していた。今もまた呼ばれ、ごめんなさいと津原たちに頭を下げ、慌てて声の方に向かった。まあ、今日のところはそれも致し方ないだろう。

「……そういや、守はどうした」

堀田が廊下の前後を見渡す。津原は精進落としの会場を覗いてみたが、人はもうほとんど残っていなかった。

小沢も、眉をひそめて辺りを見回す。

「さっきまでいたんすけどね……トイレかな」
四、五分その場で待ってみたが、大河内は戻ってこなかった。葬儀は確かにもう終わりだが、しかし、挨拶もなしに帰るということはないはずだった。なんといっても大河内は、遥の――。
「変だぜ、あの野郎」

誰にともなしに小沢が呟く。

堀田は、訝《いぶか》るような目で彼を見上げた。

「お前、奴と何か話したか」

大河内と堀田は席が遠かった。精進落としの間は、ほとんど言葉を交わさなかったのではないか。

小沢が首を傾げる。

「話したっちゃあ、話しましたけどね……でもなんか、打てど響かずって感じでした。こっちの話も、聞いてんだか聞いてないんだか」

津原はそんな二人の様子を向かいから見ていたが、確かに、大河内の様子は変だった。

表面的な解釈でいえば、彼自身も植草の自殺にショックを受けていると見ることはできた。だが、それとは少し違う気もした。

堀田が、大きな溜め息をつく。

「……しかし、なんで植草が、曽根の取調べをしたって話になってんだ。奴は、一度だって曽根とは……」

だがそれを、小沢が「いや」と遮《さえぎ》った。

「次郎さん。トシさんが曽根の取調べをした、っていうのは、なんちゅうか、誤報っていうか……いや確かに、イメージとしてはそうなってんですけど、各紙の記事をよく読むとですね、実際そう具体的には、どこも書いてないんすよ」

「そうなのか」

自信あり気に小沢が頷く。

「あの、安田って言いましたっけ。あの弁護士筋が、主に情報を流してるんじゃねえかと俺は思ってるんですけど。でもそれにしたって、ちょっとおかしい。だったら、取調官は堀田次郎って警部補だったって、そういう情報も出てくるべきでしょう。でもそれは、あまり流れてこない。あくまでも、自白を強要し、凶器の隠し場所を教えたのがトシさんだって、そういう話になってる」

「どうやって自白を強要したっていうんだ」

堀田の声が大きい。廊下の先を横切った斎場の係員が、こっちにちらりと目をくれた。

「……自白に関しては、留置場に来たトシさんに、殺しを認めろって延々夜中まで脅された。凶器に関しても、留置場にいるときにメモを渡されて、それを暗記して喋っただけだと、曽根はこの前の公判で証言してます」

「あり得んだろう、そんなことは」

そう、そんなことはまずあり得ない。本部の捜査員は、所轄署でそこまで自由には振舞えない。勝手に留置場に行って、夜中に脅迫をするなど、できるはずがない。

「ええ……俺も単なる作り話だと思ってました。でも、トシさんが自殺した今となっては」

おい、という怒声が、知らぬまに自分の口から漏れていた。左手が小沢の、黒い礼服の襟を鷲掴《わしづか》みにしていた。

「……テメェ、自殺した今となっては、なんだってんだよ」

小沢の顔が苦しげに歪む。

「バカ、英太……なにテメ、熱くなってんだ」

堀田も「よせ」と津原の手を解《ほど》く。そうされたら、逆らうわけにはいかない。手を離す代わりに、軽く突き飛ばす。

小沢は二、三歩後退《あとずさ》り、襟を直しながら、津原を睨みつけた。

「最後まで聞けってんだ、バカが……トシさんが自殺した今となっては、単なる作り話と笑っちゃいらんねえって、そう言おうとしたんだよ」

堀田が、津原から小沢に視線を移す。

「どういう意味だ」

「どういうもこういうも……死人に口なしって話ですよ。俺は……トシさんの自殺には、裏があると睨んでます。曽根が公判で自白を引っくり返したのと、この仕組まれた自殺は、完全にリンクしてる……まあ、仕組まれたって時点で、それはもう、自殺じゃねえんですけど」

ピンときた。腹立たしいし、悔しいし、やりきれない話だが、植草は殺されたのだと考えた方が、津原には納得がいく。自殺説の十倍も二十倍も、しっくりくる。津原の知っている、植草利巳という男の像に重なる。

ただ堀田は、難しい顔をした。

「小沢。お前それを、まさか」

「ええ、調べますよ。俺はもう警察の人間じゃないんでね……交番の奥から、警察署の裏から、本部庁舎の地下から何が出ようと、かまわねえ身の上ですから」

「俺はそんなことを言ってるんじゃない」

今度は堀田が、小沢の胸座《むなぐら》を摑んだ。

「もし植草の身に起こったことが、仕組まれた何かだったのだとしたら……それを追うお前にも、同じことが起こる可能性があるってことなんだぞ」

小沢が、やんわりとその手をどける。

「分かってますよ……でも次郎さん。あんたが俺に仕込んでくれた刑事魂《デカ》は、同じ手を、易々《やすやす》と二度も喰わされるほど、ヤワじゃねえっすよ」

津原は、今度は胸座ではなく、小沢の、奥襟を摑んで引き寄せた。

「なに、一人でカッコつけてんだ……バカが」

お前一人に、そんな真似、させて堪るか。

第三章

1

奴らは、いつだって突然、現われる。

音もなく、いきなり背後に、現われる。

最初は、こんなふうにだった。

届け物をしにきた彼女を、たまたま玄関まで見送りに出たときだ。

「……映画、すみません。なかなか、予定がたたなくて」

「大丈夫です。もしあれが終わっちゃっても、別に、他のでもいいし。あとで、ＤＶＤで見ても、いいわけだし」

雨が降っていた。彼女はバッグから、バーバリーの折り畳み傘を出して広げた。

「じゃあ」

「ええ……気をつけて」

互いに頭を下げ合い、別れた。

かなり長い間、見送っていたのだと思う。

一度も振り返らない彼女の後ろ姿を、いつまでも。

自分も傘を持っていれば送っていけたのに。駅まで一緒に歩けたのに。そんなことを、密かに悔やみながら。

傘が角を曲がって見えなくなり、自分も戻ろうと踵を返し、だがそこで思い出した。危ない。うっかり、頼まれ事をしていたのを忘れるところだった。そこの自販機のセブンは売り切れになっている。ちょっと外いって買ってきてくれ。そう、先輩に頼まれていたのだった。

やっぱり、傘がなきゃ駄目か。いや、自販機なら一つ先の角に見えている。どうせ三箱買うだけだ。大したことはない。

結局、手をかざしながら雨の降る道に飛び出した。彼女が向かったのとは、反対方向に駆け出した。

販売機の明かりが、黒く濡れた路面を照らしている。いつもの三倍くらい明るく見える。雨降りの夜は、決して嫌いではない。空気が澄み、街が輝くから。彼女とこんな街を歩けたら、どんなによかっただろう。

いや、タバコだ。セブンスター。セブンスター、セブンスター、ライトか。よく似ている。セブンスターは、こっちか。間違いないか。間違いないな。

「……よさそうな娘じゃないか」

ふいに耳元で言われ、反射的に振り返った。声の主は、傘を差していた。それでも販売機の明かりで顔は見えた。知った顔だった。ただ、とっさには名前が出てこなかった。どこの誰なのかも、思い出せなかった。

「えっと……」

こっちが迷っていると、いいんだ、というように男は手を振った。そのとき初めて気がついた。もう一人、後ろにいる。

「植草、遥……ずいぶんノッポさんだね。でも、あんたとはお似合いだ」

男は、四十代半ばといった風貌だった。背は、自分より少し低い。その背後にいるもう一人も、背恰好は似たようなものだった。ただ、顔は傘の陰になっていて見えなかった。

おもむろに男が手を伸ばす。販売機に一枚、硬貨を投入する。デジタル表示が「500」と赤く光る。

「……買いなよ」

なぜ自分が、タバコを奢《おご》られねばならないのだ。しかも、自分で吸うわけでもないのに。

「けっこうです」

返却レバーを捻ると、硬貨が落ちる音がした。

「……なんだよ。人が親切に」

「こういうことをしてもらう、理由がありませんので」

男の舌打ち。

「ガキの遣《つか》いじゃねえんだからさ、五百円ぽっちでガタガタ言うなよ」

ガキ。正直、カチンとくるひと言だったが、どう言い返したらよいものか、上手い言葉が思いつかなかった。

ポケットから小銭入れを取り出していると、男はつり銭口から硬貨を拾い、また投入口に差し込んだ。

「ほら。買えって」

無視して小銭入れを覗く。だがどうも、セブンスターを三つ買えるほどはなさそうだった。諦めて札入れを出し、千円札二枚を抜き出し、返却ボタンで今一度五百円を落としてから、改めて札を投入する。

赤く「2000」と表示される。

「……案外、意地っ張りなんだな」

「三つ買うんで。五百円じゃ足りないんで」

「じゃ、そう言ってくれりゃよかったのに」

「ですから、けっこうですと、言っているんです」

まとめ買い。セブンスターのボタンを、三回。

膝の高さにある取り出し口に、白い影が三度、よぎっては落ちる。

その場にしゃがみ、タバコと釣り銭を取る。そのときの角度と、回り込む明かりの加減で、初めて、もう一人の男の顔が見えた。

よく声をあげずにいられたと、今になって思う。

連れの男の顔は、全体が、ひどいケロイド状態だった。ぱっと思い浮かんだのは、映画『エルム街の悪夢』に出てくるモンスター、フレディだ。何百匹ものミミズが寄り集まったような頰。膿《う》みがこびりつき、そのまま乾いたような顎。ただ妙なのは、目の周りだけ、健常な白い皮膚が残っていることだ。だから一瞬、作り物めいて見えてしまう。

あまり、直視してもいけない。

立ち上がり、五百円を返そうとすると、最初の男はいつのまにか、立ち位置を変えていた。

振り返るような恰好で、硬貨を差し出す。

「こういうことは……」

右側頭部に激しい痛みを覚え、それで目が覚めた。

手をあてがってみる。出血はないようだった。

どこだ、ここは。

目の前は、雨に濡れた夜の道だった。自分は両脚を投げ出し、何かに寄りかかって座っている。

上半身を、少し前に起こす。

右にあるこれは、なんだ。白い、大きな鉄の壁。いや、箱。何かの販売機か。背中を預けていたのは、コンクリートの壁だ。ビル。どこのビルだろう。見上げると、少しだけ奥まった軒下《のきした》に自分の体は入っており、お陰で両脚以外はあまり濡れなかったのだと分かった。

ああ、思い出した。

自分はタバコを買いに出てきて、そう、二人組の男に声をかけられ、しつこく奢られそうになったけど、やはり自分の金で買って、釣り銭を返そうとしたら——。

そのあとのことが、ちょっと、よく分からなかった。

腕時計を見る。十九時三分。タバコを買いに出てから、十分と経ってはいない。

地面についていた左手が何かに触れた。見ると、セブンスターの箱が三つ、尻のすぐ脇に並べられていた。目を凝らすと、真ん中の箱の上に何百円か小銭が載っているのも見えた。釣り銭だろうか。

ひょっとして自分は、気を失っていたのか。タバコを取り出すためにしゃがみ、何か、見た。そう、ケロイドに覆われた顔だ。そして立ち上がり、立ち眩《たちくら》みでも起こしたのだろうか。

なんだったんだ、一体。

どこに行った、あの二人組は。そもそも、奴らは何者だったのだ。

とにかく帰ろう。早くしないと会議が始まる。

タバコを持って立ち上がる。二つは右ポケットに入れた。左には、携帯電話が入っているので、残りの一つは内ポケットに入れた。いつも、警察手帳を入れているポケットだ。

いつも、警察手帳――。

その瞬間、全身が、痛いほど冷たくなった。

ない。警察手帳が、なくなっている。

奴らは、よこす連絡も突然だった。どこで調べたのか、こっちの携帯番号を知っていた。

『もしもぉーし……相方撒いて、新大久保まで来いよ。バス停のところから入って、最初の角に「みゆき」ってスナックがある。準備中って札が出てても、気にすることねえから』

警察手帳を人質にとられている以上、行かないわけにはいかなかった。

指定された店に入ると、奥のボックス席にあの男がふんぞり返っていた。ケロイドの方は、少し離れた壁際のベンチシートにいた。

「……こっち、座んなよ」

促《うなが》されるまま、奥のボックス席の丸椅子に座った。

男は、細い葉巻のようなタバコを吸っていた。脇には、ポテトチップスの袋がある。

「あの……手帳、返してください」

反応がなかったので、テーブルに両手をつき、頭を下げた。

「お願いします……手帳、返してください」

煙が、ゆっくりと忍び寄ってくる。

「ないと、困るんです、警察手帳……返してください」

男は溜め息をつき、上半身を起こした。タバコを灰皿に潰し、すぐさまポテトチップスの袋を手に取る。

一枚抜き出し、大きく口を開けて放り込む。枯れ葉を踏むような音がした。

「……いいよ。返すよ」

男は指を舐めながら、そう呟いた。

意外なひと言だった。金とか、捜査情報とか、何かそういう交換条件を出されるとばかり思っていたので、いきなり「返す」と言われ、逆にこっちが驚いた。

だが、安堵《あんど》するのはまだ早かった。

「ただね、確かめておきたいことがある」

テーブルに身を乗り出す。整髪料か、香水か。そんなものが強く匂った。

「あんたは警察手帳と、あの女と、どっちが大切なの」

意味が、よく分からなかった。

「は？」

「惚けんなって」

男はまた、ソファにふんぞり返った。

「あの女だよ。背の高い、別嬪《べっぴん》さん。植草遥と、警察手帳。どっちが大切だって、訊いてるんだよ」

答えずにいると、男は顔をしかめ、かぶりを振った。

「分かんねえかな……だからね、たとえばあんたの目の前で、警察手帳がビリビリに破かれちゃうのと、あの娘《こ》のお洋服がね、ビリビリにされちゃうのと、あんたはどっちが嫌なんですかって、そう訊いてるんだよ」

自分は何やら、とんでもないところに足を踏み入れてしまったようだと、初めて自覚した。

答えられずにいると、さらに男は続けた。

「あんた、案外頭悪いね……いいかい？　手帳は返してやるよ。あんなのはただの冗談さ。こうやって話をするための口実に過ぎない。だからもう、手帳の件はお終いだ。次の話を始めよう……いいかい、始めるぜ。これからあんたは、俺の頼みを、できる限り聞かなきゃいけなくなるんだ。そうしないと、あの可愛娘ちゃんが、グチャグチャに汚されちゃうんだ。清く正しい遥ちゃんが、ヘドロの沼を這い回る、ヨゴレちゃんになっちゃうんだ……分かるか」

吐き気と、怖気と、怒り。だが口から出てきたのは、懇願の言葉だった。

「やめてくれ、彼女は、関係ないんだ。別に、俺と付き合ってるとか、そんなんじゃない。関係ないんだ」

「……なんだそりゃ。つまり、あの女が泡風呂に沈められようが、シャブ漬けにされようが、そんなこたぁ知ったこっちゃねえってことか」

また、言葉を失った。

「そうなのかよ、おら」

「い、いや……」

「なんだったら今すぐ遣いのもんを大学にやって、ここに連れてきてテメェの目の前でひん剝いて、そこらのゴロツキ集めてきて一列に並ばせて、死ぬまで可愛がってやってくれって、そうしてもいいのかって訊いてんだバカが」

なんだ。なぜ、こんなことになってしまったんだ。

具体的な指示を受けたのは、その次の日だった。

『南関警備保障の元従業員の、中里広之《なかざとひろゆき》って男を調べろ。これから住所言うから、書きとれ』

それが何を意味するのかは分からなかった。だが、言われた通りにしていれば、少なくとも彼女に危害は加えない。その約束を信じるしかなかった。あのときは、信じるしかなかったのだ。

なぜ中里広之を調べることになったのか、ペアを組んでいた刑事は妙に思ったに違いない。だがそこは、ある筋からタレ込みがあった、とだけ説明してやり過ごした。実際そのときは、それで問題なかった。

その中里広之の口から出てきたのが、曽根明弘の名前だった。

かつて南関警備で一緒だった曽根明弘は、当時、古賀ビルの夜間警備を担当していた。曽根はその頃に、古賀ビルの中はほとんど無防備だから、宝石でもブランド品でも盗り放題だと、中里に漏らしたことがあった。

まもなく曽根に接触。だが逃亡を図ろうとしたため、公務執行妨害の現行犯で逮捕。後日、強盗未遂を認めたため再逮捕。そして送検。やがて森本隆治の殺害を自供。供述通り凶器が発見された。

あまりのとんとん拍子に、正直、怖くなった。ブレーキの効かない自転車に乗せられ、急な坂道を転がり落ちていくようだった。

自分たちは、どこまで落ちていけばよかったのだろう。


ある朝、署を出たところで植草に呼び止められた。

「守、ちょっといいか」

所轄署の刑事二人ははずすよう言われ、自分と植草、二人で話をすることになった。

「……ちょっと、変なことを訊くようだが」

一瞬、遥に関する何かかと思った。

遥の身に何かあったのか。自分は、連中との約束は守っている。なのに、遥に何かあったのだとしたら、自分は、これ以上どうするべきなのだ。

だが、植草の話というのは、違った。

「資料を読んでも、どうしても分からないんだ。そもそもお前、なんで中里広之に行き着いた？」

「えっ、あ、それは……」

「中里って、もう南関警備を辞めて、何ヶ月か経ってるよな。お前、退職者を、虱潰《しらみつぶ》しに当たったのか？」

早く、言い訳しなきゃ。早く――。

「いつからいつまでの退職者、当たったんだ？　リストか何か、南関警備に出させたのか」

「いや、あの、あれは……」

植草は黙った。そうなると、こっちが話さないわけにはいかなくなった。

「つまり……ある筋からの、タレ込みで……」

「ある筋、ってなんだよ」

「それは、言えません……困ります。いくら、植草さんでも」

「信用できる筋なのか、それは……そもそも、お前にタレ込みの筋なんて、今まであったか」

即座には、頷けなかった。

「おい守、変だぞお前」

一つ向こうの電柱のところで待っている所轄の二人がこっちを向いた。

植草も、それ以上は続けなかった。

「分かった……お前が言えないなら、それでもいい。ただ……タレ込みの、裏を取るのは忘れるなよ。こっちが利用される場合だって、あるんだから」

植草は背中を向けながら、最後にこう言った。

「俺なりに、裏は押さえる……いいな、守」

やめてください、とは、言えなかった。


何かあったら連絡しろ、と教えられていた番号にかけた。

「無理ですよ、こんなこと。植草さんは、何か気づいてます」

『大丈夫だよ。あんたは、そんな余計な心配、しなくていいの』

やりきれなさや、怒りが、不安定になった心の中を、あっちにこっちに跳ね回り、思わぬところを突き破り、外に、飛び出してきた。

「……あの凶器だって、ほんとはあなたが、あとからあの雑木林に捨てたんでしょう」

男は、答えなかった。

「なんなんですか。一体、僕らに、何をさせようっていうんですか」

電話は、突然切れた。

特捜メンバーの異動が知らされたのは、その翌日のことだった。

異動すれば、全てが終わると思っていた。そして自分が彼女に会いさえしなければ、悪いことは何も起こらない。そう信じていた。

いや、本当は、起こらないようにと、祈っていたに過ぎなかった。

実際、自分は誘惑に負け、彼女と何度か会ってしまった。

見損ねたあの映画が、立川の映画館ではまだやっている。見にいこう。そう誘われて、断わることができなかった。

楽しかった。夢のように優しい時間が、二人の間を流れては、消えていった。

だが、会いたいから会った、好きだから会った、というのとは、少し違った。むしろ、元気な彼女に会って、無事であることを確かめたかった。あの連中に妙なことをされたりしていないか。普段の生活で不安を感じるようなことはないか。そういうことを、直《じか》に会って確認したかった。

いや、それすらも言い訳なのかもしれない。本当は、会いたいから会った。彼女の顔を、数時間でもいいから見ていたい。だから会った。それだけだったのかもしれない。

そしてそれで、自分は満足だった。彼女が本当に想っているのは津原であり、自分はただの映画鑑賞友達。でも、それでもいいと思った。高望みはするまい。彼女だって、それ以上の関係を望んだりはしていないじゃないか。

津原ならいい。あの人なら、必ず彼女を守ってくれる。あの人に対して、自分は嫉妬したりしないし、背伸びをして、向こうを張ろうなどとは考えない。

でもたった一つ、望みが叶《かな》うなら。

自分も、あの人のように、強い男になりたかった。

命を懸けて遥を守る。そういう、名前に恥じない男に、なりたい。

ある日、電話があった。

『お前んとこに、そのうち新聞記者が行くから。そしたらそいつに、こう言え……植草が曽根に、留置場で、メモみたいなものを渡してるのを、見たことがある、って』

「は？　なんのことですか」

『いいから。お前は理由なんて分からなくていいんだよ。ただ訪ねてきた記者に、植草は、マル被である曽根に、こっそり、何かのメモを渡してたって、そう喋ればいいんだよ』

何か、とんでもないことが起こる。それだけは分かった。だが、拒否することはできなかった。彼女に何度か会ったことで、逆に不安が何倍もの大きさに膨らんでいった。

今は、言うことを聞くしかない。そう思った。

曽根が初公判で起訴事実を否認し、植草が首吊り自殺を図るのは、その二日後のことだ。

2

堀田とは斎場の前で別れた。

津原は小沢と少し歩き、小腹が減ったなと意見が合ったので、街道沿いにあるファミリーレストランに入った。

妙に暖かい店内。二階の窓から見下ろす街は、すでに少し暮れ始めている。

時間が半端で空《す》いているせいか、料理はすぐに運ばれてきた。

津原がオーダーしたのは漁師風トマトソーススパゲティ。しかし、食べ始めてから後悔した。これは、礼服を着たまま食べる料理ではない。フォークで麺《めん》を巻き取るたび、赤いソースがワイシャツに撥《は》ねるのではないかと気が気でならない。

「……でもお前……植草さんのあれ、調べるって……具体的に、どうするつもりだよ」

そう訊くと、小沢は具沢山なんとかサンドウィッチを頬張りながら小首を傾げた。

「……さあ。どうすっかな……でもどの道、お前にゃ関係ねえ話だろ」

カチンとくる言い方だった。

「関係ねえことねえだろ」

「アア？　じゃあ今のオメェに、何ができんだよ」

小沢はサンドウィッチを皿に置き、べろりと指を舐めた。

「毎日決まった勤務があるお前によ、週刊誌記者の真似事なんざ、できっこねえだろが」

確かに、その通りだった。杉並署刑組課の刑事である自分が、練馬署地域課員の自殺について調べるのはおかしい。しかも、すでに自殺と断定されている案件を、わざわざ引っくり返そうというのだ。とても正気の沙汰ではない。

だが植草の自殺に関して、何もしない自分というのもまた、赦せそうにない。

「……仕事は……休む」

そう口にし、だがそれから、初めて具体的に考えた。

刑事の仕事を、休む。

警察官としての、職務を、放棄する。

それはつまり、どういうことだ。

「ハァ？」

案の定、小沢は鼻の穴を広げ、馬鹿にしたように声を裏返した。

それがさらに癪《しゃく》に障《さわ》り、かえって意地になる自分がいた。

「とにかく……休むんだよ」

「どうやって」

「それは、これから……」

「バカかオメェは」

小沢は付け合わせのフライドポテトを、わざわざこっちの皿に投げ入れてきた。

「いっぺん自殺と決まったもんを穿《ほじく》り返《かえ》すんだぞ。んなもんお前、一日や二日で片づくはずねえだろが。大体オメェ、なんつって休むんだよ。風邪か？　腹痛か？　三十過ぎていまだ所轄の待機寮住まいのお前が、どうやってそんなズル休みすんだよ。そんなもん、すぐバレるに決まってんだろうが」

「だから、それは……骨折とか……なんかそういうの、でっちあげてさ……」

鼻で笑い、またフライドポテトを投げてくる。

「だからバカだっつんだよオメェは。そんなことやって予想外に三日で片づいちまったら、逆に復帰できなくなるじゃねえか」

「そんときは……」

どうしよう。

「そんときはそんときか？　バカ言うなって。俺らん中で、たった一人刑事続けられてんだぞ、お前は。そのお前が、刑事の職を棒に振るような真似、していいはずがねえだろが」

いくら空いている時間とはいえ、小沢の声は大きくなり過ぎていた。だが津原が黙ると、小沢も倣った。話は、それきりになった。

いや。よく考えたら小沢は、特捜一係の強制解体について書く段になったら、自分にも協力してほしいとかなんとか、そんなことを言ってはいなかったか。

店から出て、もう一度切り出した。

「……俺やっぱり、仕事休むわ」

小沢は、黙っていた。

「お前が斎場で、植草さんの自殺には裏があるって言ったとき、ほんと俺、腑《ふ》に落ちた気がしたんだ。植草さんは、自殺するような人じゃなかった。マル被に、自白を強要するような人でもなかった。そういうの、一番よく知ってるはずの俺たちが、声をあげないなんて……」

だからよ、と小沢は、苛立ったように遮った。

「具体的にどうやって休むんだっつってんだよ」

「そんなのは……理由なんてのは、なんだっていいんだよ」

「いいわきゃねえだろが。下手な理由で休んだら、復帰できなくなるんだぞ」

だがそれについては、少し、肚《はら》が決まっていた。

「……なあ。もし仮に、植草さんの自殺が、何かの偽装によるもので、本当は他殺なんだとしたら、お前、どう思う」

小沢は答えず、ただ口の中で、舌を転がすように動かしていた。

「一緒に勤務してた警察官だって、いたはずだろ。そういう奴は、なんて言ってんだろう」

まだ黙っている。視線は何を捉えるでもなく、前方に注がれている。

「もしそういうこと知ってて……何か知ってるのに、黙ってる奴がいるんだとしたら……そんなことが、周りにも認められてるんだとしたら……俺だってもう、そんな警察には、いるつもりねえよ」

自分で言ってみて、初めて合点《がてん》がいったところがあった。小沢が堀田に言ったのも、つまり、こういうことだったのではないだろうか。

自分はもう警察の人間ではない。交番の奥から、警察署の裏から、本部庁舎の地下から何が出ようと、かまわない身の上だ——ならば、それと同じ覚悟を、自分もしよう。植草の自殺に裏があるのだとしたら、とにかくそれを明るみに出そう。その結果、自分が警察にいられなくなったら、それは仕方ない。そのときは、潔く身を退《ひ》こう。

「自棄《やけ》んなってんじゃねえぞ、ガキが」

そんな揺さぶりも、もう気にはならなかった。

「自棄になんかなってない。結果によっては、そういうことも、あり得るってことだ」

「結果ってなんだよ」

津原は左手で、小沢の胸座を摑んだ。黒いネクタイごと、ワイシャツと礼服の襟を捻じり上げた。

「しつけえぞ。殴られてえか」

だが小沢も引かない。ぼさぼさの濃い眉毛をV字に吊り上げる。

「上等だこのゴリラ野郎。サツカンが一般人ぶん殴ってクビになるんだったら、その方が手っ取り早えや」

そのまま右拳を振りかぶる。

小沢とはこれまで、何度も殴り合いをしてきた。酔った上でのこともあった。捜査上の意見の喰い違いから感情的になって、ということもあった。

今はその、どれとも違う。

だが不思議なほど、迷いはなかった。

この野郎を、ぶん殴ってやる。

心の赴《おもむ》くまま、右拳を――。

しかし、

「ちょい待ったッ」

小沢が首をすくめ、薄っぺらい両手を、顔の前にかざす。

「……悪かった。俺が言い過ぎた」

なんだ。盛り上がってたところなのに。

「勘弁してくれ、英太……分かった。診断書は俺が用意する。足の骨にヒビが入ったとか、そういう理由にしよう。で、寮に帰っても迷惑かけるだけだから、何日か友達のところで世話になるとか、そういうふうに連絡すればいいじゃないか。な？　名案だろう」

バカ野郎。そういうアイディアがあるなら、最初から言え。

そのまま三軒茶屋《さんげんぢゃや》の、小沢のアパートに転がり込んだ。

そういえば、葬式帰りにどこかに寄るのはよくないと、死んだ祖母が言っていた気がする。理由は、説明されたのかもしれないがよく覚えていない。だがもし、死者が後ろを付いてくるからとか、そんな理由なのだとしたら、逆に付いてきてほしいと思う。これからの自分たちを、植草に、しっかり見ていてほしいと思う。

「これ、ほら」

「ああ……わり」

部屋着に、スウェットの上下を借りた。

散らかし放題散らかした八畳のワンルームに、三十過ぎの男が二人。他人が見たら、さぞむさ苦しく感じることだろう。だが不思議なほど、居心地は悪くなかった。少なくとも津原は、不快ではなかった。

ビールでも飲むかと訊かれたが、今日はやめておくと答えた。すると小沢も、そうだなと、何も取らずに冷蔵庫の扉を閉めた。

夜七時のニュースで、早くも植草の葬儀の様子が取りあげられていた。遺影を胸に抱き、泣きながら頭を下げる遥。そんな彼女をガードしているのは練馬署員だ。キャスターは、警視庁がいまだ自白強要疑惑に関してなんら見解を示していないことが不満だと述べ、そのニュースを終わりにした。次は、消費税引き上げ法案が、衆議院を通過したという話題だった。

溜め息をつき、なんとなく、二人でタバコを吸い始めた。

「……で、具体的に、何から始めっか、だな」

さっき津原が訊いたことを、今度は小沢が呟く。さっきは、お前には関係ないと突っぱねたくせに、とも思ったが言わずにおいた。

「本当に、自殺だったのかどうか……まあ、死体検案書の内容くらいは、確かめておきたいよな」

「するってーと、埋葬許可がすでに出てるわけだから、やっぱ遥ちゃんか」

「……だな」

二十時になるまで待って、遥に電話をした。小沢の部屋の固定電話から、津原がかけた。しばらく鳴らしても出ず、呼び出し音が留守電メッセージに切り替わったので、津原です、また電話します、と吹き込んだ。

それで切ろうとしたときだ。

『……待って津原さん』

いきなり、遥の声が聞こえた。

「あ……びっくりした」

『ごめんなさい。ちょっと前まで、マスコミの電話がうるさかったから、留守電にしっぱなしだったの』

　無理もない。

「そっか」

『あ、あの……今日は、ありがとうございました。津原さん……たちの、顔が見れて、なんか、心強かった……嬉しかった』

「いや、なんにも、力になれなくて、ほんと……」

『そんなことない。来てもらえただけで私、すごい、勇気づけられた……ちょっとだったけど、津原さんと、話もできたし……』

　小沢が怖い顔で、こっちに顎をしゃくってみせている。早く本題を切り出せ。そういう意味だろう。

「あ、うん……それで、遥ちゃん、あの……こんな、バタバタしてるときに、なんなんだけど……植草さんの、死体検案書について、ちょっと訊きたいんだけど」

　遥は「死体検案書？」と訊き返した。

「ほら、監察医務院で、もらったでしょう。死亡診断書って書いてあって、でもそこは線で消してあって、カッコして横に、死体検案書って書いてある書類。死因とかが書いてあるやつ。それを持って、区役所に届出しに行ったでしょう」

『ああ、あった……でも、私がそれもらったの、その、なんとか医務院ってとこじゃ、なかったですよ』

「え？」

そんなはずはない。東京二十三区内で発見された不審死体は、例外なく東京都監察医務院で検案されることになっている。交番での、職務中の首吊り自殺であったのならなおさらだ。

「監察医務院じゃなかったら、どこなの」

『ちょっと、待ってください』

遥は受話器を置き、何か探しにいったようだった。

まもなく、ぱたぱたとスリッパの足音が戻ってくる。

『……お待たせしました。えっと……ああ、城北医科歯科大学医学部、法医学教室、ってなってます。よかった、メモとっといて』

私大の、法医学教室？　なぜだろう。他殺でもないのに。

「遥ちゃんは、その大学に行ったの？」

『いえ、私は行ってません。書類は、練馬署の方から渡されました』

「遥ちゃんは、植草さんのご遺体、どこで確認したの」

すると、少し喉を詰まらせたような間が空いた。

「……ごめん、つらいだろうけど……でも、大事なことなんだ」

『はい……分かってます。私が、確認したのは……練馬署の、駐車場に停まってた、大きな、バンの中です』

バンの、中？

「車に乗せたまま、ってこと？　霊安室じゃなくて？」

『そう。降ろすところないからって、最初に謝られて』

「それから、ご遺体は」

『署で預かるからって言われて、そのまま昨日の、お通夜の斎場に行って、今日、告別式になって……』

おかしい。何かが変だ。


翌朝、小沢は知り合いの病院に行くと言い出した。

「なんで」

「なんでって、オメェにはニセの診断書が必要だろうが」

なるほど。

「でもお前、ニセの診断書を書いてくれる医者なんて、なんで知ってんだよ」

小沢は不敵な笑みを浮かべてみせた。

「俺はもう、サツカンじゃねえんだ。そういう、裏稼業をやってる連中とも、上手く付き合っていいかにゃあ、なんねえのよ……とりあえず今日休むことだけは、署に電話しとけよ」

じゃあな、と肩越しに手を振り、小沢は出ていった。

言われた通り署に電話を入れ、まもなく津原も部屋を出た。預かった合鍵で戸締まりをし、昨夜遥が言っていた、城北医科歯科大学に向かった。

三軒茶屋から田園都市線で青山一丁目、大江戸線に乗り換えて、十三駅目の練馬春日《ねりまかすが》町《ちょう》で下車。城北医科歯科大学は、そこからバスで十五分ほどの場所にあった。

受付で法医学教室の場所を尋ねると、新館三階、エレベーターを降りたら通路を右に行って一番奥、ということだった。

案内通りに行ってみると、すぐに分かった。

「法医学教室」のプレートが掛かったドアは開いていた。すぐそこにカウンターがあり、その向こうの机に何人か白衣の人間が座っているのが見える。

「失礼いたします」

はい、とこちらに顔を向けてくれたのは、一番近い机にいた若い男性だった。

「恐れ入ります。私、警視庁の者ですが、先日こちらで検案していただいた、練馬署の、植草利巳巡査部長の検死資料を、拝見したいのですが」

あえてこちらが杉並署の人間であることは言わなかった。変に勘ぐられて話をこじらせたくはない。

その男は、一応丁寧に手帳の身分証を見て、はいと納得したように頷いた。

「少々、お待ちください」

男は机の島を迂回《うかい》して奥に向かい、別室の戸口に消えた。
一、二分経った頃だろうか。
同じ戸口から、別の男が出てきた。何やら、速足で津原の方に向かってくる。

「……そちらですか。警視庁の方と仰るのは」

「ええ」

「私が、植草利巳さんのご遺体を検案した佐々木ですが、すみません。もう一度、身分証を拝見できますか」

マズい。非常に空気が悪い。だが津原は平静を装い、今一度、警察手帳を開いて見せた。

「……お名刺、ちょうだいできますか」

ますますマズい。手帳の身分証にあるのは氏名と階級だけ、所属に関する記載はないが、名刺にはちゃんと書いてある。

「あ、すみません。ちょっと、名刺は切らしておりまして」

「では、所属部署をお伺いできますか」

なぜだ。完全に警戒されている。こういうとき、刑事部捜査一課と言えたら一番いいのだが、さすがに、嘘をつく気にはなれなかった。

「……杉並警察署、刑事組織犯罪対策課です」

案の定、佐々木は怪訝そうに眉をひそめた。

「練馬署の方では、ないのですね」

「ええ」

佐々木は、鼻から溜め息のように息を漏らした。

「……困りますね。植草利巳さんは、自殺でした。つまり、事件性はないわけですから、当然、本部捜査も行われていないはずなんです。そういう検案に関して、全くの部外者である杉並署の方が、資料を見たいと言ってこられてもですね……はいどうぞと、お見せするわけにはいかないのですよ。我々としましても」

何かしら、練馬署から入れ知恵されているようにも感じたが、ここは一時撤退した方がいいだろうと思い、津原はただ「分かりました」と頭を下げて部屋を出た。

むろん、そのまま引き下がるつもりはなかった。

いったん建物から出て、即刻、遥に連絡を入れた。

『もしもし、津原さん？』

「うん。あの、遥ちゃん、今日は、どういう予定？」

『まだ少し、片づけものが残ってるんだけど……でもなに？』

　この件に、遥を巻き込んでいいものかどうか。そういう迷いがないといったら、それは嘘になる。だが、今まさにこの段階は、遥なしでは先に進めないのも、また事実だった。

「うん……できれば今日、城北医科歯科大に、来てもらいたいんだ。君がいれば、検死資料を見せてもらえるはずなんだ。俺じゃ、どうにもならなくて」

　しばし間を置き、遥は訊いた。

『……お兄ちゃんの自殺……何か、不審な点でも、あるの？』

　どう答えるべきだろう。やはり、小沢と相談してからにするべきだったか。

「うん……いや、俺も、ただ、信じられないっていうか……植草さんが自殺したなんて、いまだに、納得できないんだ。だからせめて、検死の記録だけでも、確かめたいと思って来てみたんだけど、でも俺じゃ、見せてもらえないんだ」

　遥は、驚くほどはっきりした声で、分かりました、と言った。

『私、今すぐ行きます。待っててください』

　そして津原の返事も聞かず、彼女は電話を切った。

　遺族の希望であれば、と、佐々木も資料の閲覧を了承した。ただし、複写は禁止。デジカメなどでの撮影も断わるという。

「なぜですか」

「そういう約束になってるんですよ」

「誰とです」

妙な沈黙が、数秒はさまる。

「……練馬署ですよ」

とても納得できる話ではなかったが、ここで騒いでも仕方ない。

津原は、とにかく見るだけでもいいから見せてくれと頼んだ。佐々木は面白くない様子だったが、それでもちゃんと、カウンターまで資料を運んできてくれた。

「遥ちゃん。君は、見ない方がいいよ」

警察で遺体を確認しているとはいえ、全身をくまなく見たわけではあるまい。こういう資料の詳しさというのは、単に死体を見るのとは違う、ショッキングな一面があるのだ。

「……分かりました。じゃあ、私は、廊下で」

遥が出ていくのを待って、津原は資料のファイルを開いた。

数十枚の写真と、注釈。あるいは分析結果。

写真内で示されている記号と、その個所の採寸データ。説明。

特に念入りなのは、やはり頸部《けいぶ》にできた索条痕《さくじょうこん》についてだった。幅、深さ、肉眼で見たときの色、皮膚の損傷程度、付着していた繊維や油分など。使用されたのは、黄色と黒の縞模様のロープ。警察の施設ならどこにでも置いてある、備品のロープだ。

むろん、記録されているのは死因に係わる部分だけではない。撮影と検案はまさに、頭の天辺から足の爪先《つまさき》にまで及んでいる。こういった資料は、傷や変異がある場所のみを写すのではない。この個所に傷はなかった、ということを証明するためにも、全身のあらゆる場所をくまなく撮っておくものだ。

そんな中で、津原が死因以外で興味を持ったのは、植草の、左手首だった。

「すみません。この痣《あざ》は、なんでしょう」

まさに手首の関節部分。内側の、橈骨《とうこつ》の先端。ウズラの卵大の突起部分が、薄《う》っすらと、紫色になっている。

しかし佐々木は、大きく首を傾げた。

「……生活反応のある痣ですから、生前に、どこかにぶつけたのでしょう。どの道、自殺とは関係ありませんよ」

「現場に、こういう痣ができるようなものはあったんですか」

「さあ。私はそこまで存じません……このご遺体の死因は縊死《いし》。索条痕に不審な点もない。ごく普通の首吊り自殺。そう断定したら、私の仕事はお終いです。それに関してあなたは、何かご不満でもおありなわけですか」

不満、というのではない。

ただ、疑念はある。

3

遥を自宅まで送っていった。

マンション敷地前の道路には、相変わらずマスコミの人間が十人ほど待機していた。

その中の一人。テレビで見たことのある女性キャスターが、さも親しげな様子でマイクを向けてきた。

「遥さぁん、ちょっといいですかぁ」

遥が頭を下げながら通り過ぎようとすると、別のキャスターが反対側からレコーダーを向けてくる。あれよあれよというまに、津原たちは囲まれてしまった。

「お兄さんは生前、曽根への自白強要について、何か仰っていませんでしたか」

「自殺直前のお兄さんに、何か変わった様子はありませんでしたか」

「起訴事実を全面否認した曽根は、どう思われますか」

「植草さん」

「植草遥さん、ちょっと待ってください」

それでも津原は、遥の肩を抱いて進んだ。

津原が進めば、自然と前方の人垣は割れる。

津原が手を伸ばすと、誰もが驚いた顔をし、後退りする。

「いたッ……なんなんだアンタッ」

どうやら、誤って男性記者の靴を踏んでしまったらしい。

津原は男の足元を見下ろしてから、ごく短く目礼した。

「……警視庁の者です。足を踏んだのは申し訳なかったが、同僚の遺族を守るのも我々の大切な仕事なので。そういった公務の執行をあなた方が妨害するというのなら……我々も、少し考えを変えなければならない」

場の空気が、凍りついていた。

「では失礼」

再び遥と歩き出す。

むろん、それ以上はもう、誰も追いかけてはこなかった。

エントランスホールを抜け、エレベーターのボタンを押した途端、遥は深く息を吐き出した。

「……よかった。津原さんに、来てもらって」

扉はすぐに開いた。

遥は津原の返事も待たず、箱に乗り込んだ。

津原も、それに続いた。

遥は左の壁際に寄っただけで、津原に背を向けている。

「……遥ちゃん」

ボタンも押さず、俯き加減にして、黙っている。

「六階、で……いいんだよね」

まだ、黙っている。

ブザーが鳴り、ぎこちなく箱を揺らしながら、扉が閉まる。

行き先を指定しなければ、エレベーターは動き出さない。

津原は「6」のボタンを押そうと手を伸ばした。だがその、左手の人差し指を、なぜか、遥は摑んだ。

ゆっくりと振り返りながら、摑んだ津原の人差し指を、両手で包む。つかまえた小鳥。

可愛くて仕方がないそれを、恐る恐る抱き寄せる。そんな仕草で遥は、津原の手を、自らの胸に引き寄せた。

「……お願い……」

息だけで囁《ささや》き、今度はそれを、頰の高さに持っていく。

「ほんのちょっとだけ……こうさせて……」

左手の甲に、遥の頰が当たる。肌の感触は滑らかだが、決して柔らかではなかった。強く、押しつけているから。遥が津原の手を、ぎゅっと自分の頰に、押しつけるから。頰骨が当たって。だがその、骨の硬さが——。

行き場もなく、ただ宙に浮かんだ自分の右手を、津原は他人のもののように見ていた。太い指。分厚《ぶあつ》い掌《てのひら》。こんなものに遥は今、自ら頰を寄せている。

津原は右手を、遥の向こうに回した。

そのまま、そっと抱き寄せる。

抵抗はなかった。すっぽりと遥の体が、津原の胸に収まる。

右手で触れた、ハーフコートの背中。その布の下にあるのは、薄い肉と、震える細い骨だ。

そして顎のすぐ下にあるのは、遥の髪だ。

いい匂いがする。今までも、それとなく感じたことのある、優しい匂いだ。遥の肌や、いま使っているシャンプー、化粧品。そんな諸々《もろもろ》が混じり合い、いま自分の腕の中で香りたっている。

あったかい。そう、遥は呟いた。

いつまでも、こうしていたい。それは津原が思ったことで、でも決して、口には出せなかった。

ただ今は、遥の存在を感じていたい。

この胸に。この腕に。

遠慮と、躊躇《ちゅうちょ》と、膨れ上がる愛《いと》しさ。

自分の中の男と、そうではない部分。

そんな諸々を戦わせながら、ぶつけ合いながら、なんとか津原は平静を保ちつつ、遥を、抱き締めていた。


部屋には、小沢の方が先に帰っていた。

「……これな、診断書。かくかくしかじかで休みます、って手紙はテメェで書きやがれ」

「ああ……悪いな。何から何まで」

すると、なぜだろう。小沢が怪訝そうにこっちを見る。

「……なんだよ」

「いや、別に」

小沢はどっかりと床に座り、帰りに買ってきたという、お握り専門店のパックをテーブルに載せた。お前も食えと言われたが、いいと断わった。とてもではないが、今ものを食べる気分にはなれない。

遥の感触がまだ、胸に、腕に、手に、指先に残っている。

「なんだオメェ」

気がつくと、また小沢に怪訝な目で見られていた。

「いや、なんでもない……ああ、城北医大で、検死の資料、ちゃんと、見せてもらってきたよ」

「へえ」

お握り一個は、大体ふた口のペースで消えていく。

「……よく、素直に……見せてくれたな」

「いや、最初は駄目だったんで」

正直に言うべきか。まあ、言うべきだろう。

「……遥ちゃんを、呼び出して……付き合ってもらった。遺族の了解があれば、向こうも拒めないしな」

小沢の、次のお握りを摑んだ手が止まる。お握りには、エビの尻尾が生えている。天むすか。

「……で？」

「ん？」

「遥ちゃん呼び出して、検死の資料見て、そのあと遥ちゃんは、どうしたのよ」

「ああ……俺が、送ってった。マンションまで……マスコミがまだいたんで、部屋の前まで」

「ほお……部屋の前まで」

「うん……部屋の前まで」

妙な沈黙が、二人の間に立ちこめた。

小沢の奥歯が、エビの尻尾をパリパリと嚙み砕く。やがてその音も小さくなり、頷くようにして飲み込む。

「……まあいいや。ほんで、成果は」

なぜだろう。ちょっと、ほっとした。

「ああ。あの、遺体と、自殺の状況については、これといって、不審な点は、なかった……と、思う。ただ」

津原は自分の左手を出し、その手首を指して示した。親指側の、ちょっと丸く骨が突き出ているところ。

「ここ。植草さんのここには、痣があったんだ。打ち身ってほど鋭くはない、もっと鈍い感じの」

小沢は眉をひそめ、自分の手首の同じ場所を示した。

「……ここ？」

「そう」

「左手？」

「そう。左手首」

さらに首を傾げる。その仕草が、妙にしつこい。わざとらしいというか、芝居がかっている。

「なんだよ」

「んん……なんかよ、俺、そういうの、他でも見た記憶があるんだよな」

痺れにも似た怖気が、津原の背中に広がっていった。

「誰かの手首に、ってことか」

「うん……たぶんそれも、死体、だったような……」

津原は近くに紙を探した。ちょうどＡ４判のコピー紙の束がある。何かの資料のようだ。それの裏を使おう。

あとは「描くもの」だが。

「お前、色鉛筆とか持ってないの」

「ハァ？　なんでそんなもん。小学生じゃあるまいし……こんなんしかねえよ」

小沢が出したのは、百円ショップで売ってそうな多色ボールペンだった。まあ、ないのならそれでも仕方ない。

津原はそれを使い、自分が見た植草の痣を、できる限り再現して描いてみせた。自分では、けっこう上手く描けた方だと思う。

小沢はまたもや首を傾げた。

「ますます、見た気がしてくるな……デジャブーかな」

正しくは「デジャ・ヴュ」だが。

最後の一個。昆布か何かのお握りを頬張った瞬間、小沢は「おっ」と声をあげた。

「なんだ」

「……思い出ひた。はうん、あんほひあ」

「あんとき？」

小沢は、口の中身を飲み下してから言った。

「あれだ……森本隆治。森本の遺体の手首にも確か、似たような痣があった」

なんだ、それは。

曽根明弘に刺殺された、赤坂の宝飾店店主、森本隆治。

練馬署の地域課係員、桜台交番で首吊り自殺をした、植草利巳。

双方の遺体左手首には、似たような痣があった——。

片方は津原が見たもの。もう一方は小沢が見たもの。当然、二人の記憶を直接比較することはできない。

津原たちにできることは一つしかなかった。赤坂署に出向き、森本事件の捜査資料をもう一度閲覧するのだ。

しかし、事はそう簡単には進まなかった。

刑事課強行犯捜査係長、中田警部補は署の二階、デカ部屋の入り口で津原たちの話を聞き、その場で「断わる」と即答した。二人を部屋に入れようともしない。

「なぜ駄目なんですか」

「そんなことは言うまでもない。あの事件はすでに終わっている。真相究明の舞台は今や法廷に移っている。我々がゴチャゴチャやる段階ではない」

「それとは別問題なんです。我々は、植草利巳巡査部長の自殺に関して……」

中田は大きく両手を振り、津原の言葉を遮った。

「それも勘弁してくれ。今日はたまたまいなかったかもしれんが、ここんところ、曽根への自白強要の現場となったのはここだろうって、連日マスコミが押し寄せてきて大変だったんだ……あんたらの下手な仕切りで捜査をしたばかりに、こっちは一転、冤罪《えんざい》の泥をかぶせられる恰好になった。冗談じゃないよ……そっちはメンバーが散り散りになって、張本人に首吊らせて万事解決なんだろうが、こっちはずっとここにいるんだよ。我々は、これからもここで仕事をしてかなきゃならないんだ」

小沢が「テメェ」と拳を振り上げる。津原は瞬時にその肘をとり、かろうじて凶行を未然に防いだ。

それを見た中田が、嫌らしく片頬を吊り上げる。

「やれるもんなら、やってみろよ。確かそっちは、小沢とかいったな……聞いてるよ。お前、いったん府中に飛ばされて、でも結局、警視庁を退職したそうじゃないか」

ぐッ、と小沢の喉が鳴るのが聞こえた。

「いま何をやってるのかは知らんが、恰好を見る限り、まともな仕事じゃなさそうだな……津原、お前さんはどうなんだ。そっちも、どう見ても立派な社会人とはいえん恰好だがな」

夜中までやっているジーンズショップで調達したジーパン、厚手の長袖Tシャツに、フライトジャケット。社会人としてどうこうまで言われたくはないが、でも少なくとも、勤務中の警察官に見えないのは確かだろう。

「とにかく、おたくらに資料は渡せんな。捜査一課でもなければ、植草のいた練馬の人間でもない。おまけに、一人はチンピラときた……さあ、帰ってくれ。ここはあんたらの来るところじゃないんだ」

けたたましい音と共に、デカ部屋のドアは閉められた。

どかなければ、こっちの鼻が潰されるところだった。

赤坂署を出て少し歩いていたら、郵便ポストを見つけた。ちょうどいいので、杉並署への休暇届を投函した。

「あーあ、入れちゃった」

「わりいかよ」

「嘘ついたら針千本飲ますぅ」

「お前とは何も約束してねえ」

歩き出すとすぐ、津原の携帯電話がポケットで鳴った。取り出すと、背面の表示には「斉藤」と出ている。さて、どこの斉藤だろうか。

「……もしもし」

『あっ、津原さん、僕です。斉藤です』

だが声ですぐに思い出した。森本事件の再捜査でペアを組んだ、赤坂署の、あの斉藤だ。

「ああ、斉藤くんか。今さっき、おたくの署に」

『はい。廊下でお見かけして、声をかけようと思ってたら、いきなり、中田係長が……』

なるほど。全て見られていたわけか。

「そっか……急に押しかけた上に、お騒がせして、悪かったね」

『いえ、そうじゃないんです。僕もしかしたら、津原さんのお力に、なれるんじゃないかって』

隣の小沢が、怪訝そうにこっちを見ている。とりあえず、首を傾げておく。

「……それ、どういうこと」

『はい。あの……僕、あの事件の、森本事件の、初動捜査の資料、全部じゃないですけど、コピー、持ってるんです。それ、今から持って出ますから、三丁目の「アスカ」って喫茶店で、待っててください』

「ああ……分かった」

電話を切り、小沢に事情を説明し、すぐ三丁目に向かった。「アスカ」という喫茶店の表記は、「飛鳥」でも「明日香」でもなく、「ａｓｕｋａ」だった。ケーキが数種類とコーヒー、紅茶。津原たちが入るにしては、ちょっと可愛らし過ぎる店だった。

津原たちの到着から三分ほど遅れて、斉藤は現われた。津原が手を上げるとすぐに気づき、ペコペコと頭を下げながら近づいてくる。胸に茶封筒を抱えている。

「すみません、なんか、遅くなっちゃって」

「いや、いいよ。全然」

二人はホット、斉藤はアイスコーヒーをオーダーし、すぐ本題に入った。

「……あの、植草さんの件で、改めて調べにいらしたって、さっき廊下で」

「うん、そう。できれば、森本の検死写真が見たいんだけど」

「はい、あります」

斉藤は息を切らしていたが、それでも目を輝かせ、誇らしげに封筒に手を突っ込んだ。

出てきたのは検死時の写真そのものではなく、カラーコピーで複写されたものだったが、
それでも充分参考にはなった。

Ａ４判コピー紙一枚に、四カット。それが八枚。最後の一枚は三カット構成なので、合計三十一枚分ということになる。

顔、胸、腹、腿、膝、足の甲、足の裏、指の一本一本に至るまで。特に刺創の辺りは念入りでカット数も多い。

「あ、これだ」

小沢が指し示したのと同時くらいに、津原もそれに着目していた。

確かに、森本隆治の遺体左手首には、色の薄い痣がある。

「どうだ、似てるか」

小沢が真剣な目つきでこっちを覗き込む。斉藤は、よく分からないといった顔で津原たちの様子を窺っている。

「ああ……似てる」

輪郭のぼんやりした、でも生前、確かに何かの刺激を受け止めたのだろうと思われる痕。

圧痕《あっこん》か、あるいは擦過傷《さっかしょう》。植草と森本は死の直前に、一体なんの圧力を、左手首に受けたのだろうか。

飲み物が運ばれてきた。

小沢がホットをひと口、ズッとすする。

「……当時はあまり重視しなかったけど、でもちったぁ変だと思ったんだよな。森本が発見されたのは路地裏。完全なる屋外だ。そういうところで倒れた場合、痣ができるとしたら普通は手首の外側、つまりは小指側だろう。それが親指側なもんだから……ちっと、印象に残ってたんだよなぁ」

斉藤が「あの」と割り込む。

「その痣が、どうかされたんですか」

一瞬迷ったが、この男になら喋ってもいいだろうと、津原は判断した。ペアを組んでいた当時から、なんとなく慕われているような気はしていた。それがたぶん、今日のこういう結果になって現われた。それに対する礼儀として、ある程度の説明はしてもいいと思う。

「うん……植草巡査部長の、遺体の左手首にも、似たような痣があって。ひょっとして、何か繋がりがあるんじゃないかって……それを、確かめにきたんだ」

すると斉藤は、ふと沈み込むような表情を見せた。小沢も気づき、津原に目で訊いてくる。

「……どうしたの、斉藤くん」

彼は「ええ」と頷き、話し始めた。

「僕……再捜査のときも、ちょっと気になって、会議で発言もして、堀田主任には、資料もお見せしたんですけど」

「ん？　なんの話」

小沢も眉をひそめている。

「あ、すみません……あの」

斉藤はまた、茶封筒から書類を出した。

「これなんですけど」

それはとある人物の、身上調書の写しだった。先の遺体写真同様、カラーコピーで顔写真が添付されている。

「……誰、これ」

「馳卓《はせすぐる》といいまして、森本事件の、初動捜査の段階で、最重要参考人として、浮かんでいた人物です」

斉藤が、何を思ってこれを提示してきたのか。その真意は、今のところ分からない。ただ、初動捜査時にこういう男が捜査線上に浮かんでいた事実を、自分たちは今の今まで、ほとんど知らされていなかった。それに関しては、大いに疑問を覚える。

こんな、化け物みたいな顔をした男が、森本事件の捜査線上に、浮かんでいたなんて。

「うちの係長も、堀田主任も、初動捜査の段階でアリバイは証明されてるってことで、再捜査では、完全にスルーしてましたけど……確かに、顔がこんなだからって、それだけで怪しいっていうのも、人として、どうかと思いますけど、でも、こういう顔の人が現場で目撃されて、それをあとで証言までしてくれた目撃者がいたのに、それを間違いだって……アリバイが成立したから『シロ』って、そんな簡単に済ませて、いいんですかね」

どうもこの斉藤の話は、途中途中が端折《はしょ》られているのか、よく分からないところがある。

「ちょっと待って。現場で目撃とか、証言って、なんのこと」

再び斉藤が「すみません」と頭を下げる。

「あの、ですから……初動捜査の段階で、森本事件の現場近くで、悲鳴を聞いて、現場を覗き込んで、こう……顔中ぐちゃぐちゃの、火傷《やけど》だらけみたいな人を見たって、証言してくれたのが、えっと」

また別の資料を出す。

「……ああ、小柳《こやなぎ》真司《しんじ》さんという方で。この方には津原さん、一度会われてますよね。曽根の顔を確認してもらって、でも八ヶ月も前のことなんで、よく分かんないって、言われたじゃないですか」

確かに、そういうことはあった。初動捜査時の目撃者に再び協力してもらい、曽根の顔を見せた記憶はある。

「そうか……でも、現場で見たのがこの……こういう、顔全体がケロイド状の男で、それで俺たちに、曽根の顔を見せられて、じゃあなんでその小柳さんは、はっきり別人だって、自分が見たのはこういうんじゃなくて、もっとグチャグチャの顔だったって、言わなかったんだろう」

斉藤が真剣な表情で頷く。

「それはたぶん、初動捜査のときに、自分が現場で見たのは馳だって、断言しちゃって、でもそのあとで、馳にはアリバイがあるって判明して、それで、自信なくなっちゃったんだと思います。そういうこと、あると思います……僕には、分かります」

津原にはあまり共感できない話だが、まあそういう心理があること自体は、理解できなくもない。

しかし、馳卓という男の、この顔。

一体何があって、こんなことになってしまったのだろう。

4

斉藤の持ってきた身上調書の写しに目を通す。これによると馳卓という男は、なかなか数奇な人生を送ってきたようである。

一九××年、埼玉県越谷《こしがや》市生まれ。

小沢がぐっと書面に顔を寄せる。

「……って、俺とタメじゃねえか」

「そう、みたいだな」

父、幸一《こういち》は自動車修理工場を経営していたが、馳が小学五年生のときに工場が火事になり、結果的に倒産。その後に幸一は亡くなったようだが、詳しいことはここには書かれていない。

以後は母、多恵子《たえこ》と、弟の清《きよし》と三人で暮らす。小学校低学年から柔道を習い始め、高校一年と三年のとき、国民体育大会に参加。好成績を残したと記されている。

「いっこ上で、柔道で有名だったんなら……英太。お前、知り合いなんじゃねえの？」

「知らねえよ……俺、国体出るほど強くなかったし」

先に進む。

これだけでも決して平穏な少年時代とはいえないのに、その後、馳の人生はさらなる急展開を見せる。

高校三年の冬。十八歳のときに暴行事件を起こし、逮捕。執行猶予付きの有罪判決を受けた、とある。

「斉藤くん。この暴行事件って、どういう内容なの」

「あ、それは……すみません、僕もよく分かりません。調べます」

「……うん、頼むな」

さらに二十三歳のときに、傷害致死で再び逮捕。かなり悪質だったと見え、懲役九年六月の実刑判決を受けている。

「こっちの事件は」

斉藤は、にわかに目を輝かせた。

「それは、はい、大体分かります」

急に小沢が、テーブルに身を乗り出す。

「……大体ってなんだよ。書類はねえのかよ」

「あ、書類は、ないです……でも、前に資料を見たことがあったんで、覚えてます」

「大丈夫かよ、オメェ」

「大丈夫ですよ」

斉藤の記憶するところによると、馳は事件当時、渋谷区内のバーでウェイター兼用心棒的なことをしており、酔っ払って暴れた客を店外に連れ出し、殴る蹴るの暴行を加えた上、背負い投げで転倒させた。その際、被害者の頭部がガードレールに激突。結果的に死に至らしめた、ということのようだった。

「それまでにも、似たようなことで被害届も出されていて、渋谷署もマークし始めた、矢先の事件だったようです」

「……なるほど」

身上調書に目を戻す。

判決は懲役九年半だったが、七年で仮出所。このとき三十歳で、現在は三十三歳、会社員だが、住所は不定――ここでいう「現在」とは森本事件当時だから、まさに今現在でいったら三十四歳になっているはずである。

身上調書にある記載は以上だ。

「会社員なのに住所不定って、どういうこと？」

「はい。会社員とは名ばかりで、実態は消費者金融の取り立てのようなことをやっていたようです」

小沢が、下から抉《えぐ》るように睨みを利かす。

「オメェよ、張り切って『取り立てをやっていたようです』とか言ってんじゃねえよ。懲役終えて引き取ったのがそんな街金紛《まが》いの会社じゃ、端《はな》っから更生なんてできゃしねえだろうが」

すると珍しく、斉藤は怒った顔をしてみせた。

「知りませんよそんなこと。僕のせいじゃないじゃないですか」

「お前、生意気に口答えしてんじゃねえぞ……」

津原は、小沢の肩を摑んで引っ張った。なんだよ、と言われたが、お前は黙ってろ、と睨んでおいた。こんなところで仲間割れを起こされては困る。それでなくとも斉藤は、正規の捜査活動をしているわけではない自分たちに協力してくれる、貴重な存在なのだ。小沢とどちらが大事かといえば、この場では、明らかに斉藤だ。

「……それはいいとして、ちょっと一つ。この、馳卓って男は今現在、暴力団なんかと関係を持っている人物なのかな」

斉藤は、それにには小首を傾げた。

「そういうことは、ないと思いますけど」

「でも、消費者金融の取り立て業務でしょう？　ある程度、その筋との絡みはあってしかるべきでしょう」

「でも、初動捜査で任意同行を求めた際に、そういう筋の動きみたいのって、なかったんですよ。それ系の人間を引っ張ると、保釈がどうこうって、ああいう連中はすぐに騒ぎ出すじゃないですか。そういうの、なかったんですよね……確か」

なるほど。

「そう……じゃあ、もう一つ」

これを訊くのは、多少、勇気が要る。

「この……顔なんだけど。なんでまた、こんなことになっちゃったんだろうね」

「えーと、それはですね、確か……顔がそうなったのは、仮出所後、だったんじゃないかと、思うんです。もし詳しくお知りになりたければ、この方を訪ねてはいかがでしょうか」

斉藤が示したのは、身上調書の末尾にある人名だった。

保護司、池中光雄《いけなかみつお》。


連絡をとると、池中光雄は夕方なら時間を空けられると言った。

十五時頃まで赤坂で時間を潰し、それから池中の住まいがある上野に向かった。住所は台東区《たいとう》千束《せんぞく》。駅から歩いて十分といったところだった。

「どうぞ、上がってください」

「……失礼いたします」

自宅はごく普通の一軒家。通されたのは、小さな庭に面した和室だった。床の間には書の掛け軸がある。漢字三文字だが、津原には一文字も読めない。

池中は空調設備を販売する会社を経営しており、普段、平日の日中は会社にいるが、今日はたまたまかかりつけの病院で定期健診を受けるため、一日休みをとっていたのだと言った。それはお疲れのところ申し訳なかった、と津原が詫びると、池中は、年寄りはいつだってくたびれてますよ、と力なく笑った。

　妻はいないらしく、池中自身がお茶を淹れてくれた。

「で、なんですか……馳卓の、ことでしたか」

　津原たちが頷くと、池中は遠い目をして話し始めた。

「私も、長い間保護司をしておりましたが、あの男は、なんというか……まあ、悲しい人間でしたな。柔道や、その他の格闘競技の世界で食べていければ、そこそこの人生になっていたんじゃないかと思います。が、奴は高校の頃に、早くも躓いてしまった。なんでも……柔道部の同輩数人が、部室に女子生徒を連れ込んで乱暴しているのを目撃し、止めに入り、だが、やり過ぎてしまった……若い頃は一度闘志に火が点くと、自分でもどうにもできなかったのだと、振り返っておりました」

　西日の当たる庭のどこかで、鳥が鳴いている。

「……死んだ父親が、妻や子供に暴力を振るい、父親の死後は、母親が馳や、弟に暴力を振るった。馳自身は、そんな悪循環を断とうとしていた。暴力はよくないと、頭では分かっているんです。自制しようとも思っているんです。でもカッとなると、抑えられないところがある……いや、あった、のでしょうな。少なくとも、傷害致死で服役したあと、つまり、私が出会った馳卓に、そのような様子はなかった。落ち着いた、大人しい男でしたよ」

　現時点では、池中の話に納得もできなければ、疑問も持てなかった。馳卓という男の像が、今一つ立ち上がってこない。

「そうですか……ちなみに馳の、あの……顔についてなんですが、池中さんは、なぜ彼があんなふうになってしまったのか、ご存じですか」

　池中は頷くような、首を傾げるような、微妙な仕草を見せた。

「んん……実は、詳しいことは、私も知らんのです。奴は仮出所後、いったんは私の紹介した、防犯設備の販売会社に就職したんですが、いつのまにか断わりもなく、街金の取り立てみたいなことを、やるようになっていました。そこで、何かトラブルがあったのでしょう。リンチ……みたいなことが、あったんじゃないかと、思います……それでどうも、顔中に、硫酸を塗られたらしいのです」

　かけられた、ではなく、塗られた。

「馳が、そう言ったのですか」

「いえ、私が見て、そう思っただけです。奴は何も答えなかった。でも、硫酸がたまたまかかったとか、かけられたとか、そういうことじゃないのは明らかです。だってそうでしょう。あの顔についてお訊きになるくらいだから、あなたもご覧になったことがあるんでしょう。あの火傷は、まるでプロレスのマスクみたいに、目と口の周りだけ避けるように、変に綺麗に……逆に言えば、それだけ執拗《しつよう》に、丁寧にやられている。火じゃ、まずああはできない。やっぱり薬品でしょう。強烈な酸性の」

確かに。斉藤が見せた写真の顔は、目と口の周りだけ、火傷がなかった。

「……ああまでなる間、馳がどうされていたのかは知りません。眠らされていたのなら、むしろよかったと言うべきでしょう。でもそうではなくて、もし意識があるまま、顔中に硫酸を塗られたのだとしたら……地獄だったと、思います。ああなってから、馳がここに顔を出したのは、たったの三回です。本当は、保護司としては、それではいけないのでしょうが……」

池中は頭を下げ、そこで話を終わりにした。

あとは津原たちが質問をしても、首を傾げたり、かぶりを振るばかりだった。


上野からの帰り道。

小沢はずっと、携帯電話で誰かにかけていた。

「ちっくしょう……マジで出ねえぞあんにゃろう」

「なに、守?」

「ああ……あの、クソガキャ」

津原もいろいろあり、忘れていたところもあるのだが、それにしても、ちょっと変は変だった。

「異動してなければあいつ、まだ交番勤務のはずだよな」

強制解体後の異動先は、北沢署だ。

「ああ。でもよ、だからって、こうまで徹底的に出ねえってのは変だぜ。えっと……」

小沢はポケットからメモ帳を取り出した。

「奴は今、地域課二係、羽根木《はねぎ》交番勤務のはずだ」

「なに、調べたのか」

「おう。昔の知り合いに電話してな。ちょろいもんだぜ」

津原は、そんな小沢を頼もしく思う反面、やや残念にも感じていた。彼が今も警察官でいてくれたなら、これほど心強い相棒はいなかったはずだ。

「……お前、特捜時代より、いろいろ知恵が回るようになったな」

小沢は片頰だけを吊り上げ、苦笑いしてみせた。

「こういう悪知恵もね、もともと俺は持ってたの。けど、俺は警察官だって、刑事なんだって、そういう思いもあって、いろいろ小狡《こずる》い手を思いついても、黙ってただけなの」

へえ、と頷くと、小沢は「チッ」と舌打ちした。

「……とにかく、もう俺は我慢ならねえ。奴が今日、何番に当たってっかは知らねえけど、交番と本署を回りゃ、会うくらいはできんだろ。なあ英太、行ってみようぜ。行って守のボケ面ひっぱたいてよ、目ぇ覚まさせてやろうぜ」

　ひっぱたかなくてもいいとは思うが、まあ、気持ちはほぼ津原も同じだった。

　世田谷区羽根木二丁目。北沢警察署羽根木交番は静かな住宅街の、ガードレールもない一方通行の道沿いにあった。腕時計を見ると十七時五分。第一当番か第二当番に当たっていれば交番にいる可能性が高い時刻。日勤か休みなら、本署を訪ねてみる必要が出てくる。

　だが、

「いやがった」

「ああ……」

　二十メートルくらい手前で確信した。スーツ姿を見慣れているため、制服に制帽だとだいぶ印象は異なるが、それでもあの背恰好、細長い横顔。まさに今、交番の前で立番をしているのが大河内だった。

　歩を速め、小沢がのしのしと交番に突き進んでいく。

「おい」

「うるせえ」

　肩に手を掛けたが振り払われた。その動きを目の端で捉えたか、大河内の顔がこっちを向く。

　目が合った。表情が強張ったように見えた。

続く。

「……マァ、モォ、ルゥ」

野良犬のように唸りながら、小沢が交番に近づいていく。仕方なく、津原もそのあとに

大河内はいったん正面を向き、またこっちを向き、一瞬俯き、またこっちを向いた。

「……小沢さん、津原さん」

そう漏らしたときにはすでに、小沢が拳を振り上げていた。大河内は首をすくめ、目を閉じ、掌をこっちに向けて顔面を守ろうとした。だが津原が、そのまま殴らせはしなかった。小沢の肘を摑み、それで一般人による、警察官への暴行は未遂に終わった。

離せよ。そう言って振り返った小沢の目つきは、意外なほど落ち着いていた。津原はその目を信じて手を離した。

小沢が大きく溜め息をつく。

「守……テメェ、なんで電話に出ねえ」

大河内は首を縮めたまま、暗いアスファルトの道に視線を泳がせていた。

「だって、いつも、勤務中で……」

「んなはずあるかァボケが。五時に電話して第一当番で出られなかったら、七時んときは出られんだろ。そんとき第二当番だったら、翌日の昼には出られんだろ。寝てたんなら夕方出られんだろ。休みで用があったにしても、その次の朝七時にかけたときは出られたは

ずだろ。大体テメェ、先輩から何回も電話もらっといていっぺんもかけ直さねえたァどういう了見だッ」

　小沢が大河内の胸座を摑む。

「そもそも、オメェが一番、遥ちゃんの力になってやらなきゃ、ならねえんじゃねえのかよ、オイ」

　大河内の頬が強張る。震え始める。

「それを何様だ。葬儀に出たっきりだんまり決め込みやがって。大体オメェはよ、トシさんの件についてどう思ってんだよ。曽根が公判で起訴事実を否認した点についてはどう考えてんだよ。もとはといや、ありゃオメェがパクったホシだろうが。ネタ仕入れてきたのだってオメェだろうが。それをいま曽根は、全部トシさんに強要されたんだって、供述を引っくり返してんだぞ。マスコミはそれを鵜吞《うの》みにして、警視庁はなってねえ、捜査一課なんてヤクザと変わらねえって、叩きに出てんだぞ。そういうときにオメェ、なにボケッと交番前に突っ立ってんだよ」

　ネクタイごと摑んだ制服の襟を、ぐいと引き寄せる。

「そうじゃねえ、事実はこうだって、なんでテメェが声あげねえんだッ」

　今度こそ殴る。そう思ったので、再び小沢の右手首を摑んだ。だがそのつもりは元々なかったのか、あるいはその気が失せたのか、そのとき、小沢の右手に力は入っていなかった。

代わりに小沢は、胸座を摑んでいた左手を、突き飛ばすようにして離した。大河内はよろけ、ガラス戸の枠に背中から当たり、そのままの姿勢で固まった。

刺々《とげとげ》しい沈黙。

夕闇、物陰。交番内の、やや黄ばんだ、蛍光灯の明かり。

通行人がないのは何よりの救いだった。こんな場面を見られたら、警察官に対する信頼などいっぺんに吹き飛んでしまう。

ようやく、大河内が体勢を立て直す。津原たちと同じ地面に、二本脚で立つ。

二、三度唾を飲み込み、しばらくして、その乾いた唇は開かれた。

「……曽根の、証言は、本当です……」

一瞬、津原は意味が分からなかった。大河内の口から出てきた言葉が何を意味しているのか、まるで理解できなかった。

「僕に……中里広之に、話を聞きに行けって、指示したのは、植草さんです。その中里が、初めて、曽根の名前を出した……あの、植草さんの指示があったから、僕は、曽根に、行き着いたんです……植草さんが、留置場で、曽根に、何か指示してるのも、知ってました……だから、曽根の言ってることは、嘘じゃ、ありません……」

自分の中身が、脳味噌《のうみそ》から背骨から内臓から、全てが歪み、潰れ、嘔吐《おうと》のように口から噴出しそうだった。

植草が、大河内に、冤罪の片棒を、担がせた？

あの、植草が。

そんな馬鹿な。

5

津原たちとの別れ際、大河内は力なくこう漏らした。

もう、あの事件のことは思い出したくないんです。係わり合いにも、なりたくないんです。

結局、最後に小沢が一発殴って、その小沢を津原が引き剝がすような恰好で終わりになった。

電車に乗っている間、小沢とは口を利かなかった。腹減ったな、と言われたが、ああ、と答えて、それっきりになった。

三軒茶屋駅に着いて、ぶらぶら歩いていたら、小沢がいきなり焼き鳥屋の暖簾《のれん》をくぐった。仕方なくついて入り、中ジョッキを一杯ずつ、串ものを五本ずつ食べ、出てきた。店にいる間も、ほとんど会話らしい会話はなかった。

アパートまでの帰り道で、ようやく小沢が口を開いた。

「あの野郎、なんのつもりだ……」

むろん、大河内の発言についてだろう。

植草は留置場まで行って曽根に自白を強要した。凶器の遺棄《いき》されていた場所も、曽根は植草に渡されたメモに従って供述しただけだった。そう法廷で起訴事実を否認した曽根は、正しい。大河内はつまり、そういう意味のことを言ったのだ。

「……フザケやがって」

タバコを銜え、だが火が点けづらかったのか、小沢はいったん足を止めた。津原も倣って一本銜え、火を点けた。

二人の吐き出した煙で、黒い夜空が少しだけ白く濁る。

小沢が怒るのも無理はないと思う。植草はどんなことがあろうと、嘘の供述をマル被に強要したりする刑事ではなかった。誠実で、気配りもできて、頭もよくて、遥のことを心から大切に思っている、実に、いい男だった。尊敬すべき先輩刑事だった。信頼できる仲間だった。

だが、津原の中にいま湧き出してきているのは、怒りよりもむしろ、疑問だった。疑問が黒雲の如き不安となり、さらに暗く心を覆っている。

「……でもあいつ、守、なんで、あんなこと言ったんだろう」

小沢は「ケッ」と唾を吐く真似をした。

「クソだよ。クソ野郎だァあのバカは」

　もとより明快な答えを求める気もなかったが、「クソ野郎だあのバカ」はないと思う。もうちょっと、真面目に考えてほしい。

「だってよ、守だぜ……もし仮に、奴の言う通り、植草さんがそういう、本当はホシでもなんでもない曽根に、森本殺しをおっかぶせようとしたんだとしてもだ。もしその片棒を、守に担がせようとしたんだとしても……もしそうなんだとしたら、なおさらあいつは、そのことを、あとになっても俺たちに、言わないんじゃないかな」

　小沢は、さも不快そうに「ハァ？」と訊き返した。

「知るかそんなこと。でもどっち道、トシさんは死んじまったからな。もしそうなんだとしたら、黙ってる義理もなくなったってこったろう」

「植草さんが自殺したから、それがきっかけになって、守は俺たちに、曽根の言うことは本当だって言ったのか？」

「だから、知らねえつの俺は」

「俺、それは違うと思う」

　ポケットから携帯灰皿を出す。今日買った薄型の、口がぴったりと閉じるタイプだ。それに、吸い差しを捻じ込む。

「……守は、そんな奴じゃない。仮に、植草さんが曽根を、犯人に仕立て上げたのだとして」

「オメェもよ、仮にでも、そういうこと言うなっつんだよ」

まったく。やりづらい男だ。

「しょうがねえだろバカ。仮説なんだから我慢しろ……だから、仮に、もしそうなんだと仮定して、だよ。そうだったんだとしても、俺は、俺が知ってる守だったら、そのことは、何があっても伏せておくと思うんだよ」

少しは津原の想いが伝わったか、小沢は片眉だけを傾け、口を尖らせた。

「そうは思わないか。つまり守は、自分でそういう場面を見たから、植草さんから実際にそういう指示を受けたから、ああ言ってる……わけではなくて、実は誰かに、曽根を森本殺しのホシに仕立て上げたのは、植草巡査部長だと、そう言えって言われたから、言ってるんじゃないかって、気がしたんだ」

「ン？　なになに、分かんねえ。もういっぺん言ってみろ」

小沢が吸い殻を道端に捨てたので、指差して「拾えよ」と、とりあえず命じておく。

「……俺だって、よく分かんねえよ。でも、今の守が普通じゃねえってのは、お前だって感じたろ。その、普通じゃない守が、らしくないことを言ってる……植草さんが、曽根を犯人に仕立て上げようとしたなんて言ってる……変だろ？　どう考えても。つまり俺は、さっきのあれを守は、自分で言いたくて言ってるんじゃなくて、誰かに言わされてるんじゃないかって、そう思うんだよ」

「誰かって誰だよ」

小沢が拾った吸い殻を差し出すので、仕方なく、自分の携帯灰皿に入れさせてやった。

「分かんねえよそんなの。それは、これから考えるんだよ」

「ちぇっ……なァに分かったように言ってんのかと思や」

いちいち突っかかる奴だ。

「でもよ、誰かが、曽根を森本殺しの犯人に仕立て上げたのは、植草さんだ、って、思わせようとしてるんだとしたら、むしろ逆に、その誰かこそが、曽根を森本殺しの犯人に仕立て上げた、張本人なんじゃねえのかな」

小沢はまた「分かんねえ、全然分かんねえ」とかぶりを振った。

「だから……植草さんが無実なんだとしたら、他に、曽根を森本殺しの犯人に、仕立て上げようとした奴がいるんじゃないか、ってことだよ」

「……他に、仕立て上げようとした、奴……？」

「そう。つまりそいつが、守にあれを言わせてる。守を抱き込んで、冤罪の仕掛け人は植草さんだったことに、しようとしてる」

「で、そいつってのは、誰なんだよ」

それは、まだ考え中だ。

「お前まさか……次郎さんだなんて、思ってねえよな」

「バカ。そりゃねえよ……それは、ねえだろ……」

それだけは絶対にないと、津原も思いたい。

「じゃ誰だよ」

正直に言うと、そこのところは、全く。

「具体的に、誰かっていうのは、今は、分からない……ただ、曽根を森本殺しのホシに仕立て上げようってくらいだから、むしろその、仕立て上げようとした奴こそが、森本殺しの本ボシである可能性は、あるよな。そこは、いいよな。分かるよな」

ちょっと納得できたらしい。小沢が小さく「うん」と頷く。

津原はさらに続けた。

「ってことは、やっぱり、現場で目撃された、顔中ケロイドの男っていうのは、怪しい……」

顔を上げた小沢が、でもよ、と遮る。

「馳には、アリバイがあるんだぜ」

そう。そこのところを、まずちゃんと確かめておく必要がある。

部屋に帰ってから作戦会議を開き、翌朝は一番で、近くにある紳士服量販店に向かった。

津原のスーツを調達するためだ。

とりあえず無難に、紺かグレーで合わせてみる。

「……どうよ」

「ねえだろ、そりゃ。二の腕がパツンパツンじゃねーか」

選ぶのにはかなり苦労した。津原は普通の男性よりだいぶ胸が厚く、上腕も太い。尻はそうでもないが、腿はまた太い。かといって、手脚はさほど長くない。だから、既製品で合うものがなかなかない。

「あの、お客様の場合ですと、やはり、多少はお直しが……」

「ああ……でも、そういう時間はないんですよ。今すぐ着ていきたいんです」

「はぁ。でしたらば……少々お待ちくださいませ」

また店員に別のを持ってきてもらい、試着室に入る。その間に小沢は、どこかに電話をかけ始めた。

「もしもぉーし、小沢です。昨日はどうも」

昨日？

「ああ、まあ、収穫はあったよお陰さんで……うん、そりゃまあいいとしてよ、あの、昨日言ってたさ、馳の……」

声をひそめ、「アリバイを証言」と続ける。ひょっとして、相手は赤坂署の斉藤か？

「……した人の名前と、住所、調べられっかな……うん……いやいや、今いきなり言われても書きとれねえよ……昨日、名刺渡したろ。あれのメアドに送ってくれよ……そう、それ……大丈夫だよケータイにも転送されるように設定してあっから。余計な心配すんな」

名刺を渡した？　いつのまにそんなことを。

「頼んだぞ。お前だけが頼りなんだからな」

こっちもちょうど着終わったので、カーテンを開けた。小沢はポケットに携帯電話を戻したところだった。

「どうだ。これならいいだろ」

「うん……まあまあだな。ちょい胸が苦しそうだけど」

「ああ、ちっとな。でも開けとくから……それより電話、なに。斉藤くん？」

小沢は鼻筋に皺《しわ》を寄せ、小さく頷いた。

「使えねえな、あいつ。顔だけじゃなくて、知能も猿並みだな」

顔は関係ないだろう。顔は。

それから喫茶店に入り、モーニングをオーダーした。ちなみに今日は小沢もスーツだ。

「実は俺……こんなもん、持ってんだけど」

小沢が懐から出したのは、なんと、警察手帳だった。

「お前……なんだよそれ」

思わず奪い取ると、小沢はニヤリとしてみせた。

「マニアグッズだよ。よくできてんだろ」

確かによくできている。開くと本物同様、身分証に制服姿の写真も入っている。

「どうしたんだよ、この制服」

「貸してくれんだよ。オプションで。コスプレ撮影、プラス三千五百円なり」

「お前、階級、ちゃっかり警部補になってんじゃねえか」

「おう。警視総監でもよかったんだけどな……ま、リアリティ重視ってことで」

「フザケんなよ……っつか」

閉じて表に返す。

「……警視庁はマズいだろう。警視庁は」

「やっぱ駄目か。使えねえか」

「ああ……いいよ。必要なときは俺が出すから、これはお前、しまっとけ」

そのとき、テーブルの端で小沢の携帯が震えた。待ってましたとばかりにすくい取る。

「ようやく来たぜ……おお、やっぱ斉藤だ」

メールのようだった。だが文面を読み進めるに従って、小沢の、目の色が変わっていく。

「……なんだよ。どうしたんだよ」

「ん、ああ……あの、斉藤ちゃんよ。なかなか、使えるじゃねえか」

そう言って、ディスプレイをこっちに向ける。

一、二行、挨拶の文面があり、すぐに箇条書きのデータが続く。

・保坂直広《ほさかなおひろ》　昭和××年7月9日生まれ　42歳

・住所　東京都豊島《としま》区要町《かなめちょう》1-49-△

・職業　飲食店経営　ブラック・ベルベット（バー）

　東京都豊島区西池袋3-16-×

その次の行を読んで、津原も納得した。

「……確かに、使えそうだな」

それから、うがい代わりに水をひと口飲み、すぐ席を立った。

メールにあったバー「ブラック・ベルベット」は池袋西口、マルイシティのすぐ裏手、「K&Kヒラマ」という雑居ビルの三階にあった。

到着したのは十三時過ぎ。むろん店は閉まっており、チャイムを鳴らしても応答はなかった。

小沢が袖をまくり、時計を見る。

「……ヤサ（住居）は要町だろ。そっち行ってみっか」

要町はここからさして遠い場所ではない。地下鉄有楽町線でひと駅。歩いても十分かそこらの距離だ。

「いや、それより、ここを張り込もう」

ちょうど廊下の先、非常階段に通ずるドアが開けっ放しになっている。上手くすると向かいのビルの屋上から、この店の出入りが見張れるかもしれない。

「お前は、この界隈《かいわい》の組関係について、情報収集してきて」

小沢は「えー」と顔をしかめたが、文句は言わせなかった。

警察業界全体がそうだとは言わないが、でも少なくとも、津原と小沢の間で最後にものを言うのは、腕力だ。

常に強い立場にいるのは津原。そこは、簡単には変わらない。


向かいのビルの屋上から見張るという案は正解だった。

十六時頃には四十絡みの男が鍵を開けて店に入るのを確認した。さらに三十分ほど遅れてホスト風の、茶髪の男も入っていった。茶髪の方は、ものの五分ほどで出てきた。その後にも一人、スーツ姿の男が入っていき、やはり数分で出てきた。

最初の男が、馳のアリバイを証言した保坂直広で、あとから出入りした二人は「特別な客」だろう。

小沢に連絡をとり、ビルの前で待ち合わせた。

「何か収穫は？」

「この短時間で無茶言うな……なんもねえよ」

エレベーターで三階。再び「ブラック・ベルベット」を訪ねる。

チャイムを鳴らすと、今度は「どうぞ」と低い声が応えた。鍵は開いているらしい。小沢がドアを開け、津原から中に入った。

「ごめんください」

まさに鰻《うなぎ》の寝床。短い通路の向こう、左側は壁、右手はカウンターで、奥にボックス席が一つ。それだけの店だった。保坂と思しき中年男は、そのカウンターの中にいた。イメージで言えば、昭和のバーテンダー。黒服にオールバック、口ヒゲ。一重瞼の目が訝しげに細められる。

「……どちらさん」

津原は警察手帳を出し、身分証を開いて見せた。

「警視庁の者です。保坂直広さん、ですね」

「あ……ええ」

保坂は近くにあった布巾《ふきん》を広げ、カウンターの内側、調理台の上に置いてあった何かにかぶせた。表情は、まだ落ち着いている。

「……何か」

「ええ。保坂さんは一昨年の暮れに起こった、ジュエリー・モリモトという宝飾店の、店主が殺された事件を、ご記憶ですか」

津原と小沢を見比べる。その目の動きに、少しだけ不安の色が見てとれる。

「ええ……覚えてます」

「亡くなったのは森本隆治さん。その事件の捜査段階で、我々警視庁は、ある男に嫌疑をかけました。馳卓という男です。ご存じですよね」

喉が渇いているのか、保坂はさっきから何度か、唾を飲むような仕草をみせている。

「ええ、知ってますよ。私が、アリバイを、証言したんですから」

「ですよね……で、ちょっとご相談なんですが、もう一度そのアリバイについて、間違いはなかったかどうか、確認していただけますか。そしてできれば、そのことを法廷で証言していただきたいのです。馳は一昨年の十二月三十日、森本隆治が殺害された夜十一時頃、確かにこの店にいた、とね」

法廷云々《うんぬん》は、いま思いついた方便だ。

保坂は、今度ははっきりと舌を出し、唇を舐めた。よほど渇いているらしい。

「いや……法廷って言われると、ちょっと……」

案の定、やんわりと拒否だ。

「おや、どうしてです？　馳のアリバイが事実なら、警察署で言うのも裁判所で言うのも、変わらないじゃないですか……むろん、法廷での証言は宣誓した上で行うわけですから、嘘があれば偽証罪に問われる、という違いはありますが」

口が、パクパクし始めた。

「……ちょっと、すみません、トイレ……」

保坂は、先ほど布巾の下に隠した何かを右手で摑んだ。そのまま、カウンターの中をこっちに進んでくる。

「……ごめんなさい」

カウンターの端を撥ね上げ、こっち側に出てくる。そこでその、右手にあった何かを左手に持ち替え、小沢の左側をすり抜けようとした。たぶん、小沢の背後にある幅の狭いドアがトイレの入り口なのだろう。

小沢が目配せをしてきたので、津原は頷いてみせた。

次の瞬間、小沢は保坂の背後から手を回し、左手に持っていたものを、バスケットのボールを奪う要領で叩き落とした。

「あッ」

保坂が振り返る。

小沢に叩き落とされたのは、安っぽい化粧ポーチのようなものだった。しかも間の悪いことに、口が開いていた。白い粉の入ったポリ袋、まだ包装されたままの注射器、使用済みなのだろうキャップをかぶった注射器などが、濃いグレーのパンチカーペットに散らばる。

慌てて床に這いつくばり、掻き集めようとする保坂の動きを小沢が制する。腰の辺りでベルトを摑んで、力任せに引っ張る。

お陰で津原は、余裕を持ってそのモノを観察することができた。

「これはまた……一体どういうご趣味ですか、保坂さん」

右だけ白手袋をし、保坂の落とし物を見やすいように並べ直す。左手で携帯電話を取り出し、この状況を写真に収める。決していい写りではないが、互いに腹を割った話をするきっかけくらいにはなると思う。

「ねえ、保坂さん。ここは一つ、大人の話をしましょうよ。私たちは何も、あなたのこういった趣味について、とやかく言うのが目的で来たわけではないんですよ。だから、あなたのお話の内容次第では、この件に関して、黙っていてあげることもできる……どうです？　私たちと少し、話をしてみませんか」

津原は元来、こういった裏取引的な捜査は好きではない。だが現状、自分には通常時のような組織のバックアップがない。挙句、相棒として同行しているのはすでに警察官ですらない、ぺーぺーの週刊誌記者だ。

仕方がないんだ。ちょっとくらいは——。

なぜだろう。ふと脳裏に、遥の顔が浮かんだ。

なんだ。自分は悪事を働くとき、一番に、遥に対して言い訳を考えるのか。別に、恋人同士でもないのに。

だが、次々と甦《よみがえ》る。

あの、エレベーターの中。抱き寄せた、遥の細い体。遥の匂い。遥の温度。そして、唇。

頭を振って追い払う。こんなときに、自分は一体、何を考えているんだ。

「……まあ、そういうことですんで、保坂さん。正直に、答えてください……一昨年の十二月三十日、夜十一時頃。馳卓は、この店に、いましたか」

保坂は、すぐには答えなかった。だがそれこそが、答えであるとも言えた。

「いましたか。馳卓はあの夜、この店に、いたんですか」

やがて保坂は、力なく、首を、横に振った。

「いなかったんですね」

今度は、頷く。

「一昨年の十二月三十日、夜十一時頃、馳卓がこの店にいたというのは、嘘なんですね」

自棄にでもなったか、保坂は乱暴に、立て続けに三回も頷いた。

なんと馬鹿馬鹿しい。最重要参考人としてマークされていた人物のアリバイが、こんなにも簡単に崩れるなんて。

「なぜです。なぜあなたは、馳のアリバイを、証言したんですか。馳に、頼まれたんですか」

それにはかぶりを振る。思わず津原は立ち上がった。

「なぜだ。なぜあんたは、馳のアリバイを証言したんだッ」

蹴飛ばすとでも思ったのか、小沢がこっちに飛んでくる。いつもと反対。今は津原が押さえられる恰好になった。

その途端だ。保坂は床にあった包みと注射器一本を拾い、とても人とは思えない、ある種、昆虫じみた素早い動きで辺りを這い始めた。

「おいッ」

そう怒鳴るのが精一杯だった。目の前にいる小沢が邪魔で、津原は、瞬時には追うことができなかった。

ただ、保坂のとった行動は、決して逃亡などではなかった。

四つん這いのままカウンターの撥ね上げをくぐり、向こうに回り、立ち上がるや否や、慣れた手つきでロックグラスに包みの粉を空け、次にカウンター下からペットボトルを取り出し、その水を少しだけロックグラスに注ぎ、指先で乱暴に掻き混ぜ、拾った注射器にその液体を吸わせた。

終わったら、すぐに腕まくりだ。

保坂の左前腕の肌は、一面、どす黒く変色していた。叩いて動脈を浮かせるだとか、ゴムチューブで縛るだとかの下準備はなし。注射器に入った空気を追い出すなんていう作業も省略だ。

黒い肌にいきなり針を刺し、あとはひたすらギュウギュウと、ピストンを押し込んでいく。

すると見る見る、保坂の表情が緩んでいく。皮肉なことに、温泉に浸《つ》かった人が「極楽、極楽」と言うのと、実によく似た顔つきだった。

次の瞬間、保坂の姿が真下に消えた。

慌てて小沢とカウンターの中を覗くと、保坂は呆《ほう》けた表情のまま天井を見上げ、床にへたり込んでいた。

かと思うと、カウンターに載っていたペットボトルを手に取り、ラッパ飲みし始める。

「……ああ、うめ……」

どう見ても半分以上はこぼしていたが、それでも、胸元を濡らした保坂の目には、ほんの少しだが生気が戻っていた。

「頼まれた……つうか、脅されたんだよ。あんたらとおんなじ、警視庁の刑事にな……」

あまりにいきなりだったので、それが誰なのか、すぐには問うこともできなかった。

「汚えよ、あんたら……俺が、シャブで執行猶予中で、そんでもって、まだやめられてねえって……知ってて来るんだもんな」

その通りだ。斉藤からもらったメールには、こう書いてあった。

・前科　覚醒剤取締法違反（森本事件当時は執行猶予中）

さらに当時、聴取に同行した赤坂署員は、保坂がまだ覚醒剤を使用している可能性があることも指摘していたという。その点はなぜか、以後あまり重視されなかったらしい。

「誰なんだ。あんたを脅した、その、警視庁の刑事ってのは」

保坂は再び、天井を仰いだ。

「……オクヤマ、って奴だよ。なんか、刑事っつーよりは、どっちかっつーと、チンピラみてえな感じの野郎だよ」

オクヤマ、刑事。

確かに、奥山という名の警部補が、捜査一課にいた気はするが。

第四章

1

幼い頃の記憶。

鼻腔《びこう》の奥にまで侵入し、脳味噌を腐らせる、日本酒の粘っこい、甘ったるい臭い。部屋中の空気を白く濁らせる、タバコの煙。炬燵《こたつ》の上の灰皿。積み上げられた吸い殻。火消しの水と灰が相まってできた黒い泥。台所から漂う、油、しょう油、砂糖、米の炊ける匂い。それと、頬の内側に滲む血の味。ときどき怒声。

たいがいの痛みは、我慢できた。それよりも、この状況からどうやって抜け出すか。そんなことを、漠然と考えていた。

このままでは、いつかは母も、弟も、殺されてしまう。

父親の苛立ちが何によるものかなど、知る由もなかった。ただ憎かった。怖かった。

その夜、彼の心に怒りの火を灯《とも》したのは、母の作った、煮物の味だった。濃過ぎる。食えるかこんなもん。それが、彼の言い分だった。

台所に向かって器ごと投げる。飛び散るゴボウ、にんじん、こんにゃく、茶色い汁。床に当たって砕ける皿。

「フザケんじゃねえぞオラァーッ」

立ち上がり、のっしのっしと歩き始める。流し台の手前にへたり込み、震えている母に向かっていく。

「バカがッ」

頭を蹴る。尻を蹴る。しゃがんだ母の背中に馬乗りになる。調理台に載ったまな板。放置された包丁。それを見つけるなり握り、だが刺し殺しはしない。包丁の柄の部分を、真上から母の頭に打ち下ろす。鈍い音が続き、やがて母の額に血の筋が伝う。

ごめんなさい。

そう繰り返す母の声が、少しずつ小さくなっていく。やがて床に伏せ、動かなくなった母の背中から、父親が立ち上がる。次は誰だ。誰の番だ。自分か。弟か。

弟だった。

「……見てんじゃねえぞ」

悲鳴を上げて背中を向ける弟。酔っ払いとは思えないほど俊敏な動きで追う父。脳天の髪の毛を鷲摑みにし、思いきり引き寄せる。真後ろに倒れる弟。空を蹴る白い靴下の足。汚れた足の裏。飛び出した親指。

「……俺から、逃げられるとでも、思ってんのか」

真っ直ぐ振り下ろされる拳。骨と骨とがぶつかり合う硬い音。弟の頭が、その大きな拳と、畳の間に挟まる。逃げ場はどこにもない。弟の小さな頭は、その衝撃の全てを吸収する。大人の男の、全体重をかけた一撃を、八歳の頭蓋骨《ずがいこつ》が受け止める。

弟の、小学校でのあだ名は、コイ。いつでもぽかんと口を開けて、上を見ているからだという。

たまたま教室の前を通りかかったとき、弟はクラスメートに、消しゴムのカスを食わされていた。真上から、下敷きの上に集められたそれを、口の中に入れられていた。

弟になにすんだ。そう怒鳴りつけることもできた。だが、そうはしなかった。笑っていたから。弟が、楽しそうに笑っていたから。家にいるときより、よほど幸せそうな顔をしていたから。

そう。お前がそんなふうになっちまったのは、お前のせいじゃないんだもんな。だからそういうの、分かんねえ方が幸せだよ。分かんなくなっちまったんなら、その方が——。

それを言うなら、父親の自動車修理工場が火事になったのも、彼自身のせいではなかった。工員が塗装乾燥用のストーブを、ちゃんと消さずに持ち場を離れたことが原因だった。

それで火事が起こり、工場がなくなり、会社が潰れ、以前からあった暴力がより一層ひどくなった。

でも、だからって、そりゃねえだろ。大の男が、組み敷いた子供の頭を拳で、しかも思いきり体重を乗せて殴りつけるなんて。正気じゃねえぜ。それ以上やったら、ほんとに死んじまうよ。

やめてくれ。そう叫びながらしがみついた。もうやめてくれ。殴るなら、次は、俺を殴ってくれ。父ちゃん。


気がつくと、親父は白目を剝いて昏倒《こんとう》していた。そのときはわけが分からなかったが、今ならそうなった肉体のメカニズムも理解できる。

そもそも父は酒を飲んでおり、平常時より血行がいい状態にあった。そこでいきなり母と弟を殴るという激しい運動をしたものだから、余計に脳に流れ込む血流が多くなっていた。そんな状態の父に、俺は組みついた。

意識はしていなかったが、たぶん柔道でいうところの「裸絞《はだかじ》め」の要領で俺は、父親の首に腕を回していたのだと思う。それが図らずも彼の頸動脈《けいどうみゃく》を圧迫し、脳への血流をストップさせた。結果、父親は激しい貧血状態に陥り、昏倒した。

いつのまにか、母親が後ろに立っていた。頭から血を流し、乱れた髪の間から俺と、意識を失った父を見下ろしていた。

「……お前、殺しちまったのかい」

いや――。

俺はすぐに確かめた。父親の太鼓っ腹は、ちゃんとゆるく上下していた。呼吸はある。死んじゃいない。そう言うと、母はいきなり奥の部屋に引っ込み、すぐに何かを持って戻ってきた。

「お前も手伝いな」

思いのほか、はっきりした声だった。

「え、何を」

「生きてんだろ。父ちゃん、まだ生きてんだろ」

「あ……うん。だって、あの腹、見てよ」

指差したときも、まだ確かに息はあった。

「たまに、あるんだよ。俺たちみたいな、小学生はないけど、でも高校生とか、大人だと、あるんだよ。絞め技でああなっちゃうこと、あるんだって……大丈夫。俺、治し方知ってるよ。ほっぺたひっ叩《ぱた》いて、水でもかければ」

だが立ち上がろうとすると、母はそれを制した。

「余計なことすんじゃないよ」

母が奥の部屋から持ってきたのは、親父の、浴衣の帯だった。

「こんなチャンス……二度と、ないかもしんないんだよ……」

その帯を、茶の間と奥の間を隔てる引き戸の鴨居にひっかける。

「ほら……お前も手伝いなって」

上手くかかったら、今度は畳に倒れた親父を抱き起こそうとする。

母が何をしようとしているのかは、ちゃんと分かっていた。それが悪いことであるというのも、理解していた。ただ、それしか解決方法がないという確信も、頭の中にはあった。

俺たちが生き延びるには、この男を殺すしかない。

幸い父親は、大人の男としては小柄な方だった。対して母親は、その年頃の女にしては大きかった。俺も母親似なのか、体格はいい方だった。

二人で力を合わせて担ぎ上げ、親父の体を鴨居に吊るした。

それが俺の、初めての「仕事」だった。


どういうわけか父親の一件は警察に疑われることもなく、自殺として処理された。その理由は、だいぶあとになってから分かった。

首吊り自殺の場合、首に残った索条痕というのが、検視での主な着眼点になるという。不自然に二重についていないか。本当は首を絞めて殺したのに、あとからロープで吊るして首吊り自殺に偽装したのではないか。警察はそういうところを調べて、自殺と他殺を見分けているらしい。

だから大丈夫だったのかと、俺は数年してから納得した。

確かに俺は、死ぬほど父親の首を絞めはしなかった。頸動脈を圧迫し、脳への血流を喰い止め、一時的に気絶させただけだった。

気絶させた父親を、母子二人がかりで担ぎ上げ、鴨居に吊るし、そのまま別室で寝た。朝になって見てみると、ぶら下がった父親は糞《ふん》だの小便だのを漏らしており、それはひどい有り様だった。首も異様に伸びていて気味が悪かった。

母親は、ひょっとするとあの時点で狂っていたのかもしれない。ひゃー、と悲鳴をあげ、父ちゃん、しっかりしてと死体にすがりつき、帯を解いて死体を畳に落としてしまった。だがこれも、証拠隠滅の方法としては有効だった。駆けつけた警察官に、駄目じゃないですか勝手に触っちゃ、と怒られたが、半狂乱の母はなんやかんや反論していた。

あれが全て芝居だったとしたら、大した女優だ。


男と女なんて汚いものだと、つくづく思う。

父親が死んだあとは、母親が俺たちに暴力を振るうようになった。むろん、大柄とはいえしょせん女だ。父親のほど厳しくはなかったし、いなすのも難しくなかった。

あるとき俺が反撃すると、母親は吠え立てるように悲鳴をあげながら、俺の周りをそろりそろりと回り始めた。ときおり、挑発するように顔を突き出したり、スカートをまくったり、自ら乳を揉みしだいたりもした。

ふざけるな。そう言って再び殴ると、さらに狂気の舞いはエスカレートした。鼻から血を流し、頬が紫に腫《は》れ上《あ》がり、瞼が半分塞がっても、母親は舞い続けた。

何度か繰り返しているうちに、俺にも、段々分かってきた。

母は、殴られたかったのだ。それが、自ら夫を殺してしまったという後悔の念からきたものなのか、もとから殴られるのが好きだったのかは知る由もないが、そのとき俺の目の前にいたのは、確かにそういう種類の女だった。相手の振るう暴力に身を委ね、悦に入る。痛いのが好き。怖いのが好き。傷つけられる自分が好き。

気持ちの悪い生き物だな、と俺は思った。

このときだ。弟には悪いが、できるだけ早くこの家から出ていこうと、決心したのは。

高校一年と三年のときに柔道で国民体育大会に出場したが、それ自体は別に、俺にとってはどうでもいいことだった。ただ、いつまでも治らない流感のような、この胸の奥の熱、むかつきを、どうにかしたかった。その捌《は》け口《ぐち》として、俺は戦い続けた。その結果が、たまたま柔道の世界で評価されたに過ぎなかった。

だから、暴力事件を起こして柔道界を追われることになっても、ちっとも腹は立たなかった。

事件の発端となった女生徒、赤井《あかい》美智代《みちよ》は、当時からだいぶ目が不自由だった。たぶん普通科高校に通える状態ではなかったはずだが、本人なのか親なのか、とにかくたっての希望で俺のいた学校に通ってきていた。

だから、だろう。少しくらい嫌なことがあっても逃げ出せなかったのだ。柔道部員に部室に連れ込まれ、輪姦《りんかん》されても、警察に訴えることも学校を辞めることもできなかった。あとで分かったことだが、俺が目撃したそのときが初めてではなかったらしい。だから美智代は観念し、大人しくしていた。それを知らなかった俺は、その場面に出くわし、ひどく胸糞の悪い思いを味わった。美智代が、どういうわけか自分の母親に重なって見えていた。

思いついた行動は二つだった。

俺も交ぜろと言って、列に割り込むか。

それとも、姦《や》っている奴らをブチのめすか。

俺は後者を選択した。理由は特にない。

まず姦っている最中の奴、その頭に、真後ろから回し蹴りを喰らわせた。足の甲が頬から鼻筋、爪先が目の辺りを捉えるという会心の一撃だった。そいつが真横に倒れると、美智代の白い内腿と、濡れた赤い陰部が一瞬目に入った。

すぐに別の同輩が「何すんだ」と摑みかかってきた。俺はそいつの鼻っ柱に頭突きを見舞い、相手が倒れるや否や、その陥没した顔面に膝を落とした。ふと見ると、前歯が抜けて俺の膝に刺さっていた。

次の瞬間、後頭部に重たい衝撃を受けた。振り返ると、もう一人いた別の同輩が立っていた。どうやらそいつが、俺の頭を蹴ったようだった。俺は四つん這いのまま、そいつの股間に突進した。眉間《みけん》で、そいつのキンタマが潰れる感触を直に味わった。

呻《うめ》きながら、股間を押さえてうずくまる。俺は立ち上がり、その同輩を、ただひたすら踏みつけた。顔を、尻を、股間を、また顔を。

「……馳くん」

ほとんど目が見えないはずの美智代が、なぜそのとき、俺の名を呼んだのか。よく考えたら不思議な出来事だ。

だが確かに、美智代は俺の名を呼び、足にしがみつき、もうやめてといって泣いた。助けてくれてありがとう。でももういい。それ以上は駄目。ありがとう。でも、もう駄目。

後日、美智代は自身が暴行被害に遭っていたことを警察で証言した。馳くんは私を助けるために、彼らに暴力を振るってしまったんです。そうも言ってくれたようだった。だがそうだとしても、これはやり過ぎだろう、というのが大方の見解だった。一人は生殖機能が不全になった。顔面が陥没した奴は、二度と同じ顔には戻らないとの診断を受けた。最初に蹴飛ばした奴が一番軽傷だった。眼窩底骨折《がんかていこっせつ》と鼻骨《びこつ》骨折。

俺は傷害罪で起訴され、数ヶ月後に有罪判決を受け、だが初犯ということで、なんとか執行猶予をもらった。すでに高校を退学になっていた俺は、拘置所を出たあと、すぐ働くようになった。

二十歳《はたち》を過ぎた頃からは盛り場で働くようになった。体が大きく、腕《うで》っ節《ぷし》も強かった俺は、クラブやバーの用心棒という仕事を好んでするようになった。

基本的には、店で起こった揉め事を収めるのが役目だった。だがときどきやり過ぎ、客とトラブルになり、警察に呼ばれ、結果的にクビになり、また別の店にもぐり込む。そんなことを繰り返しているうちに、また人を殺してしまった。払えと言った額を持っていなかった客を表に連れ出し、意識がなくなるまで打ちのめし、最後に担いでガードレールに叩きつけた。本当は、そのまま首がもげればいいと思っていたが、折れただけだった。

今度は懲役を喰らった。九年半。

この刑務所暮らしで、俺は思った。

これを罰だと思う奴は、欲深いからそう思うのだろうと。

いい女を抱きたい。美味いものを食いたい。広い家に住みたい。そんな欲求さえなければ、ムショ暮らしなんて、つらくもなんともない。

体も大きく、実際に腕っ節も強い俺に突っかかってくる馬鹿はまずいなかった。いても すぐに片はついた。それ以上は俺も、何もしなかった。

大した欲は持ち合わせていないが、さすがに独居房は嫌だった。ならば行かないに越し たことはない。だから、トラブルはできるだけ避けた。

そんなふうにしていたら、なんと七年で出ていいと言われた。


あれは、消費者金融の取り立てを手伝うようになった頃のことだ。

俺はヤクザではないし、その手の世界のルールにも疎《うと》かった。誰が何組のなんという役職で、どこの組長と兄弟分だとか、どこそこの縄張りは何組だが、あのビルだけは別の組だとか、そういうことを覚えるのすら面倒だった。

案の定、それで俺は失敗した。

俺が強引に取り立てをしたガキは、どうやらとある地方代議士の、ドラ息子だったようなのだ。

ある朝、まだ暗いうちから俺はいかつい連中に叩き起こされ、どこかの倉庫に連れていかれ、リンチを受けた。殴られ、蹴られ、鉄パイプで叩かれ、だが俺は黙ってそれに耐えた。鉄パイプ係の一人は、例のドラ息子だった。

いつになったら終わるんだろうな。終わらねえんなら、さっさと殺しゃいいのによ。そんなことばかりを考えていた。

俺がなかなか命乞《いのちご》いをしないからか、ドラ息子はとうとう痺れを切らし、とんでもないことを言い出した。

「酸で顔、焼いちゃおうぜ。俺、持ってきたんだ。濃硫酸と、酸じゃ溶けない金属製の刷毛……きひひ」

自分の顔が溶ける音を聞いたことがあるという奴は、たぶんあまりいないと思うが、別に、そんなに意外な音ではない。

ジュジュジュ、ジュジュジュジュ——。

それよりも、臭いがキツい。直接鼻の奥を尖った棒で突かれるような、強烈な刺激臭がした。焼かれるというよりは、皮膚を剝がされる感じに近かった。頰をやられている段階では、まだ意識があった。額も、まあまあ覚えている。鼻をやられている辺りで、意識が朦朧《もうろう》としてきた。目の周りはもう、ほとんど覚えていない。

だが、あの男がこう言ったのだけは、ちゃんと聞いていた。

「大したもんだな、この野郎……マサオさん。こいつ、俺に引き取らせちゃもらえませんかね。こういう、生きてんのか死んでんのか、テメェでもよく分からなくなってるような人間てのは、案外、俺らの業界じゃ、役に立つんですよ。頼みます、マサオさん……」

この時点で、鼻はほとんど利かなくなっていた。

ひょっとしたら、鼻の奥の粘膜まで、焼けてしまっていたのかもしれない。


以後頼まれるようになったのは、主に暴力に絡む仕事だった。

依頼をしてくるのは、右翼団体「國永会《こくえい》」の水谷《みずたに》という男だった。あの日、俺を引き取ると言い出した男だ。

「昔はな、こういった仕事は、ヤクザもんがやったもんなんだよ。だが今の極道は……駄目だ。みんな、経済ヤクザになっちまってる。暴対法が怖くて、腹に力入れてどやすのを、躊躇《ためら》うようになっちまってる……」

恐喝、私刑《リンチ》、殺人、死体処理。その一連の作業全てを任される場合もあれば、殺しだけ、死体処理だけ、という場合も少なくなかった。なんにせよ、俺向きの仕事だった。

そもそも俺は、人知れず、実の親を殺している人間なのだ。

技術面はさて措《お》き、心情面だけをいえば、俺に殺せない人間はいない。

同じ意味合いで、俺が死んで困る人間もいない。

そういうことだ。


だが、見えない大きな力が、悪戯をすることはある。

「……馳くん」

歌舞伎町でいきなり呼ばれ、袖を摑まれた。顔がこんななので、サングラスをし、マフラーを鼻まで上げ、帽子を目深《まぶか》にかぶっていた。知人といえども、分かるはずなどなかった。

それなのに、なぜ。

「馳くんよね……そうでしょう？」

白いコートに、同じ色の、ハイネックのセーター。分厚いレンズの眼鏡をかけてはいるが、それでも健常者ほどは見えていそうになかった。

「やっぱり、馳くんだ……わあ、懐かしい」

そう言って彼女は、両手で包むようにして、俺の頰に触れようとした。断わりもなくマフラーをずり下げ、掌を這わせてきた。

ただでさえ焦点の合わない視線が、さらに宙を泳いだ。

「……どうしたの」

隅々まで確かめるように、彼女は俺の顔を撫でた。爛《ただ》れた肌の複雑な凹凸《おうとつ》を、一つひとつ丁寧に指でなぞっては、目に大粒の涙を浮かべた。

やがて背伸びをし、ぶら下がるようにして俺の首を搔き抱き、その白い肌を、俺の、汚れた——。

「会いたかったの……」

何かが、俺の頬を濡らした。

「……もう一度会って……ありがとうって、言いたかったの」

何かが俺の胸を、熱くしていた。

2

収穫は充分だった。

津原は小沢を連れ、保坂の店を出た。

「ちくしょう。奥山か……」

小沢はそう吐き捨てながら、ライターのやすりを弾いた。

「お前、知ってんのか」

ひと口目の煙を吐きながら、小沢が頷く。

「……俺らがいた頃は、八係だったろ。今は知らねえけど」

警視庁刑事部捜査第一課殺人犯捜査、第八係。

「八係っていうと……確か、俺の同期で、水野ってデカ長が」

「あいつは過労で入院して、そのままフェードアウトしたろ」

「じゃなかったら……ちょっと上で、岸本さんとか」

「あの人は飛ばされたよ。女のマル被を調室でヤったのがバレて、たぶん今は離島の駐在所だ」

「ヤった？」

「レイプしたんだよ。所轄の相方と二人がかりで」

なんと。

「でも……なんでお前、そんなこと知ってんだよ」

小沢は勢いよく唾を吐いてから答えた。

「甘く見んな。俺はもうマスコミの人間なんだよ。警察官の経験と、ジャーナリストの頭脳を併せ持つ……ま、人の心と悪魔の力を併せ持つ『デビルマン』みてえなもんよ」

また、古いことを。

入れて、と吸い差しを向けられたので、また携帯灰皿を貸してやった。二人で使っているので、もう満タンだ。

「とりあえず、いま奥山さんがどこにいるか、調べなきゃな」

「けっ……ニセのアリバイ作ったデカに『さん』付けはねえだろ」

いや。現段階ではまだ、ニセのアリバイを作った疑いがある、というのに過ぎない。

それから電話攻撃を開始した。捜査一課時代の知り合いに、片っ端《かたぱし》からかけまくった。

だが、なかなか思うに任せなかった。

みな津原たちが飛ばされ、すでに捜査一課員でないことは知っている。答えとして一番多いのは「部外者には言えないよ」というものだった。

ならば、と考え出したのは、ワンクッション置いて攻める方法だった。要するに、知り合いに訊いてもらうのだ。

古田さん、確か奥山さんの知り合いだったよね。

遠山さん昔、奥山さんと一緒の係にいましたよね。

村岡、お前、奥山さんの所轄時代の後輩って言ってたよな。

そんな流れで津原は、堀田にも電話してしまった。

「すみません。なんか、こんなことで電話するつもり、なかったんですけど……」

堀田は低く唸り、しばし黙った。

「調べられませんか。奥山主任の、今の居場所」

『……そんなこと、調べてどうする』

「なぜ馳卓のアリバイをでっちあげたりしたのか、訊くんですよ」

『ケータイ番号なら分かる……直接、どこにいるのか訊けばいい』

こっちも、携帯電話の番号ならもう分かっている。

「でもそれじゃ、逃げるかもしれないじゃないですか。直接、いきなり捕まえたいんですよ」

『そもそもお前ら、何をこそこそやってるんだ』

こんなふうに怒られるのは、一体いつ以来だろう。反発よりも、むしろ温《ぬく》もりを感じる。

堀田が続ける。

『奥山が、マル被のアリバイを捏造したというのは、本当なのか』

「分かりません。ただ……アリバイを証言した保坂直広は、あれは奥山主任に頼まれてついた嘘だった、と言ってます」

『その、保坂という男が、シャブ中だというのか』

「はい、それは間違いありません。保坂の口振りでは、奥山主任もそれをネタに保坂を脅し、アリバイの証言を強要したようです」

以前は、こうやってなんでも堀田に報告した。その隣には植草がいた。自分の横には大河内もいた。

堀田が目を閉じ、腕を組んで話を聞く姿が脳裏に浮かぶ。

『……津原。お前の、植草を思う気持ちは分かる。俺だって、悔しい。奴の自殺の裏に何かあるのだとしたら、それだけは……はっきり見極めたいとも思う』

「だったら」

いいから聞け、と堀田は声を荒らげた。

『だがそれで、今度もしお前らに何かあったら、その方が俺は……俺だって、手は尽くしてる。何か知ってそうな筋に、訊くだけは訊いてみている。だが、何も出てこない……ということは、これは、本当に裏なんて何もないのか、あるいは、裏にいるのが、とても我々の手に負える相手ではないのか……その、二つに一つなんだと思う』

応えずにいると、堀田は『早まった真似だけはするな』と念を押した。それでも黙っていたら、『おい、津原』と怒鳴られた。

「……大丈夫ですよ。次郎さんが心配するようなこと、しませんって」

近いうちに飲みにでも行こうと約束し、通話を終えた。見えないとは知りながら、それでも津原は、電話の向こうの堀田に頭を下げた。すみません。自分はこれから、ちょっと、無茶をします。そう心の中で詫びながら。

「何やってんだオメェ」

振り返ると、小沢がストラップを指にかけ、クルクルと携帯電話を振り回していた。

「……なんでもない」

「へーそう、あっそう。俺の方は、収穫大ありだったぜ」

にわかに心が燃え、背筋が寒くなるのを、津原はいっぺんに感じた。

「なんだ」

「おう。奥山が今いるのは、綾瀬《あやせ》署だ。学生同士が起こした傷害致死事件の特捜にいる」

「なにげに……すげえな、お前」

現職の警察官である津原にさえ、誰もそのことを教えてくれなかったのに。

「だからよ、俺はデビルマンだって言ったろ……っつか、社会部にいるブンヤに訊けば、どこの署にどんな特捜が立ってるかは、だいたい分かるんだよ。そん中で、捜査一課八係が出張ってきてる特捜はなかったかって……三人か四人に訊けば、まあ大体、誰かしら教えてくれるもんさ」

なるほど。内部情報は外部からとれ、か。


早速、綾瀬署に向かった。だが、着いたときにはもう夜の七時を回っていた。早い捜査員なら特捜に帰って、報告書の下書きでもしている頃だ。

斜め向かいのコンビニ前で、小沢と一服する。

「どうするよ、英太。捜査会議、終わるまで待つか」

津原は缶コーヒーをひと口。

「……でもな、待っても出てくるとは限らねえし」

本部捜査員は会議終了後、その所轄署が用意したつまみや弁当を食べながら一杯やるのが普通である。津原たちもそうだった。みんなで特捜のある講堂に居残って、仕出し弁当のしょっぱいおかずを肴に、ぬるいビールを飲むのが常だった。

小沢は、小さく一度、首を横に振った。

「いや、懐に余裕があれば、出てくる。必ず飲みに出てくる」

そうだろうか。

「この辺、ろくな飲み屋ないぞ」

「関係ねえよ。悪事で私腹を肥やした奴は、どうにもそれを吐き出したくて堪らなくなる。勢い、生活が派手になる……」

「ちょっと待て。なんで奥山主任の懐が、肥えてる話になってんだよ」

小沢は嫌な臭いでも嗅いだように、鼻筋に皺を寄せた。

「バカか、オメェ」

「粋《いき》がってねえで説明しろ」

けっ、と唾を吐く真似をする。

「……んなもん、決まってんだろう。野郎はシャブ中の保坂を脅してまでしてアリバイを作り、馳を捜査の網からはずしてやった。ってことはだ、馳自身に礼をされてたっていいし、仮にだ……馳の後ろに誰かいるんだったら、そいつからたんまり褒美を受け取ってたっておかしかねえ」

そこまでは、分からない話ではない。

しかし。

「だからって、今夜飲みに行くかどうかは分かんねえだろう」

「うっせえなバカ。行くっつったら行くんだボケッ」

「でけえ声出すなバカッ」

そんな言い合いはさて措き。いつまでもコンビニ前でくだを巻いているわけにもいかず、津原たちは隣の駐車場に移動したり、環状七号線の歩道を往《い》ったり来《き》たりしながら、それとなく綾瀬署出入り口の様子を見張りつつ、時間を潰した。

すると二十二時過ぎ。署のすぐ脇の、一方通行の道を二人で歩いているときだ。

一人の男が、実に軽快な足取りで、目の前の歩道を横切っていくのが目に入った。

「……今の、奥山じゃねえか?」

言われてみれば、そうかもしれない。刑事らしからぬ、細身の黒いスーツ。街灯の下に差し掛かると、ストライプ柄が入っていることも分かった。背は津原たちよりちょっと低い。百七十センチ台後半だろうか。

「な。出てきたろう」

「ああ」

「しっかし、ふざけた野郎だな。確かもう、五十近いはずだろう」

前後を確認したが、連れはいそうになかった。

「行こう」

「おう」

小走りで追い駆けると、距離はすぐに縮まった。足音をやかましく思ったか、声をかけるまでもなく、奥山の方から振り返った。

だがまだ、後ろからきた二人組の目的が、自分にあるとは思っていないらしい。太い眉を少しだけひそめ、こっちの様子を窺っている。

「……ご無沙汰しております。奥山主任」

あえて「警部補」と言わず、「主任」と呼んでみた。普通はこれで、こっちが警察官であることを悟るはずだ。

「誰だ……」

津原たちの顔には覚えがないようだが、無理もない。

「元特捜一係の、津原です。こっちは、小沢」

隣でぺこりと、小沢が頭を下げる。

「元、特捜……ああ、あれか、前に、次郎さんとこにいた、若いのか」

安堵したように体をこっちに向ける。

「なんだよ、ビックリするじゃねえか。脅かすなよ」

言葉尻を捉えてやろうという、意地悪な気持ちが芽生えた。

「ご冗談でしょう。相手を脅かすのは、むしろあなたの十八番《おはこ》だ」

街灯の明かりだけでも、充分に分かるほど目の色が変わった。

「……どういう意味だい、ニイちゃん」

「森本事件のマル被、馳卓のアリバイについてですよ」

するとと、奥山はいきなり背を向け、

「あっ」

暗い歩道を走り始めた。

「テメッ」

かと思うと急に車道に飛び出し、環七の、横断歩道でもないところを全力で駆け抜けていく。

「死ぬ気かあのオヤジッ」

急ブレーキ、クラクション、狂ったようなパッシングライト。幸い衝突音はどこからも聞こえてこない。奇跡的にも、事故は一つも起こらなかった。

「行こう」

こんなときでも、とりあえず手を挙げて横断してしまう自分の冷静さが恨めしい。

奥山は環七を渡り終え、大きな公園沿いの道を進んでいった。

津原たちも全力で追った。

「ちっくしょ……けっこう速えな」

「黙って走れ」

やがて奥山は左に曲がり、公園の中に入っていった。

だが、その途端だ。

前方で、ザーッと、砂と地面をこするような音が聞こえた。

津原たちも続いて公園に入った。物音の正体はすぐに判明した。

奥山が、派手にずっこけていた。


せめて手と顔を洗わせてくれというので、それだけは聞き入れてやった。

奥山は、その後は大人しく、津原たちの指示に従った。

公園の、植え込み前のベンチに座らせる。小沢は奥山の左に腰を下ろした。津原は斜め前に立っている。

「……なぜ、保坂を脅してまで、馳のアリバイを捏造したりしたんですか」

もとの恰好が洒落ていただけに、乱れ、汚れた姿はひどく哀れに映った。髪も砂埃《すなぼこり》で半分くらい白くなっている。

「……なぜって、言われてもな……」

「理由もなくそんなこと、するはずないでしょう」

「まあな……そりゃそうだ」

しばしの沈黙。

小沢が横から、黙ってんじゃねえよと足を蹴る。

「イテッ……そんな……お前ら、そんなこと聞いて、どうすんだ」

「それがアリバイ捏造したもんのいう台詞か」

びたんと小沢が頭を叩く。暗闇でも分かるほど、白い砂埃が舞い上がる。

「よせよ」

津原が手で払う真似をすると、奥山は、怪訝そうな目で津原を見上げた。その表情は、意外なほど生気を失ってはいない。

「……奥山さん。以前、私たちと一緒に特捜一係にいた、植草という巡査部長が自殺したのは、ご存じですか」

「ああ、聞いてるよ。首吊りだってな」

腹の立つ言い方だったが、なんとか堪える。

「その前日、森本事件の犯人である曽根明弘は、第一回公判で起訴事実を全面的に否認しました。しかも、警察署でした供述も、凶器のナイフが発見された場所も、全て植草巡査部長に指示されて、その通り喋っただけだと言い出しました」

「だから、それくらい知ってるよ。俺だって新聞くらい読んでる」

「だったらお分かりですよね。曽根の発言は、この段階ですでに破綻《はたん》している。マル被の取調べは、ほとんどの場合、警視庁では警部補が行う。森本事件の再捜査でいえば、堀田主任が担当取調官だった。なのに曽根は、あえて植草巡査部長に指示されたと発言した。そして、あたかもその責任をとるような恰好で、植草巡査部長は自殺した……少なくともマスコミ報道では、そういうことになっている」

奥山は笑った。鼻息を噴き、頰を片側だけ歪ませて。

「……だったら、そうなんじゃないの。責任とって、首括《くびく》ったってことなんじゃないの」

拳を振れば、容易く顔面を捉えられる距離にいた。だが、我慢した。

「違います。少なくとも、我々はそんなことは、信じていません。植草さんの不正も、自殺というのも」

「あっそう。それはそれは……ご苦労さん」

「ですんで、もう一度、森本事件について調べ始めました。そうしたら、初動捜査の段階の、駝卓という重要参考人のアリバイが、あなたによって捏造されたものであることが分かった」

奥山は目を逸らし、呆れたように溜め息をついた。だが、それだけだった。

「捏造をしたということは、逆に言えば、駝卓こそが犯人であると、そう考えてまず間違いないものと思われますが、だとしたら、今度はその先が分からない……なぜです。なぜあなたは、駝のアリバイをわざわざ作ってやったんです」

ゆっくりと、深くうな垂れる。

「だから、俺も訊いてんだよ。そんなことを穿り返して、お前らは、何をしようってんだって」

「植草巡査部長の、死に関する真実を明るみに出し、問うべき罪を、しかるべき人物に問うんです」

「そんなことしても……たぶん、なんにもならないよ」

その達者な口に、膝蹴りを喰らわせたい衝動に駆られた。

「だったら……なぜなんにもならないのか、教えてください」

うな垂れたまま、かぶりを振る。だがそれは「NO」という意味ではなかったようだ。

「いいの？……あんたら、警視庁にいらんなくなっても」

小沢が鼻で笑った。津原は、かまわず頷いた。

「ご心配いただかなくてけっこうです。自分たちの身の振り方は、自分たちで決めますから」

「身の振り方って言ってもさ……天国と地獄、自分で選べるわけじゃないんだぜ。いま俺が言ってんのは……見て見ぬ振りをして生きていくのか、見ちゃいけねえもんをその目で見て、その瞬間に殺されんのか……そういう選択肢なわけ」

言っている意味は、分かった。

だとしたら植草は、何を見てしまったというのだろう。知ってしまったのだろう。

津原は答えず、ただじっと、奥山の目を見ていた。

奥山はそれを、覚悟の表われととったようだった。

「……岩城、繁男、警視監」

一瞬、何かが止まった。

それは時間か。あるいは、自分の思考か。

奥山は続ける。

「何様だか、ご存じですか？」

むろん、知っている。その役職名を頭に浮かべるだけで、震えがくる。

「……元警視庁、刑事部長。今は確か、関東……」

「そう、関東管区警察局長。あと何期か、そこらの局長ポストを回ったら、いずれは警視総監か、警察庁長官になられるお方だよ」

「……それが？」

自分でも分かっていて、声の震えが止められない。

奥山が眉をひそめる。

「それがなんだってか？　おいおい、そこまで俺に言わせるのかよ」

さすがの小沢も固まっていた。目だけを忙しなく動かし、津原と奥山のやりとりを見守っている。

「だからよ、そのお方に、俺は直接、頼まれたわけよ……覚えてるか？　森本事件当時、あのお方は、警視庁の刑事部長だったんだぞ。そういうお方にさ、直々《じきじき》に呼び出されて、馳くんにアリバイを作ってあげてちょうだいと、そう言われちゃったらお前……嫌ですなんて言えるか？　拒否したら、クビじゃ済まないんだよ。俺、消されちゃうんだよ。過労死とかなんとかで……いや、もしかしたら植草みたいに、吊るされてたかもしれないね」

奥山は立ち上がり、上着と、腿の辺りの汚れを手で払った。

「……俺だってさ、被害者なんだよ。なんで俺が、あんな汚れ仕事を仰《おお》せつかったのかは知らないけど、実際、迷惑してんだよ……でもな、この件を岩城局長に捻じ込んだところで、なんにもならないよ。そういう勉強も、ちっとはした方がいいぜ。若いの」

黙っていた。いや、何も言い返せなかったと言った方が正しい。

奥山は肩の辺りを確かめて、ハンカチで、手を拭った。

「……ああいう絵図を描くのって、岩城さんみたいな、官僚じゃないから。この国を動かしてるのは、ああいう人たちじゃないから」

そう言って、ウィンクする。

「どういうことか知りたけりゃ、朝陽新聞の、ハマザキって記者に訊いてみるといいよ。そっち方面詳しいし、確か、植草の記事も書いてたんじゃないかな……ひょっとしたら、馳の居場所なんかも、知ってたりするかもしんないぜ」

最後に、じゃあな、と付け加え、奥山は歩き始めた。

動けなかった。なぜか、一歩も動けなかった。

ただ暗がりで、小沢と、目を見合わせることしか、津原にはできなかった。

3

小沢があちこちに手を回し、ようやくその、朝陽新聞の浜崎という記者と会えることになったのは、奥山と会った三日後のことだった。

先方はあまり時間がない。こっちはこっちで、人の耳のあるところでは話したくない。

結局、場所は西新宿。成子坂下《なるこざかした》交差点近くの、まだ開店前の居酒屋でということになった。

「悪いね、大将」

そこは小沢が馴染みにしている店で、津原も二、三度、連れてこられたことがあった。

「なに水臭えこと言ってんだよ。気にすんなって」

大将はふたテーブルある座敷を提供し、津原たちに茶を出すと、じゃあごゆっくりと二階に上がっていった。

待ち合わせは三時。浜崎が現われたのは、それを十分ほど過ぎた頃だった。

戸口から中を覗き、座敷に津原たちの姿を認めると、小さく頭を下げる。その顔を見て津原は、ああ、あの男かと思った。

植草が自殺したと聞いて練馬署に駆けつけたとき、受付のベンチに座っていた、あの記者だ。帰りに最初にマイクを向けてきたのも、確かこの男だった。

向こうも、同じ日の記憶に行き当たったようだった。

「……あんた、確か」

「津原です。こっちが」

「お電話しました、小沢です」

互いに名刺を交換する。朝陽新聞、記者、浜崎士郎《しろう》とあるが、役職名などは何もない。

津原が促し、浜崎が向かいに座る。小沢はもう一人分の茶を淹れにカウンターに入った。

あのときも思ったが、浜崎は、なかなか端整な顔をした男だった。ただ華奢なのに加えて、背が低い。これで背さえ高ければ、相当いい男に見えるだろう。歳の頃は、津原たちより少し上といった感じだ。

「……で、杉並署の刑事さんが、なぜ私なんかに」

ここに来るまでに、どう話を切り出すべきかについては、いろいろと考えてきた。自分たちは奥山の言葉に従って、浜崎の居場所を調べ、連絡をとり、こうやって待ち合わせた。馳卓という、森本事件の最重要参考人だった男の、アリバイを捏造した刑事の言葉に従って、だ。

どう切り出すべきか。

だが、結局津原が選んだのは、小細工などせずに正面から挑む直球勝負だった。

小沢が浜崎の前に湯飲みを置く。そのタイミングで、始める。

「警視庁捜査一課の、奥山という警部補を、ご存じですか」

浜崎が首を縦に振る。茶を出した小沢に会釈をしたのか、津原の質問に頷いたのか、はっきりしない。

「彼からあなたのことを伺い、お電話しました。あなたとは、練馬署でお会いしてますね」

小沢がちょっとこっちを見たが、かまわず続ける。

「植草巡査部長の自殺に関して、あなたがどういう記事をお書きになったのかは、私には分かりません。ですが、一般的には、植草は曽根に不当な取調べを行ったことに対して、責任をとる形で自殺をした……そういう解釈に、なっているようです。どうですか。その点に関して、浜崎さんは」

真っ直ぐな形の眉が、段違いにひそめられる。

「……そんな怨《うら》み言《ごと》を言うために、わざわざ私を呼び出したんですか」

淡々とした答え。その裏にある心理は、まだ読めない。

「いえ、そういうわけではありませんが……では浜崎さんは、馳卓という人物を、ご存じですか」

すると一瞬、瀬戸物の灰皿が置いてある辺りで、視線が止まった。

「ご存じ……なんですね」

静かに顔を上げる。

「馳卓と、この件と、どう関係があるんだ」

表情にこれといった変化はない。どういう了見で訊き返してきたのか、全く読めない。

「馳は、一昨年の暮れに起こった、宝飾店店主、森本隆治殺害事件の、最重要参考人でした。初動捜査の段階で、彼にはアリバイがあるとされていましたが、それが……最近になって、崩れた。その一方で、森本事件の被告として法廷に立った曽根明弘は、警察による不当な取調べを訴え、起訴事実を全面否認。同じ日の夜、植草は交番の居室で、首を吊った状態で発見された……」

浜崎の顔色を見る。まだ、変化はない。

「逆に、お訊きします。この件に馳卓は、どう絡んでいると感じますか」

「どうって……そう、急に言われてもね」

鼻で溜め息をつき、ジャケットの内ポケットからタバコの箱を取り出す。銘柄はハイライト。灰皿に入っていた、この店のマッチで火を点ける。

「……それ、奥山さんは、なんて言ってんの」

馳のアリバイを捏造したのは自分。だがそれは当時の刑事部長、現関東管区警察局長である、岩城繁男警視監から頼まれたことと告白した――などとは、口が裂けても言えない。

「彼は……あなたなら、馳の居場所を知っているかもしれないと、言っていました」

「ハァ？」

裏返った声と共に、大きく煙が吐き出される。

「あんた……馳が何者だか、知ってて言ってんの」

何者かと言われれば、傷害致死の前科を持つ、消費者金融の取り立て屋、ということになるが、むろん浜崎が言いたいのは、そういうことではあるまい。

黙っていると、浜崎は苛立ったように、半分くらい吸ったタバコを灰皿に捻じり潰した。

「馳ってのはね……まあ分かりやすくいえば、國永会の便利屋だよ。頼まれたらなんだってやるらしいよ、奴は」

國永会といえば、全国で最大の規模を誇る右翼団体だ。むろん、指定暴力団でもある。

「確かですか、それは……」

「ああ。俺の知り合いが、ヤクザネタの暴露本に馳のことを書いて……むろん、匿名でだよ。なのにそいつ、三ヶ月後には自殺したからね。自宅アパートで、首吊って」

首吊り、自殺――。

砂だらけの冷たい手で、背中をズルズルと撫でられたような。そんな怖気に、津原は震えた。

「ひょっとしてその、知り合いという方の遺体左手首には、痣のようなものが、ありませんでしたか」

もしそうなら、森本殺し、植草の自殺と共通点が見出《みいだ》せる。

「いや……そこまでは、知らない」

浜崎はまた一本、ハイライトを銜えた。

「そうですか……」

津原も一服することにした。

男三人で吸い始めると、さすがにテーブル周りの空気は白み、息苦しく感じるようになった。気を利かせた小沢が換気扇のスイッチを入れにいく。

津原はその間、ずっと次の一手を考えていた。

奥山による、馳のアリバイ捏造の話さえ出さなければ、ちょっとくらい岩城の名前を出しても、大丈夫なのではないか。

いや、相手は新聞記者だ。下手なことを言って、それがスキャンダルの端緒にでもなったら、津原のクビ云々では済まない事態になる。警視庁、下手をしたら警察庁をも巻き込む一大スキャンダルになる可能性がある。

いやいや。やましいことがあるからスキャンダルになるのであって、それがないのであれば、こんな繁華街のはずれの居酒屋で、ちょっと名前が出るくらい、なんの問題もないのではないか。

頭の上で、低い機械音が鳴り始める。

津原はタバコを消し、いったん姿勢を正した。

「浜崎さん。ちょっと、変なことを訊くようですが、その……馳と、現在、関東管区警察局長である、岩城繁男氏とは、何か……関係が、あるんでしょうか」

浜崎の、灰皿に伸ばした手が止まる。

「……今度はなんだ」

「ですから、岩城繁男警視監と、馳卓です」

再び動き出した、意外と太い指先が、ぽんぽんとタバコの灰を叩き落とす。

「……さっき、馳は國永会の人間だって言ったじゃない。それで、ピンとはこないの」

もしかしたら、組織犯罪対策部の人間なら察しがつくのかもしれない。だが、迷宮入り事件の再捜査や殺人事件の応援部隊をやっていた津原には、ちょっと難度の高いクイズだった。

いいえ、とかぶりを振ると、浜崎は呆れたように溜め息をついた。

「……岩城繁男の、舅は？」

あっ、と思ったが、すぐには思い出せなかった。小沢も顔をしかめるだけで、具体的には答えられそうにない。

「元警察庁長官、名越和馬だよ」

そう、そうだった。いつだったか、誰かから聞いたことがある。

時代遅れと思うだろ、政略結婚なんて。ところが、いまだにあるんだよ。ほら、岩城刑事部長。あの人がいい例さ。あの人のお舅さんて、元警察庁長官の――。

しかしそれと、國永会は、どう関係している。

浜崎が小首を傾げる。

「今その、名越和馬が何やってるか、あんたら知らないの?」

恥ずかしながら、かぶりを振るほかない。

「しょうがねえな……日本交通保安事業会の、常務理事だよ。交通保安業界といったら?」

そこはさすがに、ピンときた。

「……堂島《どうじま》か」

堂島慎一朗《しんいちろう》。最近でこそあまり見かけなくなったが、ちょっと前までは交通安全のテレビコマーシャルによく出ていた人物だ。学生時代は気にも留めなかったが、警察官になってから先輩に教えられた。

見たことあるだろ、この爺さん。この人、交通安全関係の業界を牛耳《ぎゅうじ》ってるだけじゃなくて、右翼の大ボスなんだぜ。知ってるだろ、國永会って。あれの親玉が、この爺さんなんだよ。

浜崎が、フウと大きく吐いて吸い差しを捨てる。
「分かるかい、刑事さん。つまり、もとあんたらのトップを張ってた男が、今や右翼の、あの堂島が仕切ってる財団法人の、常務理事に納まってるんだよ。警察庁長官まで勤めあげたあと、警備会社かなんかに天下《あまくだ》って、その次にもぐり込んだのが……」

警備会社？

「ちょっと待った」

思わず、声が大きくなった。

浜崎が訝るように目を細める。

小沢も、同じような表情でこっちを見た。だが腹にあるのは、むしろ津原と同じ驚愕《きょうがく》であるはずだ。

「浜崎さん。その、名越和馬が天下った、警備会社の名前って、分かりますか」

「名前って、社名？　いや……どうだったかな」

でも、いい。たぶん、調べればすぐに分かる。

おそらくそれは、南関警備保障という会社であるはずだ。

おぼろげにだが、散らばっていたピース同士が、少しずつ、繫がりを持ち始めたように感じた。

森本を殺害したのは、たぶん、馳卓。彼が籍を置く右翼団体、國永会のトップが、堂島慎一朗。そして、堂島が牛耳る交通保安関係の財団法人の世話になっている、元警察庁長官の名越和馬は、警察庁退職後、南関警備保障に天下っていた可能性があり、また彼の娘婿が、前警視庁刑事部長の岩城繁男で、その岩城が奥山に、馳のアリバイ作りを指示し、お陰で森本事件は一度、迷宮入りになった。しかしその再捜査と、曽根明弘と、植草の自殺は——。

駄目だ。もっと整理する必要がある。いや、必要なのはさらなる情報か。あるいは具体的な証拠か。

津原が考え込んでいる間、浜崎はずっと、黙って茶をすすっていた。小沢も情報整理に四苦八苦しているのか、眉根を寄せたまま口をつぐんでいる。

ひと区画向こうには、青梅《おうめ》街道が通っている。絶え間なく行き来する車のエンジン音。タイヤが地面を嚙む音。ときおりクラクション。そんな諸々が幾重《いくえ》にも折り重なり、街の空気を低く揺さぶっている。

かと思えば、豆腐屋の吹くラッパの音が裏の方から聞こえてくる。子供の頃、祖母はよく豆腐屋を呼び止めて、半丁買っていた。そんなことを、わけもなく思い出す。

ふいに、浜崎が口を開いた。

「……仮に、その」

豆腐屋のラッパは、まだ遠くで続いている。

「はい」

少し言いづらそうに、浜崎は目を伏せた。

「植草って警官の自殺に、いま言った連中が係わってるんだとしたら、そりゃまあ確かに、馳の……仕業なのかも、しれないな」

鈍りかけていた思考が、一気に覚醒するひと言だった。

「それは、どういう意味ですか」

「……だから」

浜崎は言いながら、ハイライトの箱を縦に振った。飛び出した一本。茶色のフィルターを前歯で嚙む。

「さっきの、自殺したって知り合い……そいつが馳について書いたことで、何がヤバかったって……『吊るし屋』って書いちまったのが、一番ヤバかったらしいんだ」

浜崎がマッチをこする。吸い込みながら火を点け、ゆっくりと、吐き出す。

津原は唾を飲み込み、続く言葉を待った。

「……どうやってやるのかは、もちろん知らないけど。でもどうも、奴は見た目が自殺と全く変わらないように、人に、首を吊らせることができる……らしいんだな。それでついた渾名《あだな》が……吊るし屋。下手を打った官僚とか、政治家とかが、よく首吊るでしょう。別に、全部とは言わないけどさ……ああいうのの何割かは、馳の仕事だって噂だぜ。だから、その植草って警官も、馳に吊るされちゃった可能性は……まあ、なくはないんじゃないの」

自殺と変わらないように、首を吊らせる？

馳は少年時代、二度も国体に出場経験がある柔道の猛者《もさ》だ。確かに柔道の絞め技を使えば、相手を失神させることは難しくない。そのあとでどこかに吊るせば、自殺に見せかけることも可能なのかもしれない。ただ、そう毎度毎度上手くいくとも思えない。相手だって、ある程度は抵抗するはずだ。裸絞めなら、腕を引っ搔かれたりもするだろう。そうなったら、マル害の爪に何かしらの痕跡が残ることになる。

待て。あの、左手首の痣が、それと何か——。

ふいに浜崎が腕時計を覗き込む。

「あ、もうこんな時間か……悪いね。もう次んとこ行かなくちゃ。間に合わないや」

慌てたように立ち上がり、框《かまち》に腰を下ろして靴を履き始める。津原たちはなんとなく、その丸まった背中を眺めていた。

やがて浜崎は立ち上がり、肩越しに振り返った。

「あんたらもせいぜい、気をつけた方がいいぜ。こういうことにやたらと首突っ込んでると、そのうち、ヒュッ……てな。植草みたいに、吊るされちゃうかもしれないぜ」

言い終えると、じゃあなと手を振り、出口に向かう。

豆腐屋のラッパは、もう聞こえない。

4

交番は、小さくて、規則正しくて、平和な世界だ。

まず、朝八時半前後から、夕方五時十五分前後までの、第一当番。

翌日は、午後二時半頃から翌朝十時半頃までの、第二当番。その後、深夜零時までが非番。翌朝までは休みになる。

そして最後に、日勤。これは通常勤務になる場合も、休みに当てられる場合もある。

この四日ワンセットが、延々繰り返される。

この交番の管轄は、世田谷区羽根木一丁目と二丁目、大原一丁目と二丁目、それと、松原五丁目の一部、代田《だいた》四丁目の一部だ。

どこも住宅街で、殺人事件などはまず起こらない。それよりも空き巣、車上荒らし、ひったくりなんかが多い。

事件が起これば現場に駆けつける。だが、捜査はしない。現場を保全して、前後の道を塞いで、野次馬を整理する。それだけ。現場が落ち着いたら帰る。交番に帰るか、本署にかは、そのときの当番による。

その日も、特筆すべき事件などはなかった。第二当番に当たっており、夕方で第一当番の連中が上がったら、あとは翌朝まで、平和な時間潰しをし続けるだけだった。

夕方の十七時半。交番前に出て立番を始めた。

一方通行の道路の彼方。少しずつ暮れていく西の空を、ただ黙って眺めるのも、なかなかいいものだと思っていた。この物悲しい感じが、なんとなく好きだった。

お前、カノジョいないのか。

急に後ろから先輩に訊かれ、思わず吹き出してしまった。

いませんよ。前にも言ったじゃないですか。そう答えると先輩は、じゃあ今度、ソープ奢ってやるから一緒に行こう、と言った。

それ、先輩の馴染みの店なんですか。まあね。いい娘《こ》いるんですか。そりゃいるさ、ブスだけどオッパイでかいのがな。

なぜか二人で笑った。だが、一緒に行く気は完全に失《う》せていた。

少しして、先輩が奥に引っ込んだところを狙ったように、電話がかかってきた。といっても、交番に設置されている警察回線の固定電話ではない。自分の携帯電話にだった。勤務中の私用電話は禁じられていたが、何か予感があったのだろうか。そのときは、特に躊躊うこともなく取り出していた。

ディスプレイの表示を確認した瞬間、背筋が、一気に冷たくなった。

あの男からだった。

交番前を離れ、無意識のうちに、隣家の生垣《いけがき》前まで移動していた。

もしもし。そう言って出ると、相手はいきなり、苛立った調子でこう言った。

お前、杉並署のデカに告げ口しただろう。

むろん、反論はした。自分はそんなことはしていない。確かに訪ねてはきたが、あなたのことは何も喋っていない。誤解だ。

どんなに必死に訴えても、自分にかけられた嫌疑は晴れなかった。お前、大事なことを忘れているんじゃないのか。裏切ったらどうなるか、忘れたのか。

忘れてない。忘れてないからこそ、自分は一切喋らなかったんだ。分かってくれ。もし何かあったんだとしても、それは自分じゃない。違うんだ。そうじゃないんだ。

それでも駄目だった。

お前これから、植草遥のマンションに来い。

それは無理だと断わった。今は勤務中だ。抜けられるわけがない。だが、そんなことで納得してくれる相手でないことも、悲しいかな承知していた。

すぐに来い。着替えてる暇なんかないぞ。制服のままでいいから来い。三十分以内に。

確かに中野までは、電車で行けば三十分くらいの距離だ。だが、この恰好で電車に乗るわけにはいかない。必然的にタクシーということになる。それも充分変ではあるが、移動手段はそれしか考えられなかった。分かった、三十分で着けるかどうかは分からないが、とにかく行く。そう答えて電話を切った。

先輩には黙って、そのまま交番を離れた。一方通行の道を逆に走って環七まで出て、すぐにタクシーを拾った。

運転手に行き先を告げると案の定、怪訝な目で見られた。いいから行ってくれと怒鳴ると、彼は渋々頷きながら、サイドブレーキを解除した。

道中は、遥が今どういう状況に置かれているのか、そればかりを考え過ぎて、気が狂いそうになった。かといって、急に別のことを考えられるものでもない。発狂寸前まで遥について考えて、ふと正気に返り、慌てて窓の外に目をやって狂気をやり過ごし、だがそれでもまた考えてしまい、今度は反対の窓を凝視する。そんなことを、ずっと繰り返していた。

途中で、一度だけメールを打とうと思ったが、やめた。

それは、あまりに虫のいい話だ。

中野のマンションに着いてみると、やはり三十分は過ぎていた。ちょうどそこで警視庁貸与品の携帯電話が鳴ったが、持ち場を離れた理由など説明できるわけがない。出ずに済ませるしかなかった。

　エントランスのインターホンで六〇八号を呼び出し、回線が繫がった音がしたので名を告げた。すぐに、入り口ドアのロックが解除された。他には、返事も何もなかった。

　エレベーターに乗り、六階で降りる。真っ直ぐ行って、六〇八号室の前に立った。

　ドアノブを捻《ひね》り、引いてみると、なんの抵抗もなく開いた。微かに遥の匂いがしたが、迎える声はなかった。

　ドア口で再び名を告げ、玄関に入った。廊下は暗かったが、奥のリビングには明かりが灯っていた。玄関ドアを閉めると、ようやく奥から声がした。早く入ってこい。男の声だった。

　従うしかなかった。

　靴を脱いで、廊下を進んだ。その間、物音も、声も、何もしなかった。遥は今どういう状況にあるのか。口を塞がれているのか。目を塞がれているのか。縛られているのか。

　やめてくれ、やめてくれ。その心の内の叫びは、誰に向けられたものだったのだろう。妄想の中のあの男か。それとも、その忌《い》まわしい妄想にとり憑《つ》かれた、自分自身に対してだったのか。

　リビングに入ると、ようやく、現実の遥と対面することができた。

　彼女は入って左奥、ソファに座らされていた。

目は開いている。黒く大きな瞳を、痛ましいほど潤《うる》ませてこっちを見ている。口も、塞がれていない。口紅をしていないのかまったく赤みはないが、それでも異状はなかった。服もだ。ちゃんと着ていた。

ただし、隣にはあの男がいた。銃を構えて。銃口を彼女のこめかみに押し当てて。横目で辺りの様子を窺ったが、他にも誰かいるのか、いないのかは、分からなかった。

男は目線で命じた。隣の部屋に行けと。頷き、後退りすると、早くしろと怒鳴られた。

隣というのは、亡くなった植草の部屋だ。

ドアを開け、明かりを点ける。白い壁際には、シンプルな黒いデスクと、同じ色の椅子があった。隣にあるパイプ式ラックには、CDや書籍がきちんと並べられている。オーディオはケンウッド。窓には水色のブラインドカーテン。右手はクローゼット、その上がロフトになっている。

ドア口に立った男は、隣に彼女を従えていた。銃口は片時もこめかみからはずさない。男は目だけをこちらに向け、クローゼットからベルトを取り出せ、と命じた。確かに、開けると扉の内側に、紳士物のベルトが六本掛かっていた。見覚えのあるものも、ないものもあった。男は二本持ってこいと言う。大人しく、従うほかなさそうだった。

次に、梯子でロフトに上り、パイプ製の柵に、一本目のベルトを括りつけろと言う。できたらもう一本で輪を作り、最後に、双方を固く結べと言う。

見ると、男は不敵な笑みを浮かべていた。遥は涙を流し、こっちにかぶりを振ってみせた。

むろん、自分が何をすべきなのか、何をしなければならないのかは、もう分かっていた。だが分かったからこそ、できなくなった。

やるつもりではいた。男の言葉の全てに従う気でいた。ただ、手が、言うことを聞かなくなっていた。正直に言うと、膝も震え始めており、立っていることすら難しかった。

男が怒鳴る。この女がどうなってもいいのかと。

今まで、散々聞かされてきた脅し文句だった。遥を汚して、汚して、骨の髄《ずい》まで汚し尽くしてやるという、淫《みだ》らな悪夢の予告編だ。冒瀆《ぼうとく》の独唱曲だ。

分かってる。やるよ。やるから。ちゃんと死んでみせるから。だから――。

遥が、声をあげて泣き始めた。黙れと男が彼女を小突く。それを止めることもできない、咎めることもできない自分が、心底情けなかった。死んでやるさ。キサマの望み通り。そう思うと、少し手が動くようになった。

ただ、確かめておかなければならないことがある。

自分が死んだら、本当に彼女は、助けてくれるんだろうな。

男は言った。

大丈夫だ。この女だって、お前が無様《ぶざま》に死んでいく姿を目の当《ま》たり《あ》にしたら、俺たちに逆らおうなんて気は一生起こらなくなるさ。

そうじゃない。彼女を自由にしてくれと言ってるんだ。

男はおどけてみせた。おお怖い。安心しろ。悪いようにはしねぇよ。泡風呂に沈めたりしねえから、安心して死にやがれ。ほら死ね。早く死ね。さっさとその輪っかで、楽になっちまえよ、ガキが。

奇《く》しくも自分が選んだのは、植草が、特捜時代によく身に着けていたものだった。ステッチも何もない、黒革のベルト。ただちょっと、金のバックル部分に洒落たデザインが施されている。よく見ないと分からないのだが、絡まった蔦《つた》のような柄が、エンボス加工で入っている。

そのバックルを用いて作った輪に、自分の頭を通す。ゆるみがないか確かめろと言われたので、引っ張って、確かめた。残念ながら、大丈夫そうだった。自分の体重で柵が壊れ、ぶら下がった瞬間に落下する、などということもなさそうだった。

輪を、首の大きさまで縮める。首輪を初めて巻かれた犬も、こんな違和感を感じるのだろうか。最初は少し冷たかったが、革はすぐ体温に馴染んだ。

「大河内さんッ」

自分にはもう、返すべき言葉もなかった。

ただ、頷いてみせるだけだった。

遥ちゃん。僕は、本当に、あなたが好きでした。

あなたの瞳が、澄んだ声が、癖のない黒髪が、大好きでした。

「やめて大河内さんッ」

でも僕には、あなたを守るだけの力がなかった。だからこうやって、少しでも、あなたの役に――。

「ダメよ、大河内さん、ダメッ」

遥ちゃん。大丈夫。きっと、津原さんが助けてくれるから。あの人なら、きっとあなたを、助け出してくれるから。そして守り続け、愛し続けてくれるから。

そう信じて、僕は、逝きます。

「私は……どうなってもいいから……ダメだよ、大河内さん、やだよ……」

宙に踏み出す。と同時に、ギュ、と首輪が鳴り、顔が破裂するほど血が溜まり、鼓膜が、痛くなり、首の骨が、抜けるような感覚を、味わった、その瞬間――。

5

浜崎から得られた情報は、どれも爆弾級の衝撃を持っていた。

奥山に馳のアリバイ作りを指示した岩城警視監は、元警察庁長官である名越和馬の娘婿

である。そのことは小沢が知り合いに問い合わせ、すぐに間違いないと確認できた。そ
の名越和馬は警察庁を退職後、いったんは警備会社に天下ったということだった。そ
れがなんという会社だったのかを調べるのは、少々手間どった。
インターネットカフェに入り、まず南関警備保障のオフィシャルサイトを閲覧した。だ
が、現在の社長や取締役、顧問の名前は載っていても、歴代の役員までは掲載されていな
かった。
次に、小沢が普段利用している企業データバンクのサイトにアクセスした。だがこれも
また、ログインIDが間違っているのかパスワードの不一致なのか、なかなか会員専用ペ
ージを開くことができない。会員ページを開けないと、過去の取締役などまでさかのぼっ
て調べることはできないという。
「お前、いいかげんにしろよ」
「うっせえなバカ。今やってんだから一服でもしてろよ」
会員ページが開けたのは、作業開始から小一時間経った頃だった。なんてことはない。
アルファベット大文字の「O」と数字の「0」を間違えて入力していただけだった。
「普通、そういうID割り当てられたら、自分で分かりやすいように変更するだろ」
「忙しかったんだよ。っつか、企業云々なんて滅多に調べないから、忘れてたんだよ」
開くまでに時間はかかったが、調べ始めたら知りたい情報はすぐに見つかった。

名越和馬は昨年の三月まで、南関警備の特別顧問という立場にあったようだ。

小沢が、音をたてて唾を飲み込む。

「……っつーことは、森本事件当時も、名越は南関警備にいたことになるな」

「そう、だろうな」

むろん、その九日前に発生したジュエリー・モリモト強盗未遂事件のときも、名越は南関警備にいたと考えられる。

その後、昨年の四月。南関警備保障特別顧問の職を辞した名越は、日本交通保安事業会の常務理事の座に収まり、現在に至っている。

つまり、岩城の上には名越がいる。

同じように、馳の上には堂島がいる。そういうことだ。

そんな堂島は、交通保安業界の首領。名越は今、堂島の広げた巨大な傘の下で、甘い汁を吸って安穏《あんのん》と暮らしている。この二人も、ちゃんと繋がっていた。

そして岩城は刑事部長時代、森本事件の最重要参考人であった馳卓のアリバイ作りを、奥山警部補に指示。同事件が迷宮入りしたのちに警視庁を離れ、関東管区警察局長の職に就いている。

少し、整理してみよう。

一連の事件の発端は、一昨年の十二月二十一日に起こった、ジュエリー・モリモト強盗未遂事件だと思ってまず間違いない。曽根が同店に刃物を持って侵入し、だが森本隆治に気づかれ、何も盗らずに逃げ出したことも、去年の捜査で明らかになった通りなのだろう。

だがその九日後、森本隆治は殺された。店からさして離れていない路地で、何者かに刃物で刺されて。再捜査の段階では、その犯人は曽根だと思われていたが、奴は第一回公判で起訴事実を全面否認した。

もし、曽根が真犯人でないのだとしたら。

初動捜査時に、奥山がわざわざアリバイを捏造してやった馳卓が最も疑わしいことになる。森本を殺したのは、馳卓。だがそうなのだとしたら、馳が森本を殺害した動機とは、なんだったのだろう。

浜崎の発言を信じるならば、馳は國永会の便利屋なのだから、間接的には堂島慎一朗の意思に従って動いたものと考えられる。一方で、堂島と名越は繋がっている。当時の名越は南関警備の特別顧問。強盗未遂を起こしたのは、元南関警備の警備員、曽根明弘。

こういう仮説はどうだろう。

「英太」

森本は目出し帽をかぶった強盗犯が曽根であることを見抜き、南関警備にクレームをつけに行った。森本がどういうスタンスで訴えたかは分からないが、仮に脅すような態度だったとしたら、どうだ。そのことは当時の特別顧問、名越和馬の耳にも入り、彼は頭を抱えたに違いない。自分が指導している警備会社から、よりによって強盗犯が出たのだから。

「ケータイ鳴ってっぞ、英太」

名越はこの件について、堂島に相談する。堂島はこれを受け、トラブルの火消しを馳に命ずる。それが「殺せ」という直接的なものだったかどうかはさて措き、とにかく馳は、一昨年の十二月三十日の夜——。

「こら英太ッ」

脳天に衝撃を受け、我に返った。どうやら、考えごとに没頭してしまっていたようだ。

「……痛えな、バカ」

「誰がバカだ。携帯鳴ってるっつってんだろがボケ」

マナーモードにしていたので気づかなかった。確かにバイブレーターが、ブーブーいっている。

インターネットカフェの、狭苦しい二人用ブース。津原は予備の椅子に投げ出していた上着をすくいとり、内ポケットの携帯電話を取り出した。

「メールだ……」

だが、開いてみて驚いた。

「おい、これ……」

そのまま、小沢にも見せる。

【今、中野にいます。遥さんが危ないです。すぐ来てください。 大河内守】

小沢の顔色が変わった。

「どういうこった、こりゃ」

そんなこと、津原にだって分からない。

「とにかく、行くしかねえだろ」

ネットの閲覧履歴を消去する間も惜しんで、荷物だけを抱えてブースを出た。津原が伝票のクリップに千円札を二枚噛ませ、釣りはいらないと言って店を出た。

外はもう、すっかり夜だった。

駅まで走った。新宿から中野はJR中央線快速でひと駅、各駅でも三つ。トータルでも、マンションまでは三十分とかからないはず。

「遥ちゃんが危ねえって、どういうこったよ」

「知らねえよ」

「かけてみろよ一応」

走りながら、電車に乗りながら、津原はなりふりかまわずかけ続けた。が、大河内も遥も、電話には出なかった。

そんなこんなしているうちに中野駅に着き、さらに走って遥のマンションまで行った。

時刻は十九時半を四、五分過ぎている。

エントランスホールに飛び込み、インターホンで六〇八号室を呼び出す。だが、何度やっても反応がない。

「ちっくしょうッ」

そのときだ。

津原は視界の端で、何者かの、不穏な動きを捉えた。

入り口を含めると、ほぼ三方がガラス張りになっているエントランスホール。津原が何かを見たのは、駐車場に面した窓だった。

ゲートも何もない、駐車場の出入り口通路。街灯が近くにあるため、周辺は比較的明るい。しかしその向こう、螺旋状《らせんじょう》の非常階段辺りは、ちょっと暗くて見づらくなっている。

「あっ」

そこだった。誰かいる。今まさに、上から駆け下りてきたような人影がある。階段の一番下まできて、外に出る鉄格子のドアを開けようとしている。

「お前、管理人呼んどけ」

そう言って小沢の肩を叩き、自分はエントランスホールから飛び出した。

「えっ、おい、なんだよ英太ッ」

答える間が惜しかった。非常階段を下りてきた人物は、もうドアを出て、全力で歩道を走り始めている。黒っぽいハーフコート。似た色のパンツ。ニット帽かキャップか、頭も真っ黒で丸い。

待て——。

追いながら、そのひと声をかけるべきか否かを迷った。だが決心がつかないうちに、黒装束の男は道を左に曲がった。

曲がり角も、街灯でだいぶ明るくなっていた。お陰で一瞬だけ、男の横顔が見えた。しかし、それで充分だった。

馳、卓——。

とても人のものとは思えない、赤茶色の頬。

対照的に白い、目の周りの皮膚。

胸の中に、腐敗した何か、たとえばゾンビの手のようなものが、ぐっと侵入してくる。そんな幻覚を味わった。

足が止まりそうになり、だがすぐ気を取り直してまた走った。

角の向こうから、バイクのエンジンがかかるような音が聞こえた。角を曲がると案の定、黒装束の男はバイクに跨《また》がり、まさにヘルメットをかぶったところだった。

「待て馳ッ」

思わず声に出していた。

シルバーの、フルフェイスのヘルメットが一瞬こっちを向く。目の部分は黒いシールドになっており、表情も何も分からない。

「おいこらッ」

その程度の制止で待ってくれるとは、津原自身も思ってはいない。

バイクは青白い煙をこっちに噴き出し、急発進。

「待てッ」

手を伸ばしたが届かなかった。せめてナンバーをと思ったが、それも駄目だった。白い紙であらかじめ隠されていた。車種はたぶんヤマハの、五〇CCとか、二五〇CCとか、それくらいのタイプだ。バイクに詳しくない自分が情けなく思えたが、あとの祭りだった。

馳の乗ったバイクは次の角を右に曲がり、見えなくなった。

しかし、ここでぐずぐずはしていられない。

津原はマンションの方に取って返した。


ガラス張りのエントランスホールには、小沢以外にも誰かいた。エプロンをした中年女性。交渉は成立したのか、津原が着く前にホール奥のドアは開けられていた。

津原が入ると、二人ははっとしてこっちに顔を向けた。

「あれが連れです……おい、早く」

手招きする小沢に頷いてみせる。管理人であろうその女性には警察手帳を提示する。分からないとは思うが、こっちが本物だ。

「失礼します。六〇八号の植草さんの部屋に」

「はい」

「緊急事態です」

「はい、伺っております」

彼女に付いてくる意思はなさそうだった。六〇八号の鍵を借り、小沢と二人でエレベーター前まで走ったが、彼女はずっと、出入り口のところに突っ立ったままだった。

エレベーターはすぐに来た。

ドアが開くと同時に入り、「6」に続いて閉めるボタンを押した。

がくん、とカゴが動き始める。

念のため、携帯電話の電源は切っておこうと申し合わせた。さらに、ドアが開いても慌てて飛び出すな、と小沢には忠告した。相手が逃げていった馳一人とは限らない。六階でドアが開いて、いきなり撃たれる、などという状況も、ないとは言いきれないのだ。

小沢は、分かってる、と低く呟いた。

いつのまにか、動悸《どうき》が激しくなっていた。ふと、前回遥と乗ったときの記憶が甦りかけたが、津原は奥歯を嚙み締め、余計な想いを意識の外に追いやった。

六階に着いた。

大袈裟に揺れながらドアが開く。

生ぬるい夜気が流れ込んでくる。

各戸のドアは左手。外廊下のため、右手には周辺の住宅街が見下ろせる。

廊下には、誰もいなかった。六〇八号のドアも閉まっている。

注意しろとは言ったが、走り出したのは津原の方が先だった。ひと息のうちに六〇八号の前まで達する。物音、人の声、何もしなかった。

ドアノブを握る。少し引いてみる。鍵は掛かっていない。

小沢と目配せする。

一気に開け、だが飛び込まずに様子を窺った。

依然、物音も声もしない。中には多少だが明かりがある。おそらく、奥のリビングのものだ。

大丈夫そうだ。そういう意味で頷き、津原が先に入った。

案の定、明かりがあるのは廊下の先、ダイニングを兼ねたリビングだった。

一応、靴を脱いだ。見ると遥のパンプス、大河内のものであろう黒い短靴がある。他にはない。

「おい、守……」

津原が呼んでも、返事がない。

そのまま奥に進む。こういうとき、拳銃があったらどんなにいいだろう。玩具でもいい、構えるものがあったら――そんな下らない考えが脳裏をよぎる。

覗いてみたが、リビングに人影はなかった。

見回すと、死んだ植草の自室のドアが開いており、そっちにも明かりが点いている。目で小沢に示す。小沢も頷いて返す。

津原が右、小沢が左という陣形でドアに近づいていった。

ツン、と鼻を突くような臭いがした。なんだ。火薬か。

ドア口まで来た。

その瞬間だ。

「……守ッ」

小沢が、いきなり室内に飛び込んだ。

制止する間もなかった。津原も、反射的に続いた。

小沢が見た方を見る。

確かに、大河内はそこにいた。

ただ、足が――床から、浮いていた。ロフトの柵と、自分の首を、帯状の何かで繋いだ状態で、だらりと、ぶら下がっていた。

妙な恰好だった。斜め上を見上げるような、不恰好な首吊りだった。それでも、もう、助からないことはひと目で分かった。

その段になって、初めて部屋の反対側に目を向けた。

「あっ……」

馳の共犯者がいたら、絶対に撃たれるか刺されるかしていた。そんなタイミングだった。だがそこにいたのは、馳の仲間ではなかった。

「遥ちゃん……」

モスグリーンのワンピース。その胸を、黒く濡らした、

「遥ちゃん」

彼女がそこに、横たわっていた。

思わず駆け寄った。細い体を抱き起こした。体温はまだあった。だが、力は完全に抜けきっていた。

何度も名前を呼んだ。白い頬を叩いた。それでも彼女は、目を開けてはくれなかった。顎のすぐ下、喉元の肌に触れた。感じられるはずの脈動は、いくら探しても、どこにも見つけられなかった。

胸を押して、心肺蘇生《そせい》を試みようとも思った。だができなかった。掌が、彼女の血で濡れるのだ。少し押すだけで、真ん中に開いた穴、心臓の辺りに開いた穴から、血が、あとからあとから、あふれ出てくるのだ。

「アアァァァーッ」

抱き締めた。抱き締めて、名前を叫んだ。どうして。なんで。繰り返しそう訊いた。人工呼吸も試みた。一度だけ合わせたことのある唇は、あのときより少しだけ冷たく、乾いていたけれど、でも、同じように柔らかだった。遥の匂いがした。遥の息。遥の髪。遥の肌。辺りに漂う血の臭いを除けば、全てがあのときのままだった。なのに遥は、目を開けることをしなかった。息をすることもなかった。あのときのように、この首に、力一杯抱きついても、くれない。

「アアッ、アアッ、アッ、アアァァァーッ」

壊れるほど抱き締めた。壊れたら、真新しい遥が帰ってきてくれるかもしれない。馬鹿な考えは百も承知で、でもそう思って、ただ抱き締めた。叫んだ。他の誰かに壊されるくらいなら、この俺が壊せばよかった。そうだ、壊したのは俺だ。だから、壊した奴を殺す資格を俺にくれ。壊したのは俺だから、そいつをぶち殺す資格を、権利を、誰か、この俺に与えてくれ――。

愛してた。愛していたんだ。自分でも怖くなるくらい、この人を愛していた。でも、未来が怖かった。この人がいない未来。この人を、失うのが怖かった。いつかこの人を失う日が来るのが怖くて、だから今、愛することまで怖くて堪らなかった。

でも、自分が怖れていた別れは、こんなものでは決してなかった。こんなふうにあなたを失うことが分かっていたら、自分は、絶対に躊躇ったりしなかった。躊躇わずに愛していると言っていた。嫌がられても、拒まれても、愛している、ただそれだけを理由に、あなたのそばを離れなかった。決してあなたを一人になんてしなかった。

遥、遥、遥――。


気がつくと、自分まで血塗れになっていた。

小沢は少し離れたところで、胡坐《あぐら》を掻いてうな垂れていた。

大河内は、まだぶら下がったままだった。よく見ると、腰から真下に、何か紐《ひも》のようなものが伸びていた。それは床に転がった、黒い、リボルバーの拳銃に繋がっていた。

この状況を見て、第三者がどう思うかは明白だった。

大河内が遥を撃ち殺し、直後に首吊り自殺をした。

むろん津原は、そんなふうには思わない。馳の姿をこの目で見ている。奴がこの状況を作り出したことは、疑う余地のないことだった。

立ち上がり、手で触らないようにして、大河内の右手の臭いを嗅いだ。キツく、硝煙の臭いが染みついていた。それでも、大河内が遥を撃ったとは考えられなかった。その気になれば、この程度の状況は誰にだって作り出せる。

まず、首吊り自殺に見せかけて、大河内を殺す。ここまでは馳の御家芸だ。仮説も検証も必要ない。その後に拳銃を奪って、遥を撃ち殺す。次に犯人は、あらかじめ用意しておいた別の拳銃を、大河内の死体に持たせ、撃たせる。弾頭が出ない細工をしたものでもいいし、何か弾を受け止める道具に向けて撃たせてもいい。とにかく弾頭をこの場に残さず、大河内の手に硝煙を付けさえすればいいのだ。警察は硝煙の細かい成分差まで、滅多なことでは調べない。

「……英太、通報しろよ」

津原はかぶりを振り、黙って、部屋から出た。胸を染めた遥の血が、少し乾いて、冷たくなってきている。

「おい、通報しねえで、どうするつもりだよ」

さあ。これから、どうしようか。とりあえず、何をしようか。

「……俺、警察……辞めるわ」

決して、考えて発した言葉ではなかった。だが、あながち冗談でもなかった。

もういい。刑事なんて、もういい。

「辞めて、どうすんだ」

衣擦《きぬず》れ。包み紙の音。ライターのやすりを弾く音。少しして、嗅ぎ慣れた、セブンスターの香り。

「……馳を、捜す」

吐き出された煙が、後ろから、津原を追い抜いていく。

「捜して……見つけたら、どうする」

殺す、のひと言はかろうじて呑み込んだ。

「分かんねえ」

「嘘つけ」

こんなひどいことがあったというのに、このマンションの住人は、それでも、何もしようとはしないのだろうか。警察を呼んだり、様子を見に来たり、しないのだろうか。

「分かんねえよ……見つけて、どうすっかは、未定だ」

歩き出すと、小沢の気配が追ってきた。

左肩に、軽い衝撃を受けた。たぶん、拳でつつかれたのだ。

「……いいぜ、付き合ってやるよ。どうせ、お前一人じゃ駄は見つけらんねえし、どうにかしようったって、できゃしねえだろう」

津原を追い抜いて、小沢が先に、玄関に出ていく。

「……オメェ一人に、そんな恰好つけさせるわけにゃ……いかねえんだよ。バカ野郎」

ふいに小沢は振り返り、ちょっとと言って、またあの部屋の方に戻っていった。

クローゼットを開け閉めする音がし、戻ってきた小沢は、シャツとジャケットを手に持っていた。

着替えろよ。この有り様だ。トシさんだって文句言いやしねえさ。
そう言って、彼は笑ってみせた。

第五章

1

穏やかな、日曜の午後だった。

遅い昼食を済ませたあと、書斎にこもって本を読み始めた。イギリスの古い経済小説だが、このところ、自身の語学力低下を痛切に感じていたため、あえて原書を選んで買ってきた。

案の定、昔のようなテンポではページをめくれない。どうしても意味が思い出せない単語がある。なんとか文脈から探ろうとするが、どうもしっくりこない。意地を張って辞書を引かずにいると、時間ばかりが無駄に過ぎていく。

誰かがドアをノックした。

「……お父様、私。ちょっといいかしら」

内緒話のような声。娘の依子だ。

「ああ、かまわないよ」

私は背もたれから体を起こし、本を閉じた。

音をさせないように少しだけドアを開け、依子が顔を覗かせる。彼女はいつも、この部屋には忍び込むように入ってくる。滅多なことで私の書斎を訪ねてはいけない、仕事の邪魔をするものではないと、幼い頃から妻に躾《しつ》けられて育ったせいだ。

「……どうした」

見ると、手には何か、薄っぺらい小冊子のようなものを持っている。

「うん……昨日の模試でね、どうしても分からなかったところがあるの。教えてもらえるかしら」

開かれたページにあったのは、媒介変数表示された曲線に関する、ちょっと意地悪な応用問題だった。

「どれ……」

私はペン立て付きのメモホルダーを持ち、椅子から立った。応接セットのソファに座るよう、依子には促す。そして彼女の隣に、私も腰を下ろす。

「こういうのはね……」

決して数学が得意なわけではなかったが、この程度の問題を解くくらいの頭はまだあるつもりだった。

おそらくこうだろうという解答を導き出し、それについて解説を加える。依子は頭のいい子だから、疑問点をちゃんと自分で把握し、質問も的確にしてくる。

二つほど問いに答えてやると、あそっか、と簡単に納得した。

「うん、ありがとうございました……でも、お陰で自信なくしちゃった。私が思ってた答えと、全然違うんですもの」

こんなとき、私がかける励ましの言葉は決まっている。

「本番前に問題点が分かってよかったじゃないか。人間は、一生勉強だからね……受験だけじゃないよ」

依子は今年の春、いくつかの大学に合格はしたものの、希望の学部に限っては落ちてしまっていた。よって、今は浪人一年目。二浪は絶対イヤ、というのが、このところ彼女の口癖《くちぐせ》になっている。

ドア口で今一度お辞儀をし、依子は出ていった。するとすぐに、内線電話の呼び出し音が鳴った。

机の上にある受話器をとる。

「……なんだい」

かけてきたのは妻だった。

『今、お父様から電話があって、繁男くんはいるかって言うから、いるって答えちゃったけど、かまわなかったかしら』

妻の公子は、自分の父親を「お父様」と呼び、私の父親を「福岡のお父さん」と呼ぶ。

「なんだ、いらっしゃるのか」

『そのようよ。私、ちょっと出ようと思ってたんだけど……また今度にするわ』

こんな休みの日に、名越が私に、一体なんの用だろう。


彼が現われたのは、夕方五時半頃だった。ちょうど時間だから夕食をとろうということになり、近くの蕎麦屋《そばや》に出前を頼んだ。それを依子も交《まじ》え、四人で食べた。友達と遊びに出ている優一の分は、キッチンにとっておくことにした。

「じゃあお祖父様、ごゆっくり」

食後の緑茶も飲まず、依子はさっさと自室に引き揚げていった。

すると名越は、思い出したように私の方を向いた。

「……そう。少々、込み入った話があるのだが……君の、書斎の方に、いいかね」

「ええ。どうぞ」

連れ立って書斎の方に移動すると、あとから公子が淹れ直した茶を運んできた。彼女は、依子もいるし、私はちょっと出てきてもいいかしら、と事もなげに言った。こんな時間からか、と私が訊く前に、名越がそれを許可した。いいよ、行ってらっしゃい。父親は娘に甘いという、ありきたりな図式がここにはある。私と依子の関係も含めて。

　公子が出ていくと、名越はなぜか、私の机の方に歩いていった。

　椅子の背後にある窓を開け、覗くようにして庭を眺める。もう暗くて、庭の芝生もほとんど見えない。

「……例の、赤坂の件だが。少々、荒れておってね」

　そのことか、と合点がいった。あの一件なら、あれからずっと経緯を見守っている。

「被告が、起訴事実を否認したそうですね。その責任をとって、元捜査員が自殺」

「うん……」

「例の、奥山という警部補が、報告してきましたよ。これで片がつくんじゃないですか、と」

　名越がこっちに向き直る。

「私のところにも、連絡はきとるよ。あの事件の、再捜査をした連中が、まだ裏でこそこそ動いているらしい」

　そんなことは、私の知ったことではない。そもそも名越は、その件に関しては私に手出しはするなと言っていた。だから、何もしなかった。怖気づいた奥山が電話をしてきても、早まったことだけはするなと、叱咤するに留《とど》めておいた。

「それが、何か」

「うん……」

「連中が、何か嗅ぎつけたわけでもないでしょう」

「うん……」

名越がこっちに戻ってくる。

ソファに腰を下ろし、タバコに火を点ける。

「君にもいずれ、もうひと働き、してもらうことに……なるやもしれんな」

「……はい」

今度はなんだ。またあの、馳とかいう殺し屋の、不始末の尻拭いか。

ただもう、私だって以前のような、直接的な協力はできない。あの頃は、たまたま警視庁の刑事部長だったから、捜査機関にいる人間をある程度は動かすこともできた。だが今は、関東管区警察局長だ。警視庁に対しては、なんの指揮権限もない。

「と、申しますと……具体的には、どのような」

名越は「うんうん」と、煮え切らない返事を繰り返すばかりだった。

「……まあ、今後はこまめに連絡を入れるよ。そのときにまた、改めて話をしよう」

さも惜しそうに、短くなったタバコをもうひと口吸い、名越はそれを灰皿に押し潰した。

だいぶぬるくなっているであろう茶をすすり、それじゃあと立ち上がる。私に、彼を引き留める理由は何もなかった。帰るというのなら、帰ればいい。

依子を呼び、二人で玄関まで見送りに出た。電話で呼んでおいたハイヤーが、ちょうど着いたところだった。

名越が後部座席に乗り込むと、車はすぐに走り出した。一応次の角を曲がるまで見送って、それから門を入った。

「珍しいわね。お祖父様が、こんな早い時間にお帰りになるなんて」

「ああ。お母さんが、出かけてしまったからだろう」

「そうかしら。私は、優一がいなかったからだと思うけど」

依子は笑って玄関に入っていった。私も、それ以上は何も言わなかった。

書斎に戻ると、机にあった何かの紙が、ひらりと舞い上がった。窓が開けっ放しになっており、そこに私がドアを開けたものだから、風が吹き込んだのだ。

さて、なんの紙だったか。依子に勉強を教えるまでは、読書をしていた。別に書き物などしていなかったはずだが。

机の方に進む。だが屈んで拾う前に、なんだったかは判明した。メモ用紙だ。依子に説明するのにグラフと数式を書いた、あのメモを捨て忘れていたのだ。

と、そのときだ。

何者かの気配を感じ、しかし振り返るより先に、左手首に違和感を覚えた。左の袖口が、何かに引っ掛かっている感じだった。なんだろう。そう思ったのも束《つか》の間《ま》、今度は体の右側に大きな圧迫感を覚えた。

そいつは、確かに、そこにいた。

全身黒装束。脅かすためか、今日は顔を露わにしている。

常々噂には聞いていたが、実物を見るのはこれが初めてになる。なるほど、実にひどい顔だ。まるで釣りに使う撒《ま》き餌《え》を、顔中に塗りたくったような有り様だ。あるいは、挽き肉の塊。よくこんな顔で今まで生きてこられたなと、逆に感心する。

ああ、このために名越は来たのか、と合点がいった。

名越がわざわざこの書斎に足を踏み入れたのは、この窓を開けるためだったのだ。そこから馳が忍び込んで、名越が帰ったあとで、私を始末する。最初から、そういう段取りになっていたのだ。

しかし、なぜだ。なぜ私が殺されなければならない。赤坂の一件は、私のせいではないはずだ。曽根何某《なにがし》とやらが起訴事実を否認したのも、再捜査をした連中が密かに辺りを嗅ぎ回っているのも、私にはなんの関係もないことではないか。

いや、そんなことを言っても始まらないことは、分かっている。

大きな、黒い革手袋の手が、喉元に張り付いてくる。決して強い力ではないが、いかにもツボを心得た、慣れた手つきだった。

左手は、袖を持たれているため動かせない。右手も相手の背中に回っており、すでに利かなくされている。

黒革の掌に、急激に生気が吸い取られていく。

すーっと、霧状の闇が視界を覆う。

頭の中が、抗《あらが》いようのない痺れに、侵され――。

＊

約束の八時を過ぎても、名越は現われなかった。

別に、無理して今日来なくてもいい、また日を改めてでもいいではないか。そう私は言ったのだが、奴の方が今日だと、譲らなかった。

なのに、来ない。もう九時に近い。

執務机の椅子を回し、窓の方を向く。ネオンに彩られた、六本木の街を見下ろす。そういえば、最近の若者が踊る店は、なんというのだったか。確か、ディスコ、とはもう言わなかったと思う。むろん、ゴーゴークラブなんてのは死語もいいところだ。さて、なんだったたか。

ドアがノックされた。

「失礼いたします。名越様が、お見えになりました」

戸口に顔を覗かせた秘書が、ちょっと妙な表情をしてみせた。名越の様子が変だと、私に伝えたかったのだろう。

分かっている。変で当然だ。

私は頷き、椅子から立ち上がった。


応接室に入ると、名越は赤い顔をしてソファに座っていた。目の周りも、鼻も赤い。酒を飲んだ上に、少し泣いてきたらしい。こんな男でも、身内を殺すと悲しくなるのかと、少々可笑しく思った。

「だから……何も今日、来なくてもいいと言ったのに」

ノックの音がし、秘書が入ってきた。いつものように茶を出し、すぐに下がっていく。名越は全く、彼女には目もくれない。

「……来たかったんだよ。来て、あんたの顔を、ひと目拝んでおきたかったんだ」

名越は肘掛けに半身を預け、中途半端に上を見上げた。

「後悔してるわけでも、あんたを恨んでるわけでもないんだ。確かにあれは、そこそこ優秀な男だったが、代わりがいないほど、掛け替《かが》えのない逸材でもなかった。ただ、ただね……娘や孫にとっては、夫であり、父親だろう。そういう、家族としての横顔を知っているだけにね……悪かったなと、そう、思うわけさ……そんなことはむろん、私には、言えやしないんだが」

　私はテーブルのシガーケースから、一本取り出して火を点けた。

「……だから、別の方法でもいいと言ったじゃないか。それを、いい頃合いだから、岩城を切る、知り過ぎた男だから、奴を切ると、そう決めたのはあんた自身だろう。いまさら、私に泣き言を言われたって困るよ」

　名越は頷いた。泣き言を言える立場でないことは百も承知だが、自分ではこの精神状態をどうにも制御できない。そんな様子だった。

「こっちには、馳から連絡が入ってるよ。万事、上手くいったとね。あれがそういうときは間違いない。赤坂の一件が、むしろイレギュラーだったんだ」

　こっちの話は、半分も聞いていないようだった。まあ、岩城の葬儀やらなんやらを考えたら、気が重くなるのも無理はない。

「もう、今日は帰って休んだらどうだ。それでなくたって、いつ第一報が入るか分からんのだろう。報《しら》せを受けたとき、私は六本木にいました、なんてのは、私らの歳じゃ、あまり恰好のいいものではない」

　名越は、しばらく黙ったまま、うな垂れていた。寝てしまったのかと覗き込んだが、そうではなかった。また泣いているようだった。

正直、失望した。これもこの程度の器だったのかと思うと、残念でならない。

あまりこの男も、長く生かしてはおけないかもしれない。

2

津原はエントランスホールを出たところで、建物を振り返った。

なんの変哲もないマンションだった。植草が生きている頃に、何度か呼ばれて遊びにきたことがあった。亡くなってからも、二度訪れた。それらのときと、なんら変わらない眺めだった。管理人室に戻ったのか、あの中年女性の姿も今は辺りにない。住人ともまったく顔は合わせなかった。借りた鍵は、管理人窓口のカウンターに置いてきた。

不気味なほど、事件が起こったという気配がない。それが逆に、この心に広がる黒い憤りを、強く、深くしているようにも思う。

二人をあの部屋に残してきたことに、激しい後悔を覚えた。だが通報をして、現場検証に立ち会う気には全くなれなかった。馳の犯行であることを証言し、与《あずか》り知らぬところで捜査が進行し、それで望み通り馳が逮捕され、仮に適正に法の裁きを受けるのだとしても、そうはしたくなかった。

自らの手で、決着をつける。犯人に、この黒い怒りを直接ぶつける。

事件で大切な人を失った遺族がそう望むのを、ある面では共感しながらも、これまで自分は、逆に押し留める立場にあった。警察に任せてくれ。あなた方の無念は、必ず我々が晴らすから。そう誓うことで、報復という名の犯罪を未然に防いできたという自負もある。言い訳に聞こえるかもしれない。だがやはり、この件は、それらとは違うのだと、津原は思う。

森本隆治は、馳卓に殺された。アリバイをでっちあげ、その犯行を隠蔽したのは警視庁の刑事だった。その刑事に裏から指示を出していたのは、当時の警視庁刑事部長だった。その刑事部長は、元警察庁長官である舅の立場を慮《おもんばか》って、隠蔽工作に動いたものと思われる。

そして特捜一係は、森本事件の再捜査で、曽根明弘という強盗未遂犯を、殺人犯として送検してしまった。これもいま思えば、仕組まれた罠《わな》だった。その仕上げとして、植草は自殺させられた。何か知っていそうだった大河内も殺され、遥までもがその巻き添えになった。

こんな警察に、警視庁に、二人の死を委ねることなどできるはずがない。

通報はせず、立ち去る。それしかなかった。

早稲田《わせだ》通りに出てタクシーに乗り込むと、小沢は行き先を歌舞伎町と告げ、その後に一本、どこかに電話を入れた。あえて津原は、何も尋ねなかった。今は少し、自分の意思や思考とは違う流れに、身を任せていたかった。

アスファルトの凹凸。車の揺れ。隣の車両が踏んだ、マンホールの音。たどり着いた、新宿という街の喧騒。ネオン。油の臭いがする風。換気扇から吐き出される、酒とタバコと不味《まず》い料理の臭い。すれ違う人々の、壊れかけの笑み。死人の目。死人の目——。

小沢が案内したのは、ゴールデン街のはずれにあるバーだった。

カウンター席が五つあるだけの小さな店だ。禿《は》げ頭の小柄な店主は、小沢の顔を見るなり相好を崩した。

「ハイ、小沢ちゃん。いらっしゃい……ま、とりあえず座んなよ」

目の前のスツールを勧める。他に客はいない。奥に進むのだとばかり思っていたが、小沢は手前から二つめの席に座った。必然的に津原は、一番手前に腰掛けるしかなくなる。

「バーボンでいいかい」

「いや……二本もらって、もう行く」

二本？　ここでボトルを買って、持ち帰ろうというのか。

「急ぐの？」

「そういうわけじゃないんだ……けど、俺にも、たまには酔えない夜があるんだよ」

店主は頷き、すぐにカウンターの向こうでしゃがみ込んだ。

戸棚の扉を開けるのに続いて、包み紙か何かを丸めるような音が聞こえた。だが、それがなんなのかを真剣に推し量《おはか》る気にはなれなかった。自分が何を考えているのかさえも、正直、よく分からなくなっている。

店主が小沢に渡したのは、二つの紙包みだった。L字型をした黒っぽいものが、黄色い油紙で覆われている。

小沢は札入れから数枚、一万円札を抜いて店主に渡した。

「……すまねえ。今、こんだけしかないんだ」

店主は両眉を吊り上げ、おどけた表情で頷いてみせた。

「小沢ちゃんには、世話になったからね……負けておくよ。よかったらこれ」

そういって、厚手のビニール袋を差し出す。ケーキか何かを入れる、底がかなり広い袋だ。

小沢は二つの紙包みをその中に収め、じゃあと店主に片手を挙げた。店主も同じように手を挙げ返す。

「ほら、行くぞ」

「……ああ」

立ち上がると、店主は津原にも会釈してきた。小さく下げ返したが、目は合わせなかった。

もう二度と、この人に会うことはないだろうと思った。

ハンバーガーショップに入って、バーガー類を二つずつ、ポテト、飲み物を一つずつ頼んで、空いている席に座った。支払いは津原がした。二千円とちょっとだった。

食べ終えるまでの間、包みについての話はしなかった。小沢がどこまでやるつもりなのか分からないが、中野のマンションに入っていくとき、津原も、拳銃があったらいいと思ったのは事実だった。だから、その存在を否定することはしなかった。

「とりあえず、帰るか」

「ああ……」

店を出て、歌舞伎町から、駅東口方面に抜ける道を進む。

前を向くと、駅に向かう人の流れは左側、反対向きはなんとなく右側にまとまっているように見えた。なのに小沢は、ど真ん中を歩き始めた。大股で、前屈みになって。

歩きながらでいい、一服しようと思い、津原は胸ポケットに手を入れた。だが指先がタバコの箱より硬い何かに触れ、それでようやく、携帯電話の電源を切りっぱなしにしていたことを思い出した。

取り出すと案の定、ディスプレイは死んだように黒いままだった。電源ボタンを長押しし、絵が出るのを待つ。いったん白く光ったそれは、少しすると待ち受け画像に変わった。

それと同時くらいだった。いきなり振動が始まった。画面に出ているのはどこかの固定電話番号。

二、三歩小走りし、前を行く小沢の肩を叩く。振り返った彼は携帯電話を構えた津原を見て、ああ、と納得したように立ち止まった。

通話ボタンを押し、耳に当てる。

「もしもし」

聞こえてきたのは、いま一番聞きたいような、聞きたくないような声だった。

『……津原。お前いま、どこにいる』

堀田だ。

「あ、あの、どうも……」

小沢が目で訊いてくる。次郎さん、と口の動きで示したつもりだが、通じてそうにはない。

『どこにいるんだと訊いているんだ』

「あの、えっと……新宿です」

『療養中なのにか』

とっさには、どうにも返しようがなかった。

なぜ堀田が、自分が仕事を休んでいることを知っているのだ。

『答えろ、津原』

「いえ、その……」

『じゃあ、中野の一件は知らないのか』

なんだ。それもう、耳に入っているのか。

『おい、どうなんだ』

触れずにおいたドミノの駒は、知らぬまに、全部倒れてしまっていた。そんな喪失感だ。

通報したのは、おそらくあの管理人だろう。

まもなく現場には中野署員が臨場。六〇八号室にて、制服姿の警察官が首吊り自殺、すぐそばで住人の女性が、心臓を撃たれて死んでいるのを発見。詳細はともかく、事件発生の一報は警視庁管内各署に、即刻伝えられたはずだ。

北沢署地域課、大河内守巡査部長、首吊り自殺。そばには射殺された女性の死体。

大河内巡査部長、自殺。そばには女性の射殺死体。

ふいに、堀田の怒声が耳に戻ってきた。

『……お前、知ってるな』

それにも、答えようがない。

『だいたいお前、なんで……骨折だって？　あの葬儀の直後に』

小沢が耳を寄せてくる。辺りは人通りがかなりあるが、この堀田の怒声なら、それで充分聞こえるはずだ。

『なのに、通報してきたマンションの管理人は、緊急事態だと言って二人連れの刑事が、現場に入っていった旨の証言をしている。一人は津原、もう一人は小沢……一体、何をやってるんだキサマらはッ』

耳を離した小沢が、自分の胸をまさぐり始める。そっちにも、電話がかかってきているらしい。

『俺はいま杉並署に来ている。お前がすぐこっちに戻って、ちゃんと事情を説明すれば、署長さんも課長さんも、寛大に処置してくださると仰ってるぞ……おい津原、聞いてるのか』

聞こえている。胸が潰れるほど、重く響いている。

『とにかく、中野の一件について説明しろ。なぜお前たちはあの現場に行ったんだ。やましいことがないなら、こっちにきて釈明しろ。いいな津原。おい』

小沢が険しく眉をひそめ、こっちを見ている。電話を、小刻みにつつくような仕草で示している。なんだろう。

「……次郎さん、すみません。俺、今そっちには行けません。また、連絡します」

津原が切ると同時に、小沢が、自分の携帯電話を差し出してくる。

「奥山だ。馳の居場所が分かったと言ってる」

馳の、居場所。

冷たい、針のような銃弾が額の真ん中に当たり、真後ろに抜けていく。怒りと、興奮と、得体の知れない白い歓喜が、額の銃創《じゅうそう》から噴出する。

津原は、小沢の携帯にむしゃぶりついた。

「本当か、あんたッ」

『……ば……バカヤロウ、急にでかい声出すな』

小沢は手帳とペンを構え、うんうんと頷いている。

「……馳の、居場所が分かったってのは、本当か」

『ああ。だがな、頼むぜ。こっちだってヤバい橋渡ってんだ。こんなことしたら、いつドスンてくるか分からねえんだからよ、その後の面倒も、忘れてくれるなよ……俺は、こうして、協力してるんだからな』

こっちは巡査部長。あっちは警部補。まるで立場が逆転したかのようなやり取り。こんな、プライドの欠片《かけら》もないような男を、自分はどこまで信用すべきなのだろう。

「なぜ急に、協力する気になった」

笑ったような鼻息の音が、耳にかかる。

『そんな……お前だって、あの大河内が吊られちまったの、知らないわけじゃねえだろう』

「だから、協力するっていうのか」

『それだけじゃない。いま本部経由で入ってきた情報だと、あの、岩城警視監も、首吊ったらしいって話だ……冗談じゃねえ。どう考えても、次辺りは俺の番だ……俺はこれから、しばらく姿をくらますからよ、だからその間に、お前らにケリつけてほしいっつってんだよ』

小沢が、早く訊けと顎で促す。

「分かった……住所、言ってくれ」

勿体《もったい》つけているつもりか、奥山はしばし沈黙を挟んだ。

『……ンン……ええと、北区、豊島五丁目。国道の、豊島五丁目団地って交差点と、豊島橋の間の右手に、フェンスに囲まれたでっかい空き地がある。そこはある事情で、工事が頓挫《とんざ》しちまってるらしいんだが、馳はそこの、隅田川寄りギリギリに建てられてたプレハブ小屋に住み着いてる。中に女もいるはずだから、奴もそこじゃ、滅多なことはしないはずだ』

分かったと答え、電話を切った。

北区豊島の工事現場だ、と言うと、小沢はチッと舌打ちした。

奥山と話している間も、何度か津原の携帯電話が震えていた。さっき堀田がかけてきたのと同じ番号だったので、あえて出ずにおいた。

だが、電源を切ることまでは、しなかった。マナーモードにして、ポケットにしまった。

王子駅から、歩いて十五分。

現地に着いたときには、午前零時近くになっていた。

奥山の言う通り、確かに大きな工事現場だった。背の高いスチール製の万能塀が一帯を囲っており、簡単には中を覗くこともできなくなっている。一周するのに十分以上かかった。何平米あるのかなど計りようもないが、印象としては、東京ドームより少し大きいのではと感じた。

出入り口は、大型車両も出入りできそうな東側正面ゲート、大通りに面した北側ゲート。主なものはこの二ヶ所。その他には人が出入りするためのドアが七ヶ所。どこも施錠されており、関係者以外は入れないようになっていた。

「しょうがねえ。やるか」

「ああ……」

南側の、わりと人目につきづらそうなドアの前で、数秒、無言で見つめ合った。

体重は、確か津原の方が七、八キロ重い。

仕方なく、津原が万能塀に両手をついた。

最初は中腰。小沢が背中をよじ登り、両肩を足場にして立ったら、膝と腰を伸ばす。

「……届いたかッ」

「んも……もうちょい」

背伸びもしたが、まだ届かないという。

「お前……ちょっと揺れるけど、落ちんなよ」

「あ、ああ」

津原は塀についていた手を離し、肩にある、小沢の両足を下から摑んだ。

「いっせーので、持ち上げっから、お前、飛べ」

「えっ、マジかよ」

「いいか」

「えっと、あっと……おう、やってみ」

「いっせーのォ」

「セッ」

渾身《こんしん》の力で、小沢の両足を真上に押し上げる。すぐに、頭上で短い悲鳴というか、唸り声のようなものが聞こえたが、しかし落ちてくる気配はない。一歩下がって見上げると、多少ジタバタはしていたが、小沢はちゃんと塀の上端に両手をかけてぶら下がっていた。

「バカ、英太、離すな……もっと、もっと上げてくれ」

い。

「ああ……すまん」

今一度足を持って、押し上げてやる。片肘まで掛かったら、あとはもう津原にできることはない。手が痛いとか、膝がどうとか文句を言ってはいたが、基本的には見守るしかない。

三十秒ほどかかって、ようやく小沢は塀の上にたどり着いた。

「おお……広え。飛行場でも作る気か」

津原は、さっさと下りてドアを開けろと言った。小沢は、高くて怖いと漏らしていたが、それでもなんとか飛び下り、内側からドアのロックを解除した。

「ご苦労」

「マジで手ぇ切れたぞ、ここ」

そう言われても、こう暗くては全く見えない。刑事の七つ道具だから一応ペンライトくらいは持っているが、わざわざ照らして見てやるほどのものでもない。

静かにドアを閉め、辺りを見渡す。

飛行場ができるかどうかは知らないが、確かに広い。ぼんやりとショベルカーのアームのようなものが彼方に見えるが、それ以外は夜の海のように真っ黒で、何も分からない。綺麗に整地されているのか、凸凹な荒地なのか、雑草が生い茂っているのかも定かでない。

ただ一ヶ所だけ、小さく明かりの灯っている場所がある。

敷地の、端っこも端っこ。万能塀に沿うように設けられた、プレハブ小屋。その窓に、オレンジ色の小さな明かりが灯っている。まるで家庭用照明の、ナツメ球一個だけを残したような暗さだ。

「留守かね」

「分からない……行ってみよう」

小屋に向かって歩き出した、そのときだ。

金属製のドアが開け閉めされるような音が、現場のどこかから聞こえた。津原が入ってきたドアではない。もっと北側か、東側か、とにかくプレハブ小屋より向こう側の、遠いドアだ。

馳か。奴が帰ってきたのか。それともいま出ていったのか。

行こう。そう小さく言って、小屋の方に進んだ。馳が出ていったのなら追わねばならないし、こっちに向かってくるのなら、こんな何もないところに立ってなどいられない。小屋の明かりを点けられただけで簡単に発見されてしまう。どっちにしろ、進むしかない。

小沢と共に足音を忍ばせ、なんとか小屋の、窓の下にたどり着いた。

その場で息をひそめる。

足音は、右前方から聞こえてくる。小石を踏みながら、特に気配を殺すでもなく近づいてくる。

指を立て、津原は「黙れ」と示した。足音はもう、十メートルかそこらまで来ている。

「……なんか、臭えな」

いや。でも、確かに何か臭う。なんだろう、この臭いは。

ちょっと目を離した隙《すき》に、人影は小屋の前にまで達していた。角から目だけを出して覗くと、買い物でもしてきたのか、レジ袋らしき白い包みが、ぼんやりと手の先にぶら下がって見える。

小沢が肩を叩く。だが今、振り返ることはできない。

人影がドアノブを握る。捻り、引く。

「危ないッ」

叫んだのは、小沢だった。

それと同時だった。

右手にあった小屋の窓が、目が眩むほど白く発光し、砕けると同時に薄い壁が、天井が、膨らむようにめくれ、その抗いようのない圧力に津原も吹き飛ばされ、重力を失い、足は地面を見失い、聴覚は麻痺《まひ》し、数秒ののち、頭から地面に叩きつけられた。

かろうじて意識は失わずに済んだ。痛むのは後頭部、首、左肩。右腕には、何か違う痛みがある。見ると、スーツの袖がざっくりと裂けていた。その向こうに、赤い炎が揺らめいて見える。黒煙も派手に上がっている。しかし何も聞こえない。息が苦しくて、咳が気管をこする感覚はあるのに、その音が、自分で聞こえない。

なんとか寝返りを打ち、小屋の方を向いた。

炎の手前に、誰か倒れている。小沢だ。

そこまで這う。足も所々痛むが、両膝と左肘で、なんとか匍匐《ほふく》前進で近づいていく。

小沢は足をこっちに向け、俯せで倒れている。スーツの背中が炎の揺らめきを受けて、波打って見える。

たどり着いた。小沢、小沢。そう呼んでいるつもりだが、自分の声すら聞こえない。肩を摑み、頭で突いて、体全体で押すようにして、仰向《あおむ》けに返す。体は裏返った。だが、頭が付いてこない。目を閉じたまま横向きになっている。

小沢、小沢。叫びながら、その顔に手をやった。

黒い風に視界を奪われた。目をこすっても、拭いきれない涙が全てを歪ませた。

異変を感じたのは、掌だった。ぬるぬるしていて、彼の頰を上手く捉えることができない。もっと髪に近い辺りを持って、顔を上に向ける。炎に照らす。それで、ぬめりの正体が分かった。

血だった。顔の右側が、削り取られたように、なくなっていた。しかも、尖ったものが顔中に刺さっている。見ればそれは、津原の手にも刺さっていた。ガラス片だった。爆風で割れた、窓ガラスのようだった。

名前を叫び、肩を揺すった。だがやはり、頭が付いてこない。ぐらりと横を向いてしまって、体の揺れが、頭にまで伝わらない。

おい、起きろ。起きろよバカ。いくら叫んでも応えはない。無音の地獄。感じるのは、炎の眩しさと、熱風と、鼻を叩かれるかの如き、強烈な煙の臭い。

その後、なぜそっちを見たのだろう。やり切れず、小沢から目を背けたのか。あるいは、わずかに残った視力が動く何かを捉えたのか。

もとの場所でいえば、小屋の入り口付近だ。

人影がある。背の高い男だ。横向きに、何かを抱えている。人だ。誰かを、横抱きにしている。

吼《ほ》えている。天に向かって。

聞こえはしないが、見れば分かる。

小屋には馳の女がいる。奥山はそう言っていた。あれがそうなのか。とても、生きているようには見えない。馳は、女の死体を抱えて、天に吼えているのか。

二人を隔てる空気は、今なお熱で激しく揺らめいている。蜃気楼《しんきろう》の中に迷い込んだように、見るもの全てに現実感が乏しい。

だが、それで充分だった。

あの、揺れているのが敵だ。吼えているのが敵だ。

馳だ。遥を殺し、植草を、大河内を、そして今、小沢を死に至らしめた男、馳卓だ。

津原も吼えた。

誰の耳にも届かない咆哮《ほうこう》で、いっそ己の体を、引き裂いてしまいたかった。

3

馳が、女の死体を地面に横たえた。

表情は見えないが、向こうも津原を敵と認めた。はっきり、そうと分かる構えだった。

前傾姿勢をとり、一歩、こっちに踏み出す。

津原も倣い、真っ直ぐ、前に足を運ぶ。

互いに一歩ずつ、踏み出すごとに速度を上げていく。

あっという間に、顔が見える距離にまで間合いが詰まる。

右面は闇、左面は炎に焙《あぶ》られる鬼。恐ろしくはなかった。悲しくもなかった。ただ熱かった。相手の顔も、自分の顔も、体の表面も、頭の中も、溶けた鉄のように、全てが熱い。

馳と体をぶつけ合った。硬い肉だった。重い骨だった。中野のマンションから逃走した後ろ姿とは、別物ではないかというほど密度の高い体だった。

右拳は避《よ》けた。だが左前腕で、薙《な》ぐように殴られた。音もなく視界が揺れ、馳の右膝が目の前に上がってくるのが見えた。

両手で防いだ。そのまま胴に組みついた。抱え上げるつもりだったが、背骨に重い衝撃を受け、腰から下の力が失せた。一瞬、地面に膝が落ちたが、そのショックで逆に感覚は戻った。

すると、急に視界が開けた。馳を、見失っていた。

そうと気づいた途端、左腕が後ろにとられるのを感じた。抗ったが無駄だった。逆にそれが隙にもなった。

馳は津原の左袖を摑んだまま、ぐるりと背後を回り、いつのまにか右側に身を寄せて立っていた。ぴったりと密着しているため、右腕も利かなくされていた。むろん抵抗はした。左腕を動かそうと、袖が千切《ちぎ》れるほど力を込めた。

それで、合点がいった。

これか。これで森本も、植草も、左手首に痣を作ったのか。袖をとられ、身動きがとれない状態でなお抵抗したため、あんな痣ができたのか。右腕は馳の背中にある。これもほとんど動かせない。そうか。こうやって馳は、相手が抵抗できない状態を作り出していたのか――。

目の前にあるのは、馳の、爛れた横顔だった。表情はない。津原の顔すら見ていない。ただ静かに、右手が上がってくる。黒革に覆われた大きな手が、意外なほど優しく、津原の喉元に張り付く。

無抵抗の人間の頸動脈を、指と掌で圧迫。確かにこの方法なら、圧痕を残さずに相手を失神させることができる。そうしておいて、短時間のうちにどこかに吊るしてしまえば、首吊り自殺の出来上がりというわけだ。さらにいえば、森本は細い路地、植草は交番の事務室、大河内はマンションの一室だった。いずれの場合も周囲にある壁が、馳の味方をしたことだろう。壁と馳の大きな体に挟まれて、三人は退路を失い、意識を失っていったのだろう。

ふいに疑問が湧く。だったらなぜ、森本の場合だけ首吊り偽装自殺ではなく、刺殺という結果になったのだろう。いや、今そんなことはどうでもいい。

ここは、ただの空き地だ。

半ば失われた意識の中で、津原は思いきり地面を蹴った。

一瞬浮き上がり、すぐに津原の体勢は崩れた。馳も、その重みに引きずられてよろけた。だがそれで充分だった。馳の右手は頸動脈からずれ、津原の脳に血と酸素が送り込まれた。

体勢を立て直した馳が、津原の襟をとりにくる。津原の両腕は、まだ馳に封じられたまま。しかし、足の位置が違っていた。腰の位置が入れ替わっていた。互いの体の密着も不十分になっていた。

津原は自分の腰を、馳の腹に、こすりつけるように押し出した。右腕は馳の脇の下に入っていたが、それが逆に、相手を引きつけやすくしていた。

払い腰。

馳の体が前に崩れる。自分の腰にかかった重みが瞬間的に、半分にまで減ずる。

かかった。

柔道の試合でも滅多にないくらい、綺麗に入った。このまま体重をかけて、潰してしまうか。それとも、袈裟固《けさがた》めにでも持ち込むか。

だが、その欲が災いした。

馳は倒れながら、津原のスーツの襟を摑んでいた。

両耳の下辺りに、硬く大きな拳が押し付けられる。

顎の骨が潰れるほど、キツく。

最初に感じたのは、たぶん、振動だったと思う。

少々乱暴な、上下の揺れ。それと、小刻みに震えるような、別の動き。

体のあちこちに、その振動が響く。

痛い。右腕と、左手首、頭、首、肩、腰、左膝、左足首、それと、あとは、もう、つまり、ほとんど全身。

振動と、痛みと同時に感じたのは、焦げ臭さだった。

嫌でも、あの光景が脳裏に甦った。

爆発したプレハブ小屋。炎と、黒煙。半分だけになった、小沢の顔。死体を抱えた、馳。

殴り合い、投げ合い、だがそのあとは、どうなった。

どうやら今、自分は車に乗せられているようだ。

姿勢は、案外楽だった。一杯まで倒したシートに寝かされているようだ。ということは、今この車が走っているのだとしたら、つまり自分は、助手席にいるということか。

やはり臭い。でもこれは、自分の鼻の穴に、煤《すす》がこびりついているからかもしれない。息はできる。空気は透き通っている。煙の只中《ただなか》にいるのではない。

目を、少しずつ開けてみる。点々と光って見えるのは、運転席の計器類か。一番明るいのは、カーナビゲーションのモニターだ。

やはり走っている。街灯が夜空を飛んでいく。

運転席にいるのは、誰だ。

「……気がついたか」

右側から声がした。低い、痰《たん》が絡んだような、いがらっぽい男の声。聞き覚えはない。

馳か。馳が、運転しているのか。なぜ。

どう返事をしていいのか分からず、とりあえず、咳払いをしてみた。が、呻いたようにしかならなかった。喉が、綿でも詰め込まれたようにゴワゴワしている。しかも苦い。その苦い唾を飲み込もうと力を入れると、今度は激しい痛みが走った。

もう一度、気づいたか、と訊かれた。

「……ああ……」

だがそれも、言葉ではなかった。息を声帯にこすりつけ、ようやくそんなふうに聞こえるように発した、単なる音だった。

車はときおり、緩やかに停まった。信号待ちのようだった。たまには赤信号も視界に入った。青になると、馳はゆっくりと発進させた。驚くほど、丁寧な運転だった。

窓に、建物などは滅多に映らなかった。川沿いか、あるいは田園地帯のような場所を走っているのかもしれない。

どこに行くつもりだ。そう訊いたつもりだったが、その通りに聞こえたかどうかは分からない。返事はしばらくなかった。聞こえなかったのだと諦めた。

「……分からない」

だいぶ経ってからだったので、何が「分からない」のかが逆に分からなかった。どこに向かっているのかは、彼にも分からない。そう解釈するのに、また数秒を要した。

停めろ。そうも言ってみた。だが車は停まらなかった。二、三度、赤信号での停止はしたが、馳は決して車をどこかに寄せようとはしなかった。

実際に車が停まったのは、それから十数分してからのことだった。

停まってすぐ、馳がヘッドライトを消してしまったので、周りがどんな様子なのかは見ることができなかった。ただ遠くに、ぽつんぽつんと明かりが浮かんで見えている。海を隔てて向こうにある街の明かり、にも見えるし、田園地帯を挟んで、高速道路か何かの照明を見ているようでもある。

エンジンも、すでに止められていた。

「……すまなかったな」

耳を疑うひと言だった。まさか自分が、馳に謝られるとは思ってもみなかった。

返事もできなかった。ただ黙って、張り付いたように、助手席のシートに寝そべっていることしかできない。

「危うく……また、頼まれもしない殺しを、しちまうところだった」

じゃあ頼まれれば、誰でも殺すのか。植草も、大河内も、遥も、お前が殺したんだろう。

だが何一つ、言葉にならなかった。喉が痛いから、ではない。怒りなどという言葉にはとても置き換えられない、形容し難い思いが強大に膨張し、完全に、気道を塞いでしまっている。

何か言葉にしたら、自分で自分が制御できなくなって暴れ出すか、あるいは、狂い死にするか。それしかない気がした。

「一つ、最初に訊いておく」

一方、馳の口調は落ち着いていた。普段を知らないのだから一概には言えないが、でも、自分ほどは動揺していない。そう感じた。

「あの場所を爆破したのは、お前か」

ふざけるなと、普段なら怒鳴って殴りつけているところだが、今は、かぶりを振る以外にない。

「……だろうな。それで仲間が巻き添え喰っておっ死《ち》んじまったんじゃ、間抜けだしな」

小沢。いま奴は、どうなっているのだろう。あの空き地に、置き去りにされてしまったのか。

「あんた……刑事なんだろう」

馳は内ポケットから何か取り出し、ダッシュボードに放り投げた。大きさからして、たぶん津原の警察手帳だ。

「なぜ、あの場所に来た。誰かに命じられたのか」

今一度かぶりを振る。それだけで、首に痛みが走る。

「じゃあ誰かに聞いてきたのか。誰だ」

奥山、と答えたら、どうなるのだろう。

馳は、堂島か、ミズタニかと、順々に名前を挙げていった。記憶にある名前も、そうでない名前もあった。最後の方に奥山も出てきたが、以下同文で知らないことにしておいた。

馳も途中から、段々どうでもよくなってきたようだった。

いいかげん体を起こそうと思い、寝返りを打つように、右側に体重を傾けた。別に意識していたわけでも、内部を探るつもりもなかったが、なんとなくそのとき、後部座席に目がいった。

暗闇に目が慣れていた、というのもある。月が出ており、その明かりが車内にまで射し込んでいた、というのもあっただろう。とにかく、後部座席に何が置かれているのか、暗いながらも津原は、はっきりと見ることができた。

死体だった。

爆発した小屋の前で、馳が横抱きにしていた焼死体だ。ほとんど黒焦げ。この車内が焦げ臭いのは、自分の鼻のせいばかりではなかった。黒焦げの死体が、後部座席に載せられていたからだった。

後ろを向いたまま動かずにいると、馳の方が言い出した。

「……俺の女だ。アカイ、ミチヨって名前だ」

やはり、そうだったのか。だがなぜ、彼女は死ななければならなかったのだろう。殺されなければならなかったのだろう。

状況から考えると、あれはガス爆発だ。小屋の中に充満したガスに、馳がドアノブを引いたときの火花か何かが引火して、爆発した。あるいは馳がノブを引くと、火が点く仕掛けにでもなっていたのかもしれない。

ひょっとして、犯人はその女か、とも思った。アカイミチヨという女が、馳と無理心中を図った。そうとは知らない自分と小沢は、まんまとその巻き添えを喰った。そういうことだったのか。

「いまさら、俺がこんなことを言っても、信じられんかもしれんが……この一件に片がついたら、この女と……どこか遠い、誰も知らない、山奥の村にでも、引っ込もうと思ってたんだ……まあ、そんな虫のいい話は、問屋《とんや》が卸《おろ》さねえってことだ」

分からない。どういう人間なのだろう。この、馳卓という男は。アカイミチヨという女は。

「あんたが俺について、どれほど調べてきたのかは知らないが……俺はな、顔がこんなになる、ずっとずっと前から、こんな人間だったんだ。誰かを殺すことでしか、自分の生きる道を、切《き》り拓《ひら》けない……そういう人間だった」

結局、体を起こさないまま、馳の話を聞いてしまっている。最初より、もっとだらしない恰好になっている。

「警察官なんて、立派な仕事をしてる人間にゃ、分からんだろうな。誰にも必要とされない、自分の存在理由すら分からない。そういう人間だって、世の中にはいる……俺が、そうだった。そんな俺を、唯一必要としてくれたのが、國永会だった。ミズタニや、堂島だった。人を殺せる。それだって立派な特技だ、仕事だって……そうなのかって、目からウロコが落ちる思いだったよ。それからは、身を粉にして働いた」

爛れた頬が、自嘲気味な笑いに引《ひ》き攣《つ》る。

津原は仰向けになり、ようやく体を起こし、シートを戻した。

フロントガラスに映る景色はやはり、闇と、点在する遠くの明かりだけだった。

「俺だって、人殺しが犯罪だってことくらい分かってる。けどな、害があると分かっていても、タバコは吸うだろう。危ないと分かっていても、酒を飲んで運転しちまうことはあるだろう……それと同じだ。俺にとって殺しってのは、それとさして変わらないものだった。むしろ殺しによって俺は、世間と繋がっていた。俺の存在が世間に意識されるのは、いつだって、俺が誰かを殺したときだ……だがそんな俺に、この女は……嘘だと思うかもしれないが、初めて、人殺しをしちゃ駄目だと、いけないことなんだと、言ったんだ」

遠くでサイレンが鳴るのを聞いたような、そんな気がした。だがいくら耳を澄ませても、もう二度とその音を捉えることはできなかった。

「あとにも先にも、俺に殺しをやめさせようとしたのは、このミチヨだけだった……俺の場合、親でさえ、そんなことは言わなかったのにな……」

思わず、溜め息をついていた。

これが植草を、大河内を、そして遥を殺した、馳卓なのか。

津原は言い知れぬ違和感を覚えながらも、自分が何を訊くべきかを、いまだ決められずにいた。

小沢はどうなった。そもそもここはどこなんだ。なぜお前は植草を殺した。誰に命じられた。大河内に関しては、遥に関してはどうだ。なぜだ、馳。なぜお前は、俺の、大切な人の命ばかり奪おうとする。

だがそれらは全て、愚問に違いなかった。直接手を下したのは馳なのだろうが、おそらく彼自身に、動機などはなかったのだ。そのことが、図らずも分かってしまった。問いただす必要があるとすれば、それはむしろ森本事件に関してなのだろうが、その気力も残念ながら、今の津原にはない。

ふと視界の端に、後部座席の焼死体が引っ掛かってきた。

「……あの、プレハブ小屋の、爆発は、俺は、全く、知らなかった……全く、関係ない」

自分で発してみて、他人のような声だと、津原は思った。だが意識を取り戻した当初より、だいぶ喋れるようにはなっている。そういえば耳も、いつのまにか問題なく聞こえている。

「なぜだ。なぜあんたと、このミチヨさんは、こんな目に遭う破目になった」

馳は小首を傾げ、鼻息を噴いた。

「さあな……ま、俺に関して言えば、知り過ぎた、ってのがあるんだろう。それと、一昨年の暮れには、殺しの現場を素人に目撃されるという、大きなヘマもやらかした……焼きが回ったと思われたのかもしれん。あるいはその原因が、この女だと思われたのかもしれん……それは、あっちの判断だ。俺の知ったことではない」

　少し、津原の中で話が繋がり始めた。

「一昨年の暮れっていうのは、赤坂の、宝飾店店主殺しのことか」

　馳は驚いたように、こっちをちらりと見た。

「なんだ。知ってるのか」

「ああ……俺は、あの事件の、再捜査本部にいた。曽根を直接確保したのは、他でもない、俺だ」

　また、鼻息を噴く。笑ったのかもしれない。

「へえ、そうかい……あんたが」

　あの事件について訊くには、この上なく、いいタイミングだった。

「……ってことは、森本隆治を殺したのは、あんただと……そう思って、いいんだよな」

　馳はしばらく、宙を見上げてから頷いた。

「ああ……あの男を殺したのは、確かに俺だ。だが、そもそもの計画はそういうことじゃなかった。曽根の強盗未遂について抗議してきた森本を、あの夜、ちょいと俺が脅かして、いくらか渡して黙らせる。そういう手筈《てはず》だった。それが、もともとの絵図だった。ところが……予期せぬ事態が起こった」

腰のポケットから、駝がタバコの箱を取り出す。飛び出させた一本を、引き攣れのない、健常者と変わらない色の唇に銜える。そして窓も開けず、火を点ける。今まではそれと意識もしなかった月明かりが、煙の青と相俟《あいま》って、にわかに白く浮かび上がる。

ふうと、大きく煙を吐き出す。

「……誰かが、どこかで、悲鳴をあげた。森本じゃない、別の誰かだ。そしてさらに別の誰かが……たぶん、俺はそう思ったんだが、俺たちのいる路地を覗き込んだ。そしてまた悲鳴があがった。俺は……正直、慌てた。とっさに森本の顔を見た。奴は、奴の目は、助かったと言わんばかりに輝いていた。助けがくればこっちのもんだ。そういう目をしていた……」

誰かの悲鳴。覗き込んだ人物。そしてまた、悲鳴。

二度の悲鳴のうち、どちらが斉藤の言っていた目撃者、小柳真司の声だったのだろうか。そしてもう一方は、誰があげた声だったのか。

「……だから、俺は刺した。そんなつもりじゃなかったが、あの状況で奴を放置することはできなかった。だから刺して、殺して、逃げた」

正泉寺の方に向かって、か。

「それで……そのまま路地を駆け抜けて、あの寺の敷地に、ナイフを投げ込んだのか」

すると、なぜだろう。馳は怪訝な表情をしてみせた。

「……なんだって？」

「だから、森本を刺したナイフを、路地の出口正面にある、正泉寺って寺の雑木林に、放り込んで、遺棄しただろう」

馳の目に、鈍い光のようなものが宿る。

「……つまり、森本殺しのナイフは、そのなんとかって寺から、発見されたってことか」

頷くほかなかったが、津原の側にも、大きな疑問が生じた。

どういうことだ。あのナイフを正泉寺の敷地に遺棄したのは、馳ではなかったのか。

馳は正面に視線を向け、遠くの何者かを睨むように目を細めた。

「……そうか。ようやく読めたよ……ようやく読めたんだが、さて。どうしたもんかな」

すっかり短くなった吸い差しを、備え付けの灰皿に捨てる。そのとき、馳のポケットにある何かがブレーキレバーに当たり、硬い音をたてた。

馳は一瞬、困ったように目を伏せたが、やがて心を決めたように、その硬いものをポケットから取り出した。こっちだけではない。向こうの、右側のポケットにも同じものが入っていた。

二丁の拳銃だった。

「……あんたの相棒が持ってたものだ。死人が持ってても仕方がないから、俺がもらっといた……が、こっちは、返すよ」

そう言って、一丁だけ差し出す。私服警官が使うシグ・ザウエルや、国内にも多く密輸されているマカロフより、少し銃身の長いモデル。津原はあまり銃器に詳しい方ではないが、たぶんベレッタM92Fとか、そんな感じの拳銃に見えた。

受け取ったそれを、腹に捻じ込みながら訊く。

「あいつの……俺の連れの遺体は、どうした」

馳はこっちには目もくれず、イグニッションキーに手を伸ばした。

「積んであるよ……後ろのトランクに」

すぐさま捻り、エンジンを始動させるや否や、ギアをバックに入れる。小沢の遺体を確認する暇もない。

「おい、どこに行く気だ」

反動でミチヨの遺体がぐらりと揺れたが、シートから転げ落ちるほどではなかった。

「……俺にはもう、生きる意味も、守るべきものも、何もない。だが、強いて言うならば、死ぬ意味くらいなら、探せば見つけられる気はする。ちょいと今、思いついてる、面白い死に場所がある」

方向転換をし、アクセルを踏む。暗闇に、猛突進していく。

「もし興味があるんだったら、あんたも連れてってやるよ」

さっきとは打って変わって、ひどく荒い運転だった。地面もなんだかデコボコしている。さっきは、こんなところは通らなかった。

津原は床に足を踏ん張りながら、「どこだ」と訊いた。

「絵描き……と言ったら、いいかな。一連の事件の絵図を描いた、張本人のところさ。俺も二、三、訊きたいことがある。その答えによっちゃ、俺の死に方も、だいぶ違ってくる」

ようやく平らな道に出た。

津原は体勢を立て直し、シートベルトを締め直した。

「誰だ……その、絵描きってのは」

馳は前方を睨んだまま、小さく、舌打ちをした。

「だから……堂島だよ。堂島慎一朗。赤坂の宝石屋の一件も、あんたの仲間を交番にぶら下げたのも、全部、堂島の描いた絵図に、俺が従ってやったまでのことだ」

今すぐこの男を絞め殺したい。その衝動がないではなかったが、だがそうするには、馳の目は、あまりに悲し過ぎた。ミチヨを失い、最後の「仕事」を求める今の馳の言葉に、嘘があるとも思えない。

いいだろう。付き合うとしようじゃないか。

津原も前を向き、しばらくは目を閉じていた。

今の自分に、守るべきものや、生きる意味は何かあるのかと問いながら。

4

車は中山道《なかせんどう》を北に向かっていた。

何度か、どこに向かっているのかを訊いてはみた。だが、馳が答えることは一度としてなかった。教える気がないのなら、仕方がない。津原はカーナビゲーションのモニターに目を凝らし、なんとかその答えを推し量ろうとした。

このまま進んでいけば、やがて埼玉県に入る。馳が言う「面白い死に場所」とは、堂島慎一朗の居場所とは、そっち方面なのだろうか。

荒川を越え、戸田《とだ》、蕨《わらび》と進んでいく。午前四時。当たり前だが道は空いており、馳がアクセルを踏む分だけ、車は気持ちよく暗い路面を呑み込んでいく。

そういえば、確か馳の生まれは、埼玉県越谷市だったはず。この期《ご》に及んで、生家にでも寄ろうというのだろうか。それにしては、選ぶ道がやや遠回りな気がするが。

そんな予想を嗤《わら》うように、馳は与野《よの》の辺りでハンドルを左に切った。そこからは少しスピードを落とし、四、五分進み、低い工場らしき屋根の建ち並ぶ通りを進み、また左に曲がった。

町は、どこも死んだように静まり返っていた。街灯すら滅多に点いてはいない。むろん歩道に人の姿もない。

馳が車を停めたのは、工場の裏手といった感じの、ブロック塀の前だった。

「……降りろ」

とても右翼の親玉がいそうな場所ではなかったが、逆らう理由はなかった。

四月下旬。夜明け前の風は思いのほか冷たい。猛火に晒されたり、冷気に煽《あお》られたり。なんと忙しない一夜だろう。

ドアをロックした馳が、ブロック塀の角を左に曲がっていく。すぐにその背中を追ったが、ふと、何か重要なことを思い出した気がして、津原は足を止めた。

なんだ。この違和感は——。

鎖を揺する音と、錆《さ》びた蝶番《ちょうつがい》が軋《きし》む音。数秒おいて、馳が角から顔を覗かせる。

「……早く来い」

結局、違和感の正体は突き止められぬまま、津原は馳の言葉に従った。

塀に囲われた敷地は、何かの工場跡のようだった。錆び、半分まで朽ちた看板がかろうじて門柱に引っ掛かっている。

赤井鉄工所。

馳は、死んだ女の名前を「アカイミチヨ」と言った。するとここは女の実家か。そう思って見ると、右奥には住まいらしき平屋の家屋もある。

工場入り口の鍵を開けた馳が振り返る。屋根は住まいより少し高いが、それでもやはり平屋のようだった。

「入れ……」

真っ暗な戸口に馳の姿が消える。だがすぐ、懐中電灯であろう明かりが灯った。中を覗くと、詳しく様子が分かるほどではないが、まあ歩くのに不自由がない程度には見えた。大きなテーブル状の台の間を縫って、馳は奥へと進んでいく。

「……ミチヨの実家だ。工場は、不景気の煽りを喰って倒産。両親はまもなく病死した。売っ払ってもよかったんだが、どうせ大した額にはならない。今は俺が管理してる」

奥のドアを開け、馳が照明のスイッチを入れる。意外なほど明るくなったそこは八畳ほどの、コンクリート床の更衣室だった。

馳が、壁際に並んだクリーム色のロッカーから作業ツナギらしき服を二着取り出す。

「着替えろ」

濃紺と、グレー。これならあんたも着られるだろうと渡されたのは、紺の方だった。

頷き、黙ってスーツを脱ぎ始めると、なんだろう。馳がじっとこっちを見る。

「……怪我、大丈夫か。簡単になら、手当てもできるぞ」

どう答えていいのか分からず、じっと自分の上腕を見た。確かに、二十センチほど切れてはいるが、さして深くはなかったのだろう。もう血は乾きかけている。ただ、激しく動いたらどうなるかは分からない。

「時間はある。シャワーでも浴びて、少し何か腹に入れるか。あんたには、せいぜい役に立ってもらわないと困るからな」

馳の口調は意外なほど穏やかだった。またそれをさして不思議に思わない自分の心境も、妙といえば妙だった。

あの工事現場での出来事が、出会いと呼ぶに相応《ふさわ》しいものだったとは思わない。だがそれでも、だいぶ顔は見慣れた。なんの予告もなく見れば、化け物以外の何者でもない。その素性は殺し屋なのだから、警察官である自分との敵対関係は否定し難い。しかし、こうやって言葉を交わしてみると、やはり同じ人間なのだと思う。

「……なぜだ、馳」

彼は別のロッカー前にしゃがみ込み、何やら物色している。

「なぜ、俺を殺さなかった」

「……言っただろう。金にならない殺しはしない」

何か見つけたようだった。ビニールパッケージのロゴから察するに、紳士物の肌着のようだ。

「じゃあ、堂島のところに、案内すると言ったのはなぜだ」

ケロイドの頬が攣れる。苦笑いか。

「あんたが、本気で俺を殺そうとしたからだ。相棒の方は、チャカまで持ってやがった。しかもあれは、ポリ公の支給品じゃなかった。だからさ……あんたはもう、大きく道を踏みはずしてる。こっちの道に、到底あと戻りが利かねえほど、踏み込んじまってる。だったら、案内してやろうかって、そう思っただけさ。どの道こっちは地獄行きだ。道連れは、多いに越したこたぁねえ」

どこかで、薄っぺらいトタン板の揺れる音がした。

風か。猫の悪戯か。

「そういや、あんたの名前……聞いてなかったな」

津原、英太。巡査部長だ。

そう答えると、馳は小さく頷いた。

「……手帳、汚れちまって、読めなかったんだ」

手当てはどうする、と重ねて訊かれたので、頼む、とだけ、津原は答えた。

自分の吐く息が、まだいくらか煙たく感じられた。

住まいの方でシャワーを借りた。給湯器は故障していて、お湯は出ないということだったが、水を浴びるだけでもかなりさっぱりした。その間に馳は買い物に出たらしく、浴室から戻ると、茶の間の畳にはいびつな形に膨らんだコンビニのレジ袋が置いてあった。菓子パンと、缶コーヒーが入っていた。

津原が借りたのと同じツナギを着た馳は畳に胡坐を掻き、アンパンを頬張りながら言った。最近は楽になった。花粉症のお陰で、大判のマスクにサングラスという出《い》で立《た》ちでも、怪しまれることがなくなった、と。

それから、しばらく眠った。昼過ぎに目を覚ますと、馳の姿が辺りになかった。外に出てみると、ここまで乗ってきた車が敷地内に入れられていた。だいぶ古い型の、黒のクラウンだった。だが、後部座席にミチヨの遺体がない。開けてみると、トランクも空っぽだった。

「……おい、こっちだ」

声の方を振り返ると、最初に入った工場の入り口から馳が顔を覗かせていた。手招きをするので行ってみると、錆びた鉄製の台の上に、二つの遺体が並べられていた。

「縁もゆかりもない二人だが、あんなところに押し込めとくよりはいいだろう」

頷きながら、津原は辺りを見回した。かつては旋盤やプレス機などもあったのだろうが、今は何もない。残っているのはデコボコに歪んだステンレス製の流し台、蛇口、壁の配電盤、それと、何脚かのパイプ椅子くらいだった。

なんとなく手を合わせ、その場を離れた。

住まいに戻り、馳がシャワーを浴び、身支度を整え終えたのが三時過ぎ。車に乗り、赤井鉄工所跡《あと》を出たのは三時半頃だった。

一時間半ほどかかって六本木に着いた。馳は車を路肩に寄せ、どこかに電話をかけ始めた。そうなって初めて、津原は気づいた。自分の携帯電話は、どこに行ってしまったのだろう。あの更衣室で脱いだスーツのポケットにはなかった。うっかり忘れた、というのはないと思う。実際、拳銃はちゃんとツナギの方に移し替えた。警察手帳はあのときのまま、ダッシュボードに載っている。じゃあ、携帯電話は。

ひょっとすると、あの工事現場での乱闘で落としてしまったのかもしれない。かといって、俺の携帯電話がないじゃないかと、馳に言うのも筋違いだ。

なんとなく、津原は馳が話すのを横で聞いていた。

馳は偽名をいくつも使って、堂島の今夜の予定を調べているようだった。始終無表情なので収穫の有無は分からない。ただ、津原に対して利くような口調だけでなく、かなり礼儀正しい言葉遣いもできるのには、少々驚かされた。

「……今夜は、誰とも会わなそうだな」

パチリと、黒い携帯のフタを閉める。

「じゃあ、どうするんだ」

「厄介だが、自宅に押しかけるしかないな」

「自宅の方が、厄介なのか」

「ああ。ボディガードも、セキュリティシステムも万全だからな。ただ、やり方がないわけじゃない。どうせ、一か八かの殴り込みだ……むろん、気乗りしないのなら、お付き合いいただかなくてもけっこうだが」

津原はかぶりを振った。

そういう選択肢は、自分にはもうないと思っている。


堂島の自宅は、渋谷区松濤《しょうとう》にあるということだった。

「あれだ。あの、煉瓦《れんが》色の塀のところだ」

暗くなるまでは、車で辺りを適当に流して過ごした。その間も馳は何度か電話をかけていたが、堂島が自宅にいるという予想はいささかも揺らがないようだった。

津原は、堂島についていくつか質問をした。しかし、馳はほとんど何も答えなかった。絵のことは絵描きに直接訊け。そんな返答が一番多かった。

二十時、二十三分。

馳はひと区画離れたところに車を停め、大きめのウエストポーチを持って降りた。津原が持っているのは、小沢が調達した拳銃一丁、それだけだ。弾は十五発、フル装弾してあるが、撃つ覚悟はというと、正直自分でもよく分からなかった。

なぜだろう。馳は堂島邸には直接行かず、道を一本隔てた、別の民家の裏手に回った。体を横にしなければ通れない狭い路地を、すいすいと器用に進んでいく。

「ここも堂島の持ち家だが、こっちは……単なる出口だ」

「出口？」

「非常通路のな。母屋とは地下道で繋がってる。一ヶ所だけ若いのが詰めてる部屋があるが、今どきの右翼だ。腕っ節も大したことない、ただの小僧さ」

言うなり馳は手を伸ばし、腕の力だけでコンクリート塀をよじ登った。よほど慣れているのだろう。津原と大して変わらない体格をしているというのに、身のこなしは異様に軽い。ひょいと塀の上に腰掛け、来いという目でこっちを見下ろす。倣って、津原も塀に手を掛けた。高さは二メートルほど。やってみると、馳ほどすんなりとはいかなかったが、でもなんとか登ることはできた。

塀の上から見渡した敷地内は、庭木が多いせいか辺りよりだいぶ暗かった。詰め所といわれた部屋がどこにあるのかは分からない。

馳に続いて塀から下りる。七、八メートル先に平屋造りの日本家屋があるが、雨戸が閉まっているため内部は見えない。

庭の端を歩くよう、馳が手振りで示す。ときには木の裏側を回り、腰を屈め、枝を避けて進んだ。やがて馳は、物置としか思えない、ちゃちなプレハブ小屋の前で立ち止まった。ウエストポーチから、何やら道具を取り出す。

「こういうところはな、非常時に、中から簡単に開けられるように、鍵は簡素にしてあるもんだ。こんな玩具みたいなもんでも、簡単に開けられる……」

玩具というのは、「?」のように先の丸まった金属板と、それに繋がった糸と、磁石のセットだった。引き戸と引き戸の隙間に板を差し込み、下から磁石でおびき寄せ、フックに引っかけた糸を上に引っ張る。少しずつ、慎重に。

やがて、カッ、チン、と軽い金属音が鳴った。

「よし」

音をたてないよう、ゆっくりと引き戸を開ける。月明かりに照らされた内部は空っぽで、コンクリートの床に、金属製の四角いハッチがあるだけだった。

中に入ると、馳はまたゆっくりと戸を閉め、鍵を掛けた。

すぐにペンライトを取り出し、ハッチを照らす。

「持ってろ」

津原は受け取ったペンライトを、馳の手元に向けた。

ウエストポーチから、また別の道具を取り出す。千枚通しのようだが、部分的に関節が仕込まれており、自由に曲げ伸ばしができる器具のようだった。

先の部分を三センチほど直角に曲げ、ハッチとコンクリート床の隙間に差し込む。握り部分にはホールドスイッチでもあるのか、馳がそのまま引き上げると、ハッチはいとも容易く浮き上がった。

中には真下に向かって、アルミ製の梯子が掛けられていた。目で頷き合い、馳が先に下りていく。彼は津原が穴に入ったところで、押し殺した声で、開けておけ、と言った。理由は分からなかったが、言われた通りにしておいた。

四メートルほど下っただろうか。馳の言う通り、地下道に出た。といっても、幅が一メートルもない、廊下にしても狭い通路だ。そこを、ペンライトの明かりだけで進んでいく。長い一本道だった。湿ったコンクリートの臭いがし、酸素もだいぶ薄いように感じられた。何度か蜘蛛《くも》の巣もかぶった。

やがてまた、アルミ製の梯子が前方に現われ、そこで通路は行き止まりになった。

「……真上が、堂島の書斎だ。本人がいるかいないかは、運次第だ」

馳は、ペンライトを口に銜えて登り始めた。すぐに津原も続く。

さっきより少し長めに登ったところが天井、というか、書斎の床面のようだった。

馳は止まったまま、室内の様子を窺っていた。やがてペンライトで自分の手を照らす。

親指、人差し指、中指が立っている。三人いる、という意味だろうか。

その手を引っ込め、今度は器用に、梯子に引っかけた足だけでバランスをとり、武器の用意を始める。ポケットから拳銃を取り出し、安全装置をはずす。すぐにペンライトでこっちを照らす。津原ももう用意はできていたので、明かりの中に銃を差し出し、照らしてみせた。

またさっきと同じように、馳が自分の手を照らす。

五、四──。

今まで味わったことのないくらい、大きな鼓動が胸の内を圧する。

三、二──。

馳が、拳銃を持った手を天井に添える。

一──。

カウントダウンの手が、拳になる。

ゼロ──。

馳が、頭突きも交えて天井を押し上げる。上に何か載っていたのか、がたんと大きな音がした。

射し込む明かり。だが目が眩むほどではない。

馳の下半身が四角い穴から抜け出ていく。すぐ上には廂《ひさし》のようなものがかぶさっている。

どうやら出口は机の下にあるようだった。

すぐさま馳に続いたが、津原が立ち上がるより先に銃声がした。

「馳、キサマッ」

三発、四発。

津原が机の上に顔を出したとき、馳は、向かいの壁にあるドアに施錠をしているところだった。手前には切り株でできた重そうなテーブルがある。料理の皿と、ワインボトルと、割れたグラスと、俯せに倒れた男が一人、載っている。それを囲んでいるのは黒い革張りのソファだ。

そのソファから立ち上がった、恰幅のいい、和服の男がこっちを振り返る。

堂島慎一朗。

頻繁《ひんぱん》にテレビに出ていた頃より、だいぶ生え際《はぎわ》が後退している。髪も真っ白になっている。だが血色は、すこぶるいい。いかにも、いいものを食い、いい酒を飲んで生きてきたという顔つきだ。

津原を見て、驚いたふうはあまりなかった。見るとその足元にはもう一人倒れている。こんなことを褒めるべきではないのだろうが、正直、馳の殺しの腕、手際のよさには感服した。

まもなく、扉の向こうが騒がしくなった。

「会長、会長、どうかなさいましたかッ」

馳がドアの前で振り返る。笑っている。

「静かにしろと、言ってやってください……会長」

銃口は堂島に向けられている。

「……分かった」

堂島は咳払いを一つ挟み、騒ぐなと、扉に向かって一喝した。

それだけで、廊下は静かになった。

馳が「カーテン」と言ったので、後ろを見た。庭に面した出窓が二つあった。その両方ともに、津原はカーテンを引いた。

「どういうことだ……馳」

堂島が馳を睨む。こちらもさすが、というべきなのだろう。声に動揺は微塵《みじん》も表われていない。

「それは、こっちの台詞ですよ、会長……私は、あなたに言われた仕事に関しては、これまで全て、ご要望通りにこなしてきたはずです。森本の一件では恥ずかしいところもお見せしましたが、尻《けつ》は自分で拭きました。交番の警官も、岩城も、ご命令通り吊るしました。一体、なんの不満がおありなんですか」

言いながら、馳は一歩一歩、堂島に近づいてきた。

やがて銃口が、堂島のこめかみに突き当たる。

「……座ってください。会長」

堂島が、ゆっくりとソファに腰を下ろす。馳の構えた銃は、堂島のこめかみに突きつけられたままだ。

「馳。お前は何か、勘違いをしてるんじゃないのか。私は、お前の仕事に、なんら不満は持っておらんぞ」

「へえ。不満もないのに、女ごと、プレハブ小屋を吹っ飛ばしますか」

太い白髪の眉が、中央にすぼまる。

「……小屋を、吹っ飛ばした？」

「おや。お心当たりはないとでも」

堂島が、睨むように見上げる。

「ない」

その瞬間だ。

5

馳は思いきり、膝で堂島の顎を蹴り上げた。

歯と歯、骨と骨とが激しくぶつかる。

堂島の体勢が、大きく後ろに崩れる。

「……困りますね、会長。ボケるにはまだ早いですよ」

胸座を摑んで引き起こす。堂島の口から、粘っこい血と涎《よだれ》があふれ出てくる。よく見ると、歯も一、二本、そこに混じっている。

だが、表情そのものは、さきほどと全く変わっていない。

「なんの、ことだ……さっぱり、分からん」

「北区豊島の、あんたが大学病院の移転話に首を突っ込んで、だが途中で面倒になってほっぽり出して、私に鍵を預けた工事現場、あそこのプレハブ小屋ですよ」

「それを私が、誰かに命じて、爆破させたというのか」

「違うんですか」

「……違う」

今度は腹を蹴る。いや、ほとんど踏みつけたような有り様だ。

堂島が前屈みになり、激しく嘔吐する。こっちまで酸《す》っぱい臭いが漂ってきそうだ。それでも馳は、一瞬たりとも堂島のこめかみから銃口を逸らさない。

ただ、深い溜め息をつく。

「いいでしょう……じゃあちょっと、話を整理しましょうか」

そう言って、こっちに目だけを向ける。

「津原さん。あんた、知りたいことがあるんなら、今のうち訊いといた方がいいよ。人間てのは、死ぬと喋れなくなっちまうから」

自分に、いま馳がしたのと同じことができるだろうか。この殺し屋と同じことが。吊るし屋と怖れられた男と同じ、残忍な行為が。

だがすぐに、いや、と思い直す。

植草の、葬儀の様子が脳裏に甦る。穏やかだった、棺《ひつぎ》の中の死に顔。制服の襟元、首に厚く巻かれていた包帯。兄の遺影を喪服の胸に抱き、まるで自分の魂まで失《な》くしてしまったかのような、遥の青白い顔。エレベーターの中。優しい匂い。細い体。柔らかだった唇。薄い胸。そこからあふれ出た、鮮血。ロフトからぶら下がった、大河内。伸びきった首。力なく垂れた両手。一緒に泣いた小沢も、もうこの世にはいない。黒焦げになり、顔が半分なくなり、今は廃工場の作業台の上に、人知れず横たえられている。

みんな、みんな、掛け替えのない、大切な人たちだった。

津原も、堂島に銃口を向けながら机を迂回していった。

「……堂島さん。私は、警視庁で刑事をしてました、津原といいます。森本隆治殺害事件の、再捜査を担当していました。順番にお訊きしますので、できるだけ簡潔に、お答えいただきたい。彼を……馳を、森本隆治氏に差し向けたのは、あなたですか」

こっちも見ずに、小さく頷く。

「それは、曽根明弘が起こした、強盗未遂事件を、揉み消すためでしたか」

今一度、同じように頷く。

「……揉み消しは当時、南関警備保障の特別顧問を務めていた、名越和馬から、依頼されたのですか」

もう一度。

「しかし、揉み消しは失敗。図らずも殺人事件に発展し、駆が容疑者として事情聴取をされる事態になった。駆が逮捕されたら、それはあなたにとっても大きな痛手になる。そこであなたは名越和馬と諮《はか》り、名越の娘婿である岩城繁男を使って、奥山という警視庁の刑事に、駆のアリバイ作りをさせた」

堂島の頷きは、決して投げやりというふうではなく、ただ淡々と、事実を認めるといった様子だった。

「……だがさらに思わぬところから、曽根の強盗未遂が発覚、警視庁が再捜査をすることになった……ここからが、私には分かりません。曽根は強盗未遂のみならず、駆の犯行である森本殺しまで、自分がやったと自供した。しかも後日、第一回公判で起訴事実を全面否認し、さらに自白も、凶器の遺棄場所も、全て警視庁の、植草巡査部長の指示に従って供述したものだと述べた……今ならば、彼にそんな指示が出せたのは、南関警備保障が差し向けた弁護士、安田圭太郎だけだったと、分かります。あなた方は、安田に何をさせたんですか。どうやって曽根に、森本殺害を自供するよう仕向けたのですか」

堂島は天井を見上げ、細く息を吐いた。

「……そんなものは、金に、決まっているだろう。あの小僧に、とにかく森本殺しを認めさせろ。そうしたら、二億くれてやる……まあ、そこのところは、あの安田という男が上手くやった。たったの三千万で、話はついたと言っとったよ。あとの一億七千万は、安田の取り分というわけさ」

二億。森本事件を、曽根の犯行に見せかけるためだけに、二億か。

「一体、なんのために」

「あとで、引っくり返すためだ。植草といったか……違法捜査をした元刑事を自殺させ……全てをひっくるめて、警察の一大スキャンダルに、仕立て上げるためだ」

「なぜ、そんなことを」

堂島は、微かに笑みを浮かべた。

それを見た瞬間、思わず引《ひ》き鉄《がね》を絞りそうになった。

だが、まだだ。答えを聞く前に殺すわけにはいかない。

「……消費税だよ」

反射的に、ハァ？　と訊き返していた。

「世論がなんと言おうが、民自党政権が終わろうが、もういい加減、消費税率の引き上げなしには、この国は持たんようになってきている。官僚なんてのは、税金と私財の区別もつけられない馬鹿揃いだ。最初はいいことを言っていても、結局は欲しい欲しいばかりで、国のことを考えられる頭などは、これっぽっちも持ち合わせてはおらん」

じゃあ、あんたはどうなんだ。

それは思っただけで、言葉にまではできなかった。

「言うなれば、あれだ。家計簿もつけられない、ブランド物好きの、酒好きの、そのくせ、自分はいいとこの出だと、そんな下らない自尊心ばかりが強い、脳の髄まで腐りきった駄目女……国民にとっては、どうしようもない馬鹿な母親。それが官僚だ。じゃあ、父親は……まあ、政治家ということになるか。カメラの前では威勢がいいが、女房には頭が上がらない、地元では名士にへいこらし、言われたら土下座でも裸踊りでもなんでもする。金と力の重さを比べて、いつでもふらふら、かろうじて一本足で立っている、そんな……弥次郎兵衛のような、ちゃちな生き物……それが政治家だ。特に与党、民自党のな」

堂島の双眸《そうぼう》が、徐々に、妖しい光を帯び始める。

津原は、拳銃のグリップを握り直した。

「それと、消費税と、どう関係があるんだ」

「……いい質問だ」

堂島はゆっくりと反《そ》り返《かえ》り、背もたれに身を預けた。

「脳味噌の腐った母親……官僚と、もはや足腰も弱り、自分じゃ下《しも》の処理すら碌にできない、老いぼれの父親……民自党。では、今この日本という国を支えているのは、誰だ……」

クイズか、と思ったが、違った。

「……企業だよ。特に、グローバル企業などと呼ばれる、外貨を稼いでくる大企業こそが、今のこの国を支える大きな柱……そのことに、異論を挟む者はいないだろう」

軽く、咳払いを入れる。

「……その、日本という国の稼ぎ頭である、輸出を得意とする大企業が今、消費税率の引き上げを、国に強く求めている……なぜか。輸出商品の取引には、消費税がかからないからだ。それればかりか……これは、消費税の仕組みを知る人間ならば誰にでも分かる話だが、消費税とは、仕入れに課税された分を、売り上げに課税された額から差し引いて納めるものだ。しかし……輸出商品への消費税は非課税。つまり、〇パーセント。そこから仕入れ分を差し引いたらどうなる。マイナスになるだろう。そのマイナスがどう処理されるのかというと、税務署からの還付という形で、帳尻が合わせられる」

なんだ。これは一体、なんの話なんだ。

「分かるか。消費税とはそもそも、国民から無条件で金を搾り取れる、いわば手品のような税法だが、輸出大企業にとってはそれが、さらに魔法のような収入源になり得る。仮に消費税率が五パーセント引き上げられたら、その分が国から、丸々企業側に、還付金として再配分されることになる。現にこの方法によって某自動車メーカーは、年間二千億円にものぼる還付を受けている。だから、引き上げ幅が五パーセントでも十パーセントでも、なんなら十五パーセントでも、大企業側はかまわないわけだ……が、それだけでは済まないのが、消費税という名の魔術だ」

二丁の銃を向けられながら、この男は、いま何を、語ろうとしているのだ。

「……与党、民自党がいま消費税の話をしたら、政党支持率は一気にひと桁台まで下落する。実際に消費税率の引き上げを決めたら、次の選挙で民自党は、確実に負ける……民自党の敗北、下野は同時に、政権が新民党に移ることを意味する。だがそれだけは、絶対にさせられない。今の新民党に、政権を担う能力は微塵もない。足腰が弱っていようが、官僚に頭を押さえられていようが、まだまだ民自党の方が、国というものを動かす力は持っている……さあ、どうする。企業の要求を呑み、民自党は下野も覚悟の上で、消費税率を引き上げるべきか。あるいは、あくまでも政権にしがみついて、消費税率を現状維持するのか。しかしそれで、企業連合が新民党をこぞって推すようになったら、どうなる。経団連は決して、甘く見ていい相手ではないぞ……」

堂島の頰が、不気味な形に吊り上がる。

「……いいか。私は生粋の国粋主義者だ。この国の発展と、永遠の平和を、心から望んでいる。そういった観点で言えば、消費税の問題も自ずと答えが見えてくる。大企業はある程度、擁護してやらねばならん。なんと言っても、国の稼ぎ頭だからな。当然、消費税は引き上げざるを得ない。ただ、民自党の下野は避けねばならない。新民党の約半数は、共産主義にかぶれた連中だ。あんな馬鹿どもに政権は任せられん。誰がなんと言おうと、この堂島が、それは許さん。そうなると、とるべき方法はただ一つだ」

馳、津原と、堂島は順番に視線を巡らせた。

「消費税率の引き上げ法案を国会に通す間、国民の目を全く別の方に向けさせ、民自党の政党支持率低下を、少しでも和らげる。それしかない……警視庁の刑事が、強盗未遂犯に殺人の自白を強要、公判で引っくり返されるや否や、交番で首吊り自殺……少なくともこれで、三、四日は持つ。他にもいろいろ種は撒いたよ。中国からの輸入食品に毒物を混入、インターネットで自殺幇助《ほうじょ》、芸能人の離婚、結婚、薬物疑惑……何しろ、その日に流せるニュースの数というのは限られているからな。別の話題が豊富ならば、自然と政治絡みの報道は縮小される。それはテレビでも、新聞でも同じだ。お陰で無事、今回の消費税率引き上げ法案は成立させられる目処《めど》がついたよ」

そんな、馬鹿な。

「じゃあ、何か……法案を、こっそり通す間の、目眩ましのために、あんたは……一連の事件を、仕組んだというのか」

堂島はこともなげに頷いた。

「その通りだ。強盗未遂云々は知ったことではないが、その後のどんでん返しは、いわば作った話題だ。当事者にはむろん、すまないことをしたと思うが、この国が破綻するよりはいい。この考えは決して、揺らぐものではない」

冷たいガスが、胃の辺りから、せり上がってくる。

「もう一度、訊く……植草巡査部長を、自殺に見せかけて殺害したのは、たった数日の、話題作りのためか」

「そうだ」

ガスに、種火が――。

「じゃあ、大河内は。大河内巡査部長と、植草巡査部長の妹、植草遥を殺害したのは、なんのためだ。それも、単なる話題作りか」

堂島が、怪訝そうに目を細める。

「……なんだそれは。知らんぞ」

点火――。

「惚けるなッ」

グリップ部分を、思いきり堂島の鼻っ柱に叩きつけた。ちゃんと、自分で分かってやっていた。死ね。そう思いながら振り下ろした。鼻骨のひしゃげる音と、肉の潰れる音を同時に聞いた。手首の辺りで、振動として、直に味わった。

だが、なぜだろう。馳も同じ目つきでこっちを見ている。

「……おい。この際だから言っておくが、その二人は、俺の仕事じゃないぞ」

なんだ、この期に及んで。そんなことを急に言われても、にわかには信じられない。怒りも治まらない。

「そんなはずがあるか。俺は見たんだぞ。お前が非常階段から逃げていくのを。バイクに乗って走っていくのを」

「俺が？　嘘をつくな」

「大河内は首吊り自殺、植草遥は大河内の銃で射殺……あんなことができるのは、お前しかいないじゃないか」

「いまさら、そこだけ嘘を言ってどうなる。それは、俺の仕事じゃない……ということはだ。他にも、そういう仕事ができる人間はいるってことだろう……どうなんだ、会長」

すると、急に扉の向こうが騒がしくなった。

雪崩《なだ》れ込《こ》む足音。折り重なる怒声。壁を叩くような、ドアに体を押し付けるような物音。どけ、なんだテメェ、警察だ、ふざけんな、いいからどけ、離せバカヤロウ。

「……おい津原、いるんだろう、津原、そこにいるんだろう」

なんと、堀田の声だった。しかし、なぜここが。

「開けろ津原。ここを開けろ。とにかくここを開けんか」

馳に動じた様子はない。依然、銃を構え続けている。

堂島は馳を、値踏みをするような目で見上げている。

やがて「どけ、下がれ」と、外の堀田が怒鳴る。対してここの人間は、「でも中に会長が」とか「手荒な真似はするな」とか、おそらく普段とはまるであべこべなことを言っている。

まもなく銃声がした。耳をつんざくほどの金属音。続いてドアを叩く音。いや、蹴っているのかもしれない。だが開かない。するとまた銃声。周りの者が悲鳴を上げる。跳弾《ちょうだん》でもあったのだろうか。

そんなことを三回繰り返し、ようやく、扉は開き始めた。

初め、狭く開いた戸口に、人の姿はなかった。だが半分ほど開いた辺りで、左側から銃口と、誰かの顔が半分だけ現われた。中の様子を探り、ドア口に銃口が向いていないことを悟り、姿を現わす。

堀田だった。

「津原……もうよせ。そんなことをしても、なんにもならん」

馳が堂島を立たせる。こめかみに銃口を当てたまま、机の方に引っぱっていく。

津原も銃は堂島に向けているが、目は、完全に堀田から離せなくなっていた。

「次郎さん、なんでここが……」

堀田は左手をポケットに突っ込んだ。取り出したのは例の、年配者仕様の携帯電話だった。

「いつだったか、津原……お前さんに、位置情報提供サービスというのを、設定してもらっただろう。あのとき、俺もお前の番号を登録して、検索して、やってみたじゃないか……すっかり忘れていたが、それを、急に思い出してな、やってみたんだよ。そうしたら、ここが分かった」

携帯電話。しかし自分のは、ここには——。

いま持っていないのに、この近くにあるのだとしたら、それはもう、馳の車の中しかあり得ない。だとすると、馳に絞め落とされ、車に連れ込まれたときか。あるいは寝返りを打っている間に、ポケットからこぼれ落ちたのか。

堀田が一歩、踏み出そうとする。

「次郎さん……それ以上は、来ないでください」

馳と堂島と、三人で机の後ろに回り込む恰好になる。その向こう、床に一つ、切り株のテーブルにもう一つ、死体がある。堀田がいるのは、ソファセットのさらに二メートルほど先だ。外の廊下では、國永会と私服警察官らしき人間が入り交じりながら、こっちの様子を窺っている。

堀田は二つの死体を見下ろし、ゆるくかぶりを振った。

「なんてことを……もうよせ、津原。こんなことをしても、なんの解決にもならん」

分かってる。分かってはいるが、しかし。

「次郎さん……こいつらは、ただスキャンダルがほしくて、政局から国民の目を逸らすネタがほしくて、植草さんを……」

さすがに堀田も目を丸くしたが、それ以上の反応はなかった。

「守も、遥ちゃんも」

隣で馳が「それは違う」と呟いたが、無視した。

「結局……小沢も、この……馳の連れ合いも、殺されました。全部、この堂島が、仕組んだことなんですよ」

同じように、堂島も小声で「違う」と言った。だがそれは、押し殺したというよりも、誰かに喉を潰されたような声に聞こえた。

見ると、馳の黒手袋の指が、堂島の喉笛に深く喰い込んでいた。どうやっているのか、堂島の両腕は後ろに回り、動かせなくなっているようだった。

堀田がかぶりを振る。

「津原……それでもお前は、警察官なんだよ。お前は、俺と同じ、警視庁の、刑事なんだ。そんな解決方法が、正しいとは思っとらんだろう。なあ津原……よせ。銃を、離せ」

やめてくれ。それ以上、言わないでくれ。

すると馳が、銃で堀田を牽制《けんせい》しつつ、津原に肩を寄せてきた。

「……お前、この穴から逃げろ。逃げて、俺の代わりに調べろ。おそらく、プレハブを爆破したのも、植草の妹を殺したのも、同じ奴だ……」

そう言って馳は、ある男の名前を挙げた。

津原は、思わず息を呑んだ。そうか、奴か。

「行け……行って、調べて、真相を突き止めろ……それをどうするかは、あんたに任せる。とにかく行け……その代わりこいつは、俺の好きにさせてもらう」

馳が、いっそう指に力を込める。

堂島の口から、血の色の泡がぶくぶくと湧いてくる。

「よさんか馳、やめないと撃つぞ」

堀田が銃を構え直す。四、五人の私服警察官が彼に続き、援護するように銃を構える。

「行け……早く」

「津原、銃を捨てろ」

いろんな顔が、目の前に浮かんでは消えていく。

夏の砂浜。笑っていた植草。

もじもじと煮えきらない態度の、大河内。

馬鹿を演じ続けた、小沢。

恥ずかしそうに、Tシャツの裾を弄っていた、遥。

津原は心の内で、堀田に詫びた。

すみません。でももう自分には、帰りたい場所なんて、ないんです。

「……津原、津原ァァァーッ」

穴に飛び込むと同時、頭上では、いくつもの怒声と、叫び声と、銃声とが、入り乱れた。

終章

堂島宅における銃撃事件は、指定暴力団組員、馳卓が単独で起こしたものとして報じられた。

堂島慎一朗宅に侵入した馳は、ほか二名の関係者、計三名を拳銃で射殺。その後、駆けつけた警官隊の前で、自らも銃を用いて自殺を図った――この一連の報道に津原の名前はなく、そればかりか、共犯の存在を匂わせる情報すら一切表には出なかった。

警視庁内部では、どうだったのだろう。

話が広がるのを恐れ、マスコミと同じレベルでのみ伝えられた、ということはむろん考えられる。真相は分からないが、津原は、おそらくそうだろうと思っている。津原が事件に関与し、現場から逃走したことを知っているにしては、奴の動きが、あまりにも無防備だったからだ。

津原は事件の翌日から、奴の行動を見張り始めた。三日目になって、奴はようやく自宅に戻った。世田谷区内のマンションで一人暮らし。なぜ一人なのかは知らない。そんなことに興味はない。どこに住んでいるのかが確認できれば、それでよかった。

マンションは十二階建てで、奴の部屋は十二階。それも実に好都合だった。再び留守になった四日目の夜を待ち、津原は自分で用意したロープとガラスカッターを用い、屋上からベランダ、ベランダから室内へと侵入した。

カーテンはあえて閉めず、ペンライトの小さな明かりのみを頼りに家捜しをした。だが、それで充分だった。

その日、奴は帰ってこなかった。次の日も、そのまた次の日も。

津原は冷蔵庫に入っていたハムや野菜ジュース、戸棚にあった缶詰などで飢えを凌《しの》いだ。奴がいつ帰ってきてもいいように、全ての作業は左手で済ませた。拳銃は、一瞬たりとも右手から放さなかった。

七日目の、日付も変わろうかという頃になってようやく、奴は帰ってきた。

鍵を開け、玄関に入ってくる。

ある程度敏感な人間なら、この段階で津原の体臭なり気配なりに気づくのかもしれないが、奴は違った。鼻歌交じりに廊下を歩き、リビングに入り、照明を点け、なんの気なしに振り返り、部屋の隅で銃を構える津原と目が合って初めて、うわっ、と驚いた素振りを見せた。

「お前」

「動くな……奥山」

津原は即座に詰め寄り、その額に銃口を押し付けた。

警視庁警部補、奥山寛。

彼は可能な限り仰《の》け反《ぞ》り、危険を回避しようとしたが、限界はすぐに訪れた。後ろ向きで倒れるように、ソファに腰を下ろす。津原は彼の肩を上から踏みつけ、改めて銃口を口の中に捻じ込んだ。歯と銃身が干渉し、ごりごりと嫌な音をたてた。

「あんた……いい歳して、これはないだろう」

クローゼットの中から見つけ出した、ゴム製のマスクを突きつける。ドン・キホーテで買ったら二千円もしないだろう、要するに、ちゃちなパーティーグッズだ。

だが、暗いところでならこれで充分だったろう。実際、津原も騙《だま》された。あの夜、植草のマンションから逃げ出したケロイド男は馳であると、信じて疑わなかった。

しかし、馳本人と相対すると何やら違和感を覚えた。特に後ろ姿が別人のように思えてならなかった。あのマンションから出てきた男は、むしろ別の誰かに似ていた。それが奥山であるとの確信に至ったのは、口惜しいかな馳に言われたときだった。

奥山は仰向けになり、両手を上げ、まん丸く目を見開いて、津原を見上げている。

「……なぜ大河内と、植草遥を殺した」

喋れるように、少しだけ銃身を抜いてやる。艶のない鉄の塊に、ねっとりと涎が絡みついている。

「……仕方、なかったんだ」

「何が」

「……堂島に、言われて」

「いい加減なことを言うな。堂島と馳がその件には無関係だったことは、とうに調べがついている」

さらに目を見開く。やはり、堂島宅事件に津原が関与していたことは知らなかったようだ。

「答えろ。なぜ大河内と遥を殺した」

銃口を前歯に当て、そのまま真上から、思いきり体重をかけて押した。細い枝の折れるような音と共に、再び銃身が口の中にめり込む。

くぐもった悲鳴。喉の奥にまで銃身が達したため、奥山は激しく嘔吐《えず》いた。とっさに手を添えようとしたが、津原はそうさせなかった。手を下げるなと怒鳴ると、奥山は大人しく、また両手を顔の横まで持っていった。

「もう一度訊く。なぜ、大河内と遥を殺した。もし俺が納得できるように答えられたら、警察に連れていってやる。だがそうじゃなかったら、即座に引き鉄を引く……よく考えてから、俺が納得できる答えをしろ」

今一度、銃身を口から引き抜く。

奥山は手を上げた仰向け姿勢のまま、津原に頷いてみせた。

「……ああ、あの……あの二人を、始末したら……お前は、馳を、絶対に、赦さない……必ず、復讐しにいく……そう、思ったからだ。だから、あの二人を殺し、馳の、居場所を、教えた……」

「なんのために」

「あ……あんたらと、馳を……いっぺんに、始末しようと……思ったんだ」

「じゃあ、あのプレハブを爆破したのも」

「……ああ。俺だ」

行き場のない怒りが、全身を震わせた。まるで自分が、噴火寸前の火山になったようだった。ぐらぐらと視界が揺れる。すがるように、拳銃を握り締める。少しでも気を抜いたら、すぐさま引き鉄を絞ってしまいそうだ。

「……もう一つ訊く。森本隆治の事件についてだ。馳が森本を脅迫しているとき、誰かが悲鳴をあげ、それに気づいた通行人が路地を覗くと、馳が、森本の首を絞めているところだった。しくじったと思った馳は、森本を刺殺した……最初に悲鳴をあげて、通行人の注意を引いたのは、あんたか」

小さくだが、確かに頷く。

「なぜそんなことをした」

「馳に、失敗、させたかった……」

「なぜだ」

「俺を、ああいう裏仕事に引きずり込んだのは、馳だ……奴は、俺がギャンブルにはまって、街金に、何百万も借金してるのを、知ってた。それを堂島か、名越に、知らせたんだろう。三年前……岩城から、裏仕事の依頼が、くるようになった……借金は、最初に仕事をしたときの報酬で、返した……それでも奴らは、俺を、使い続けた。過去の裏仕事をネタに、いつまでも……手足のように……」

凶器の遺棄に関する疑問がまだ残っていたが、もはや、我慢の限界だった。

再度銃身を口の中に捻じ込み、引き鉄を引いた。

続けざまに、三回。

途中で口から出し、両目を撃った。額も撃った。

十発を過ぎた辺りで、顔は誰だか見分けがつかなくなった。後頭部はぐずぐずに崩れ、辺りはキムチ鍋をぶち撒けたような有り様になった。

それでもまだ、気は治まらなかった。

もっともっと、大きな獲物が必要だった。

堀田がデスクに座ると、先月地域課から異動してきたばかりの新人が、早速お茶を持ってきてくれた。

「おはようございます、係長」

「ああ、おはよう……ありがとう」

新米刑事の仕事は、先輩たちの好みを覚えることから始まる。湯飲みの色、形、飲み物の種類、濃さ、それと、温度。残念ながら、昨今はこの風潮も廃《すた》れつつある。特に女性にお茶汲《ちゃく》みをさせるのはよろしくないと、上の人間が進んで遠慮する傾向すらある。嘆かわしいことだが。

ふと、ある男のことを思い出した。

津原英太。彼はこういうことを、むしろ喜んでやるタイプだった。

喉元に込み上げた苦い想いを、淹れたてのお茶で飲み下す。堀田は、夏でも朝は熱い緑茶と決めている。今朝のは渋みが今一つだが、温度はまあ、こんなものでいいだろう。その点、あいつの淹れたお茶は——。

いかん。今朝はどういうわけか、津原のことばかり思い出す。

彼をこの目で見たのは、堂島宅事件の、あの瞬間が最後だった。

落とし穴に落ちたように、瞬間的に、津原の姿は机の向こうに消えた。だがすぐそこで馳が銃を構えていたため、迂闊には近づけなかった。馳は右手の銃でこちらを牽制しながら、左手で堂島慎一朗を絞め殺した。死体は津原が消えたのと同じ穴に落とし込み、自らは銃で頭を撃ち抜いて果てた。津原は地下道を通って隣家の庭に抜け、逃走したようだった。以後、彼の消息は杳《よう》として知れない。少なくとも警視庁は、表向きには把握していないことになっている。

捜査一課の奥山が殺されたのは、そのちょうど一週間後だった。原形を留めぬほど頭を撃たれて死んでおり、傍《かたわ》らには、アメリカ映画に出てくるモンスターのゴムマスクがあったという。馳の顔によく似た、顔中がケロイドになったマスクだ。この事件はむろん、刑事部捜査一課が調べを進めているが、捜査に進展があったという話はいまだに聞かない。

津原の仕業ではないか、という思いは少なからずある。だが今の自分は、それを調べる立場にはない。またそれを解き明かしたいという思いも、実のところ、全くない。できることならば、放っておいてやりたいと思う。津原のことはもう、そっとしておいてやりたい。心から、そう思っている。

たった一つ、彼に求めることがあるとしたら、それは――。

もし、今もどこかで生きているのなら、人を愛することだけは、諦めないでほしいと思う。不器用な男だから、きっと今この瞬間も、死ぬほどもがき苦しんでいるに違いない。だからこそ、誰かがそばにいてくれたらと思う。誰かを愛することさえできれば、あいつなら、きっと立ち直れる。そう、信じたい。

もうひと口すすり、堀田は家から持ってきた新聞を広げた。電車の中で読めたのは三面までだったが、下野した民自党が分裂、という記事以外は、特に興味の持てる話題はなかった。今度は裏返して、社会面を見る。

ぱっと目についたのは、元警察庁長官、名越和馬の自殺に関する記事だった。

そういえば昨夜、帰り際にそんな話を小耳に挟んだが、そのときはさして気にも留めなかった。記事によると、どうも首吊り自殺のようだ。

またか。そんな思いがよぎった。

名越の娘婿、岩城元警視監も、首吊り自殺だった。

堂島、名越、岩城。彼らには、何かと黒い噂がつきまとっていた。また堂島宅で死んだ馳も、彼らと深い繋がりを持つ人間であったことが分かっている。なんでも「吊るし屋」と異名をとる殺し屋だったのだとか。

しかし、その馳も、もうこの世にはいない。

今回の名越の首吊りは、本当にただの、自殺なのだろう。

新聞を畳む。そろそろ、朝会《あさかい》の準備をする時間だ。

総務から特別な連絡事項はない。備付簿冊にも、これといった記載はない。

「じゃ……ぼちぼち始めるか」

高島平警察署、刑事組織犯罪対策課、暴力犯捜査係。

今日も一日、諸君が無事、職務を遂行してくれることを切に願う。

新装版解説　真に吊るされるべき「悪」を吊るす者へ

宇田川拓也

累計三百万部を超える誉田哲也の大看板シリーズ〈ジウ〉サーガのなかでも、第五弾にあたる『ハング』は、とくに異色の作品といえる。それは物語の中身だけでなく、その成り立ちも含めた意味であるところから説明していくとしよう。

現在はナンバリングが施され、歌舞伎町《かぶきちょう》を守る伝説の暗殺者集団〈歌舞伎町セブン〉のメンバーであり、鍛え上げられた大柄な肉体を武器に悪人たちを容赦ない力業で仕留める無口な男――ジロウの過去を描いた内容であるとされているが、当初からこうした形で紹介されていたわけではない。徳間書店の文芸誌「問題小説」にて二〇〇七年十月号～〇八年六月号に掲載後、加筆訂正を経て同版元より二〇〇九年九月に単行本として刊行。その後、二〇一二年九月に〈ジウ〉三部作の版元である中央公論新社で文庫化。この時点で『歌舞伎町セブン』も刊行済みではあったが、本作が壮大なサーガの一部であることは、まだ公にされていなかった。物語の内容のみを手掛かりに、刑事・津原英太《つはらえいた》＝ジロウであると正しく見抜いていた発言も、ほぼなかったように記憶している。

そのため旧版の巻末解説（こちらも宇田川が担当）では、『歌舞伎町セブン』との接点について、法で裁けぬ巨悪——という共通項に触れる程度しかできていない。当初単体作品として刊行されたという点では、サーガ第四弾『国境事変』も同様だが、主要人物として東弘樹《あずまひろき》警部補が登場するため、〈ジウ〉三部作と絡めた読み解きもできた。しかし当時、『ハング』には（作中にヒントはあったものの）はっきりとした情報がなく、全体像を捉え切れなかった点はお詫《わ》びするしかない。ちなみに旧版の解説では、誉田哲也が作品ごとに年表を作り、異なるシリーズのキャラクター同士が共演しても齟齬《そご》が生じないよう時間軸を統一していることを踏まえ、今後別の作品で津原の再登場もあり得るのではないかという予想を立てて筆を置いている。すでにサーガとしての世界観が明らかになっているいま読み返すと、ちぐはぐな印象の解説となってしまった感は否めない。今回の新装化により、こうして解説もまた刷新する機会をいただけたことは誠にありがたい限りである。

物語は、おもに凶悪犯罪を扱う警視庁刑事部捜査第一課のなかでも、重要未解決事件の継続捜査や特命捜査を手掛ける遊軍的な役目を帯びたセクション「第五強行犯捜査」、その特捜一係——ベテランの堀田《ほった》警部補率いる「堀田班」に、ある未解決事件の再捜査が命じられるところから動き出す。港区赤坂一丁目の宝飾店経営者が、夜十一時頃、店から二百メートルほど離れた路地に連れ込まれ、刺し殺された事件。後日、その被害者の遺品を整理していた親族により、一枚のディスクが発見される。そこには事件の九日前の深夜、この宝飾店で密《ひそ》かに起きていた強盗未遂事件の監視カメラ映像が記録されていた。殺人と強盗未遂、ふたつの事件に関連はあるのか。なぜ被害者は、店が襲われた件を警察に通報せず、身内にも語らなかったのか。植草利巳《うえくさとしみ》、小沢駿介《おざわしゅんすけ》、大河内守《おおこうちまもる》、そして津原英太、三十代の巡査部長たちで構成された堀田班の面々が捜査を開始すると、ほどなくして元警備員の曽根明弘が容疑者として浮上。取り調べで曽根は、強盗未遂は認めるも、殺人については激しく否認する。

ところが、ここから事態は思わぬ展開を迎える。曽根が一転、宝飾店経営者の殺害を自供。供述のとおり、現場近くにある寺の雑木林から凶器のナイフも見つかる。さらに不可解なことに、堀田班の五人に突如として異動の辞令が下り、非番の日もともに過ごすほど親密で結束の固かったチームは解体されてしまう。いったい何が起きているのか。捜査から強制的に引き離すような扱いに納得できない津原たちを、さらなる悲劇が襲う……。

夏の休日を砂浜で過ごす和気あいあいとした冒頭の明るいトーンが、得体の知れない大きな力によって次第に重苦しい暗色へと塗り替えられていく流れは、美しいものが壊れていく様を為《な》す術《すべ》もなく見つめているような気持ちになる。『ハング』はジャンル分けをするなら、『国境事変』と同じく「警察小説」となるだろう。どちらにも枠からはみ出ようとも真実を追い求める刑事の強い信念が描かれ、それが物語の推進力になっている。けれど両作品の印象は、まったく異なる。内容紹介で「誉田作品史上、もっともハードな警察小説」と表記されてきた『ハング』では、信念や正義のみならず、大切なひとに寄せる想い、尊い人命までもが、つぎからつぎへと底知れぬ深い闇に呑み込まれ、容赦なく奪われていく。胸が押し潰されるような辛《つら》さと無念を、これほど読み手に突き付け続けるエピソードはサーガでもほかになく、〝もっともハード〟という形容に偽りはない。

そんな本作において、津原英太と同じくらい注目すべき重要な役どころであり、タイトルを象徴する人物が〝吊《つ》るし屋〟こと馳卓《はせすぐる》だ。ケロイド状に爛《ただ》れた顔が特徴の殺し屋で、標的となる相手を自殺とまったく変わらない形で首を吊らせることができるところから、その異名で呼ばれている。よくある警察小説やサスペンスでは、こうした敵役は残忍《ざんにん》で救いようのない犯罪者として描かれがちだが、本作では事件だけでなく、馳の生い立ちにもスポットが当てられ、ひとりの人間がいかにして罪深い存在になってしまったのかという根の部分を詳《つまび》らかにしていく。津原も親の顔も知らない天涯孤独《てんがいこどく》の身の上ではあるが、馳のそれはさらに目を蔽《おお》いたくなるほど苛酷で、「不遇」という言葉だけでは到底言い表せない。初めてひとを吊るすに至るまでの憎しみと恐怖。そこから始まる、暴力と死が身近な日常。誰かを殺すことでしか評価されない、そうしなければ生きていけなかった人生の哀しみ。馳は津原たちが追う敵役ではあるが、ただ許されざる悪役のようには描かれていない。なぜなら本作のテーマのひとつが、真の「悪」とは何か――だからだ。

津原を絶望へと突き落とし、馳の不幸な境遇をも利用する、狡猾《こうかつ》で法を以《もっ》てしても裁くことのできない強く巨《おお》きな悪。ついに明かされる一連の事件の真相には、誰もが目が点になり、それでいて妙な生々しさを覚えずにはいられないだろう。目的と手段のレベルが釣り合わず、あまりにもかけ離れているからこそ、核心部分が見えなくなってしまうあたりは、本格ミステリの古典的名作であるG・K・チェスタトン『ブラウン神父の童心』収録の「折れた剣」を想起させ、また倫理観の欠落した人間の常識外れな発想に震え上がる、いわゆる「サイコパス診断」にも似た不気味な肌触りを感じた。タイトルの『ハング』には、真に吊るされる＝罰せられるべき悪とは――という意味合いも込められているように思えてならない。

さて、ここからは旧版の解説ではできなかった、このあと津原英太がジロウになる流れを踏まえたうえでの、本作の見逃せないポイントに触れてみたい。

第五章で、ある深刻な出来事を挟み、津原と馳が対峙《たいじ》することになる。ここからクライマックスを含む一連の場面におけるふたりは、帰りたい場所もなく、あまりにも大きな喪失を味わい、そしてひとの情による温かさと救いを知る者同士だ。一見すると互いに鏡で映したようだが、馳にはもうひとつ別の像が見える。それは、ジロウになれなかった津原の姿である。〈歌舞伎町セブン〉は元締めを筆頭に、下調べや見張り役を務める三人の「目」、始末の実行部隊である三人の「手」から構成されており、依頼を受けても七人揃《そろ》っての賛成がなければ始末を実行しないという鉄の掟《おきて》がある。裏社会に身を置き、依頼を受け、標的を仕留めて排除する。そうしたプロフェッショナルという点では、暗殺者集団のセブンも殺し屋である馳も変わりはない。だが馳には、義を備えた元締めと仲間がいなかった。馳と鏡に映したように似通う津原が、もしも絶望と怒りを胸にたったひとりで闇のなかを歩き続けたなら、やはり馳のように生きる意味も、守るべきものもなく、敵を討つことと人生に幕を下ろすことだけを考えるような人間になってしまったかもしれない。だからこそこの邂逅《かいこう》は、津原にとって極めて大きな人生の転換点になったといえるだろう。『ハング』とはハードかつダークな警察小説であるとともに、真に吊るされるべき「悪」を示し、その「悪」を吊るす者の誕生へと続く原点を描いた物語なのである。

最後に、津原がこの一件を経て、歌舞伎町の闇の守護者のひとりとして生きていくにあたり、自らの名に〝ジロウ〟を選んだ想いを考えると、心が震えずにいられない。そして、その過去を描き出すためにこうして丸一冊を費やすほど、彼が選ばれたキャラクターであることを思うと、今後のサーガにおける役どころの大きさをつい予感してしまう。誉田哲也が登場人物の扱いに容赦のない書き手であることは、ファンのみなさまには説明不要だろう。物語上必要が生じれば、まさかと思うような決断も迷いなく下す。ジロウのさらなる活躍を願っているが、心中はざわざわと波立って仕方がない。

（うだがわ・たくや　ときわ書房本店文芸書・文庫担当）

この作品はフィクションであり、作中に登場する人物、団体名、場所等は、実在するものと一切関係ありません。

『ハング』二〇一二年九月　中公文庫

中公文庫

新装版《しんそうばん》

ハング

――〈ジウ〉サーガ5

2012年9月25日　初版発行
2024年10月25日　改版発行

著　者　誉《ほん》田《だ》哲《てつ》也《や》

発行者　安部順一

発行所　中央公論新社
〒100-8152　東京都千代田区大手町1-7-1
電話　販売 03-5299-1730　編集 03-5299-1890
URL https://www.chuko.co.jp/

DTP　ハンズ・ミケ
印　刷　大日本印刷
製　本　大日本印刷

Published by CHUOKORON-SHINSHA, INC.
Printed in Japan　ISBN978-4-12-207573-3 C1193

各書目の下段の数字はISBNコードです。978－4－12が省略してあります。

中公文庫既刊より

ほ-17-14
新装版 ジウI 警視庁特殊犯捜査係　誉田 哲也
人質籠城事件発生。門倉美咲、伊崎基子両巡査が所属する警視庁捜査一課特殊犯捜査係も出動する。だが、この事件は〝巨大な闇〟への入口でしかなかった。
207022-6

ほ-17-15
新装版 ジウII 警視庁特殊急襲部隊　誉田 哲也
誘拐事件は解決したかに見えたが、依然として黒幕・ジウの正体は摑めない。事件を追う東と美咲。一方、特進をはたした基子の前には不気味な影が。〈解説〉宇田川拓也
207033-2

ほ-17-16
新装版 ジウIII 新世界秩序　誉田 哲也
新宿駅前で街頭演説中の総理大臣を標的としたテロが発生。歌舞伎町を封鎖占拠し、〈新世界秩序〉を唱えるミヤジとジウの目的は何なのか⁉〈解説〉友清 哲
207049-3

ほ-17-21
新装版 国境事変〈ジウ〉サーガ4　誉田 哲也
在日朝鮮人会社社長殺人事件の捜査で対立する公安外事二課と捜査一課の男たち。銃声轟く国境の島・対馬で、彼らを待っていた真実とは。〈解説〉宇田川拓也
207499-6

ほ-17-7
歌舞伎町セブン　誉田 哲也
『ジウ』の歌舞伎町封鎖事件から六年。再び迫る脅威から街を守るため、密かに立ち上がる者たちがいた。戦慄のダークヒーロー小説！〈解説〉安東能明
205838-5

ほ-17-11
歌舞伎町ダムド　誉田 哲也
今夜も新宿のどこかで、伝説的犯罪者〈ジウ〉の後継者が血まみれのダンスを踊る。殺戮のカリスマ vs.新宿署刑事 vs.殺し屋集団、三つ巴の死闘が始まる！
206357-0

ほ-17-12
ノワール 硝子の太陽　誉田 哲也
沖縄の活動家死亡事故を機に反米軍基地デモが全国で激化。その最中、この国を深い闇へと誘う動きを、東警部補は察知する……。〈解説〉友清 哲
206676-2

ほ-17-17
歌舞伎町ゲノム
誉田哲也
大人気シリーズ、〈ジウ〉サーガ第九弾！ 伝説の暗殺者集団「歌舞伎町セブン」に、新メンバー加入！ 彼らの活躍と日々を描いた傑作。〈解説〉宇田川拓也
207129-2

ほ-17-6
月光
誉田哲也
同級生の運転するバイクに轢かれ、姉が死んだ。殺人を疑う妹の結花は同じ高校に入学し調査を始めるが、やがて残酷な真実に直面する。衝撃のR18ミステリー。
205778-4

ほ-17-13
アクセス
誉田哲也
高校生たちに襲いかかる殺人の連鎖。仮想現実を支配する「極限の悪意」を相手に、壮絶な戦いが始まる！ 著者のダークサイドの原点！〈解説〉大矢博子
206938-1

ほ-17-18
あなたの本 新装版
誉田哲也
これは神の悪戯か、一冊の本が狂わす人間の運命――表題作をはじめ、万華鏡の如く広がる七つの小説世界。新たに五つの掌篇を収録。〈解説〉瀬木広哉
207250-3

ほ-17-19
主よ、永遠の休息を 新装版
誉田哲也
暴力団事務所との接触で、若き通信社記者は、ある誘拐殺人事件の犯行映像がネット配信されている事実を知るが……。慟哭のミステリー。〈解説〉瀬木広哉
207309-8

ほ-17-20
幸せの条件 新装版
誉田哲也
恋も仕事も中途半端な若手社員・瀬野梢恵に、突如下ったとんでも社命。それは、日本の未来を変えるかもしれないものだった⁉〈解説〉田中昌義
207368-5

お-87-1
アリゾナ無宿
逢坂剛
時は一八七五年。合衆国アリゾナ。身寄りのない一六歳の少女は、凄腕の賞金稼ぎ、謎のサムライと賞金稼ぎのチームを組むことに⁉〈解説〉堂場瞬一
206329-7

お-87-2
逆襲の地平線
逢坂剛
〝賞金稼ぎ〟の三人組に舞い込んだ依頼。それは十年前にコマンチ族にさらわれた娘を奪還してほしいというものだった……。〈解説〉川本三郎
206330-3

各書目の下段の数字はISBNコードです。978－4－12が省略してあります。

お-87-3 **果てしなき追跡（上）** 逢坂 剛

土方歳三は箱館で銃弾に斃れた――はずだった。一命を取り留めた土方は密航船で米国へ。友を、そして記憶を失ったサムライは果たしてどこへ向かうのか？

206779-0

お-87-4 **果てしなき追跡（下）** 逢坂 剛

西部の大地で離別した土方とゆら。人の命が銃弾一発より軽いこの地で、二人は生きて巡り会うことができるのか？　巻末に逢坂剛×月村了衛対談を掲載。

206780-6

お-87-5 **最果ての決闘者** 逢坂 剛

記憶を失い、アメリカ西部へと渡った土方歳三を狙うのは、女保安官と元・新選組隊士。大切な者を守り抜き、失った記憶を取り戻せ！〈解説〉西上心太

207245-9

さ-83-1 **連弾** 佐藤青南

幼き頃の憧憬は、嫉妬、そして狂気へと変わる――。彗星の如く現れた天才作曲家の正体を追う、二人の刑事が辿り着いた真実とは⁉　文庫書き下ろし。

207087-5

さ-83-2 **人格者** 佐藤青南

オーケストラの人気ヴァイオリニストが殺害された。誰からも愛された男がなぜ殺されたのか？　あの『連弾』の異色刑事コンビが謎に挑む！　文庫書き下ろし。

207229-9

さ-83-3 **残奏** 佐藤青南

人気ロックバンドのメンバーが、何者かに殺害された。音喜多弦刑事と、絶対音感を持つ鳴海桜子刑事は被害者の母校吹奏楽部を訪れるが。文庫書き下ろし。

207390-6

さ-83-4 **眠れる森の殺人者** 佐藤青南

女子児童誘拐事件の背後には、表舞台から消えた名ヴァイオリニスト、そして天才指揮者で鳴海桜子刑事の父親の影が……。文庫書き下ろしシリーズ第四弾！

207546-7

す-29-1 **警視庁組対特捜K** 鈴峯紅也

本庁所轄の垣根を取り払うべく警視庁組対部特別捜査隊となった東堂絆を、闇社会の陰謀が襲う。人との絆で事件を解決せよ！　渾身の文庫書き下ろし。

206285-6